Viktoria Rentai ist ein Kind der 80er und im Rhein-Main-Gebiet aufgewachsen. Nach einem Studium, das sie nur der Vernunft wegen begonnen hat, ist sie von Job zu Job gehüpft, ohne sich jemals heimisch zu fühlen. Erst mit dem Schreiben hat sie ihre Herzensaufgabe gefunden.
Als Autorin hat sie sich bereits in verschiedenen Genres ausprobiert, aber ihr hat immer das gewisse Fünkchen Leidenschaft gefehlt. Schließlich ist sie in der Romance angekommen und arbeitet seitdem fast täglich an ihren Texten und neuen Ideen.

NEVER KISS A QUARTERBACK

VIKTORIA RENTAI

Erstausgabe April 2025

Copyright © 2025 dp Verlag, ein Imprint der
dp DIGITAL PUBLISHERS GmbH
Made in Stuttgart with ♥
Alle Rechte vorbehalten

Never kiss a Quarterback

ISBN 978-3-69090-021-8
E-Book-ISBN 978-3-98998-765-4

Covergestaltung: Jasmin Kreilmann
Umschlaggestaltung: ARTC.ore Design
Unter Verwendung von Abbildungen von
depositphotos.com: © mario7, © Gustavo_Andrade
shutterstock.com: © Eugene Onischenko
Lektorat: Mareike Westphal
Satz: dp DIGITAL PUBLISHERS GmbH
Druck und Bindung: Books on Demand GmbH, Norderstedt

Das Werk darf – auch teilweise – nur mit
Genehmigung des Verlages wiedergegeben werden.

Sämtliche Personen und Ereignisse dieses Werks sind frei erfunden. Etwaige Ähnlichkeiten mit real existierenden Personen, ob lebend oder tot, wären rein zufällig.

Prolog - Hunter

Als ich von aufgeregtem Stimmengewirr auf dem Flur unseres Verbindungshauses geweckt werde, fühle ich mich wie zerschlagen. Was zur Hölle ist gestern passiert? Als es mir dämmert, bin ich hellwach und sitze aufrecht im Bett. Tausend Gedanken rasen mir gleichzeitig durch den Kopf, und ich spüre wieder eine gewisse Vorfreude auf die nächsten Tage und Wochen. Gestern habe ich das *NFL Draft Advisory Board* angefragt, um meine Chancen für einen diesjährigen Draft einzuschätzen. Wann sie sich wohl mit einer Entscheidung melden werden?

Und noch eine Sache ist am Abend passiert. Lorna, die heiße Blondine aus meinem Literaturkurs, hat mich nach unserem Heimsieg auf der anschließenden Party angesprochen und ist nicht mehr von meiner Seite gewichen. Nach dem Spiel war ich so euphorisch und habe den Sieg als gutes Zeichen für meine Entscheidung bezüglich des Early Entrys gedeutet, dass ich mich, anders als sonst, nicht mit dem Alkohol zurückgehalten habe. Wenn ich ehrlich bin, weiß ich nicht mehr genau, wie die Feier geendet hat, ich habe nur noch das Bild von Lorna vor mir, die mich mit ekstatischer Miene geritten hat. Ob ich ihr mal schreiben sollte?

Ein zaghaftes Klopfen ertönt, und ich fische mir ein T-Shirt vom Schreibtischstuhl. „Herein?"

Der Kopf meines Mitbewohners Beckett erscheint in der Tür, und sein Blick huscht blitzschnell durch den Raum. „Guten Morgen", grüße ich ihn und erschrecke selbst ein wenig davor, wie heiser meine Stimme ist. „Was gibt's?"

„Ähm, Hunter? Du solltest dir da mal etwas ansehen."

„Jetzt sofort?" Ich lache auf, weil ich mir nicht vorstellen kann, was so wichtig sein sollte. Aber Beckett wirkt so ernst, wie ich ihn noch nie gesehen habe, deswegen erhebe ich mich, warte kurz, bis mein Kreislauf sich an die aufrechte Position gewöhnt hat, und folge ihm in den Flur. Dort stehen die fünf anderen Jungs aus unserem Verbindungshaus. Als ich zu ihnen trete und sie mich alle mit Grabesmiene mustern, will ich erst einen dummen Spruch bringen, aber die getrübte Stimmung ist so ungewöhnlich, dass ich allmählich unruhig werde.

„Nun sagt schon, was ist los?"

Beckett räuspert sich und zückt sein Handy. „Du warst doch gestern mit dieser Chick am Rumknutschen, diese Blonde aus deinem Nebenfach." Er tippt auf dem Display des Smartphones herum und hält es mir dann hin. „Nun ja, das hier macht gerade die Runde."

Ein Video wird abgespielt, und ich muss mich kurz an die wackelige Perspektive gewöhnen. Erst an dem tiefen Stöhnen erkenne ich, was ich da genau sehe – oder besser gesagt wen.

„Was zur Hölle?" Mit aufsteigender Panik reiße ich ihm das Handy aus der Hand. „Das bin ich!"

„Ja. Unverkennbar."

Der Fokus ändert sich, und man sieht nun Lornas Gesicht, genauso wie ich es in Erinnerung habe. Ihr lasziver Blick mit den halb geschlossenen Lidern und dem leicht geöffneten Mund sieht mega-sexy aus. Sie blickt genau in die Kamera. Dann schwenkt sie das Handy erneut und filmt genau zwischen unsere Körper. Man sieht jedes Detail.

„Fuck, was für eine Bitch! Hat sie dir das geschickt, oder was? Was will sie damit erreichen?"

Betreten nimmt Beckett das Handy wieder an sich. Offenbar wurde er zu einer Art Sprecher auserkoren, denn die anderen weichen meinem Blick aus und warten ab, bis er die Sache erklärt.

„Tja, Bro, offenbar hat sie das Video heute Morgen online gestellt, für alle zugänglich. Den Link dazu hat sie in sämtliche relevante Chatgruppen des Campus geschickt."

„Das Filmchen hat den Titel *How to seduce a quarterback*", ergänzt Mikey nun doch, der Standard-Kicker unserer Mannschaft. „Scheint so, als habe sie das alles genau geplant."

„Wie, online?", hake ich begriffsstutzig nach. „Online wie in: Jeder kann darauf zugreifen?"

„Schätze schon", bestätigt Mikey und zieht die Schultern hoch, als würde er mit einem Wutausbruch von meiner Seite rechnen.

Doch ich bin wie erstarrt. Wieso habe ich nicht gemerkt, dass sie die ganze Zeit ihr Handy in der Hand hatte? War ich wirklich so besoffen? Shit, was werden meine Eltern dazu sagen? Und vor allem: Wenn jeder das Video ansehen kann, was bedeutet das dann für meine Chancen bei einem Early Entry?

„Ganz ehrlich, Bro? Ich wollte euch erst auch filmen", gibt ein weiterer meiner Mitbewohner zu, Chris. „Es war lustig, und wir fanden, es war eine einmalige Chance, dich betrunken zu erleben. Ich habe es aber schließlich gelassen, nicht dass es in falsche Hände gerät."

„In falsche Hände", wiederhole ich abwesend. Dann fällt mir etwas an seiner Aussage auf. „Was soll das heißen, du wolltest uns erst auch filmen? Hast du dich in das Zimmer geschlichen?"

Seltsamerweise lachen die Jungs, wenn auch sehr verhalten. „Das war gar nicht nötig. Sie hat dich mitten in der Küche ausgezogen und besprungen. Weißt du das nicht mehr?"

„Was?" Meine Stimme ist so laut, dass sie von den Wänden des Treppenhauses widerhallt und sogar ein paar meiner Teamkameraden zusammenzucken lässt. Dunkel erinnere ich mich daran, dass es eher ein Quickie war als eine lange, leidenschaftliche Nacht, aber bezüglich des Ortes habe ich offenbar einen Filmriss. „Wieso hat mich denn keiner aufgehalten? Wir sind doch ein Team, wir achten aufeinander, oder nicht?"

Verlegenes Schweigen schlägt mir entgegen, und ich spüre etwas in mir zerbrechen. Wenn einer von diesen Jungs in einer ähnlichen Situation gewesen wäre, ich hätte alles darangesetzt, die Sache möglichst wieder geradezubiegen. Vor allem sie, meine Mitbewohner, wissen, wie viel ich mich mit dem Gedanken befasse, mich bereits vor dem Collegeabschluss für die Drafts anzumelden. Aber die Wahrscheinlichkeit ist hoch, dass das *Advisory Bord* Wind von diesem Sexfilmchen bekommt und meine Persönlichkeit als nicht reif genug einschätzt. Klar, ich kann mich trotzdem anmelden, aber welches Team wählt einen Spieler, der sich volllaufen lässt und ungeniert in der Öffentlichkeit Sex hat?

„Interpretiere ich euer Schweigen richtig, dass ihr mir nicht helfen werdet?"

„Hunter, ganz ehrlich", setzt Simon an, den ich schon seit der Highschool kenne. „Das ist das fucking Internet, was sollen wir da tun? Vermutlich wirst du viel bei Behören herumlaufen müssen, keine Ahnung. Auf jeden Fall Dinge, die du nur persönlich erledigen kannst."

„Aber genau so etwas könntet ihr mir doch abnehmen", brülle ich und fuchtele mit dem Finger in der Mitte unseres Kreises herum. „Herauszufinden, was genau es zu tun gibt. Mir helfen, den Schaden zu begrenzen, nachdem er nun angerichtet ist. Für mich einstehen."

„Bei allem Respekt, aber wir stehen kurz vor Saisonende. Wir müssen trainieren, und manche von uns stehen offiziell vor ihren ersten Drafts." Ungläubig blinzelt Mikey mich an, als könne er gar nicht glauben, warum ich so sauer bin.

Allmählich sehe ich meine Felle bezüglich des Early Entrys davonschwimmen, innerlich fühle ich mich wie betäubt. Aber es muss weitergehen, ich muss jetzt funktionieren und Schadensbegrenzung betreiben. Mit den Jungs kann ich mich später noch beschäftigen. Oder auch nicht. Auch wenn es nicht ihre Idee gewesen ist, die Tatsache, dass sie Lorna nicht vom Filmen abgehalten oder interveniert haben, als sie vor allen Leuten meinen Ständer ausgepackt hat und sich draufgesetzt hat, lässt mich an allem zweifeln, wofür ich eben noch meine Hand ins Feuer gelegt hätte. Dann auch noch das Saisonende als Entschuldigung vorzuschieben, mir sogar jetzt nicht helfen zu können, ist ein starkes Stück.

Bis zu diesem Zeitpunkt dachte ich immer, dass Football ein Teamsport wäre. Ich hätte nichts auf die Jungs kommen lassen, niemals. In diesem Moment umgekehrt am eigenen Leib zu erleben, wie sie Augen und Ohren verschließen und mich im Stich lassen, tut unendlich weh.

Wutschnaubend renne ich in mein Zimmer, ziehe mir Jeans an und packe meinen Autoschlüssel. Als ich in den Flur zurückkehre, stehen meine Mitbewohner noch immer da und verfolgen mich mit ihren Blicken. Unten an der Haustür angelangt, sehe ich zu ihnen nach oben. Keiner von ihnen macht Anstalten, mich zu begleiten.

Und in diesem Moment beschließe ich, dass ich als Einzelkämpfer besser dran bin, sei es im Football oder privat.

Kapitel 1 – Stella

3 Jahre später

„Wo ist sie hin?" Die donnernde Stimme von Antonio Temporiti lässt mich zusammenzucken. Nur ein dünner Vorhang trennt mich und ihn, er könnte mich jederzeit entdecken. „Diese stümperhafte Frau, die behauptet, Beraterin zu sein. Aber dieses Mal reicht es. Meine Show ist komplett versaut!"

„Ich weiß es nicht", entgegnet eine der Backstage-Assistentinnen lahm. „Bei dem Trubel achte ich nicht auf jeden." Ich sehe sie regelrecht vor mir, das Headset schief auf dem Kopf sitzend, gelangweilt Kaugummi kauend und gleichgültig mit den Schultern zuckend.

„Was soll das heißen?", empört sich Temporiti daraufhin. „Das hier ist eine Fashion Show, ich erwarte volle Konzentration."

Aus dem Augenwinkel nehme ich eine Bewegung wahr und spüre Panik in mir aufsteigen. Doch es ist nur Ramona, meine beste Freundin und präferierte Stylistin, wenn es um Models bei den von mir unterstützten Shows geht. Mit wilden Gesten gibt sie mir zu verstehen, dass ich so schnell wie möglich abhauen soll, bevor sie wieder auf der anderen Seite des Vorhangs verschwindet.

„Hey, Sie da", ruft Temporiti erneut und meint dieses Mal vermutlich Ramona. „Haben Sie Miss Cunningham gesehen? Sie soll sich für dieses Desaster rechtfertigen, das sie da veranstaltet hat."

„Stella?", setzt Ramona träge an, und auch sie sehe ich vor meinem geistigen Auge, wie sie die Arme in die Hüften stemmt und nachdenklich die Stirn krauszieht.

So leise wie möglich schleiche ich tiefer in die Katakomben der Location und bin wieder einmal froh, dass ich flache Schuhe trage, um dafür gewappnet zu sein, wenn es mal stressiger wird. Mit ihnen kann ich viel leichter davonschleichen als mit Pumps.

„Ich will sie sofort sprechen", dröhnt Temporitis Stimme noch bis in die Garderobe, wo ich in Windeseile nach meiner Handtasche greife, den Mantel von dem Haken zupfe und wenig später die Feuerschutztür zum Hinterausgang aufdrücke. Kühle Abendluft empfängt mich, und ich atme erleichtert durch. Wie konnte mir das nur passieren? Ein Kleid auf der Show durchwinken, das einem der Konkurrenz so extrem ähnlich sieht, dass es geradezu nach Plagiat schreit. Erst durch Gemurmel im Publikum bin ich darauf aufmerksam geworden. Auf Laien wirkt es vermutlich wie ein nichtiger Fauxpas, kaum der Rede wert, aber in der Modewelt ist es eine Katastrophe.

Ratlos sehe ich mich in beide Richtungen der schmalen Gasse um, in der ich nun angelangt bin. Welche Route ist sicherer? Ist der Designer so sauer, dass er seine Leute ausschwärmen lässt, um mich zu finden? Und überhaupt, wie soll ich hier wegkommen, ohne beim Rufen eines Taxis Aufmerksamkeit zu erregen?

Wieder ist Ramona meine Retterin, denn sie erscheint an einem Ende der Seitenstraße und winkt mit ihrem Autoschlüssel. Während ich auf sie zueile, schlüpfe ich in meinen Mantel, binde mir einen Seidenschal wie ein Kopftuch über die Haare und fische meine Sonnenbrille aus der Handtasche. Grinsend, wenn auch kommentarlos, betrachtet Ramona mich und nickt zu dem Parkplatz, der glücklicherweise ganz in der Nähe ist. Kaum zwei Minuten später sitzen wir beide in dem kleinen gelben Fiat 500 und schlängeln uns durch die Straßen New Yorks.

„Danke, Ramona." Erleichtert lehne ich den Hinterkopf gegen die Stütze. „Du hast mich gerettet. Noch mehr Demütigung hätte ich nicht ertragen."

Kichernd wirft sie mir einen Seitenblick zu. „Ganz ehrlich, Stella, übertreibst du nicht ein wenig? Ich meine, ja, ich kenne die Branche, aber wird Temporiti sich nicht nach ein wenig Gemecker wieder abreagieren? Das kann schon mal passieren."

„Nein, für ihn ist das ein Weltuntergang, glaub mir. Er erwartet von seinen Beratern höchste Professionalität und vor allem gute Recherche."

„Dann hat er eben ein ähnliches Kleid wie Georgios vorgestellt, was soll's? Es war ja nicht so, als wären die beiden Exemplare direkt hintereinander gelaufen, oder so was."

„Ähnlich? Es war fast identisch!" Entgeistert starre ich Ramona an, während sie uns immer weiter in Richtung unserer Wohngegend kutschiert.

„Aber was kannst du dafür? Muss er sich nicht auch selbst über seine Konkurrenz informieren?"

„Nein, er will sich voll und ganz auf seine Kreativität konzentrieren. Die Beobachtung der anderen Designer überlässt er immer anderen. Und gerade bezogen auf das Marketing muss ich up to date sein, was seine Konkurrenten betrifft."

Mit einem Finger fuchtelt Ramona zwischen uns hin und her. „Und was ist, wenn er selbst die Idee zu dem Design geklaut hat? Wer sagt denn, dass Georgios es war, der seine Spione ausgesandt hat? Antonio kann euch wer weiß was vorspielen."

Zwar ist diese Idee durchaus berechtigt, doch sie hat noch nie so intensiv wie ich mit diesem Star-Designer zusammengearbeitet. Der Mann Mitte Fünfzig ist ein Perfektionist, und ich schätze ihn so ein, dass er lieber seine komplette Karriere beenden, als ein Plagiat erstellen würde. „Es wird sich herausstellen", versuche ich mit einem Seufzen das Thema zu wechseln. „Aber jetzt muss ich erst einmal für eine Weile untertauchen, bis Gras über die Sache gewachsen ist. Er wird sich bei der Agentur beschweren, und die werden mich in nächster Zeit mit Sicherheit nicht buchen. Es kommt ganz darauf an, wie die Presse reagiert, ob ich überhaupt noch mal mit Temporiti zusammenarbeiten werde, oder er nur noch andere Berater anfragen wird." Seufzend blicke ich aus dem Fenster. „Das heißt aber auch, dass ich einen neuen Job brauche. Wer weiß, wie lange der Vorfall die Runde machen wird. Zu dumm, dass ich fest mit der Gage der kommenden Shows gerechnet habe."

„Es gibt so viele Designer, einige werden bestimmt froh sein, wenn du sie unterstützt. Vielleicht sogar welche, die nicht einmal ansatzweise so verschroben wie dieser Kerl sind." Ramona scheint meine Bedenken noch immer nicht nachvollziehen zu können. Aufmerksam fädelt sie sich in die rechte Spur, um in die Tiefgarage unseres Wohnhauses zu fahren.

Ihren Optimismus hätte ich gerne. Im Moment kommt es mir vor, als wäre alles verloren. Was ist, wenn ich mich doch mit allem übernommen habe? Meine Eltern haben von Anfang an behauptet, dass meine Möchtegern-ein-Personen-Beratung, wie sie es nennen, keine Zukunft hat. Hatten sie etwa recht? Vielleicht habe ich mir selbst zu viel Druck gemacht, um ein Scheitern meinerseits unter allen Umständen zu vermeiden. Damit sie sehen, dass sie unrecht hatten.

„Kopf hoch, Süße", raunt mir meine beste Freundin zu, als sie in der Garage den Motor abstellt. „Das wird schon wieder, ich verspreche es dir. Vielleicht ist das auch die perfekte Gelegenheit, mal etwas anderes auszuprobieren."

Ich bin ihr für die aufmunternden Worte dankbar, doch im ersten Moment kommen sie gar nicht richtig bei mir an. Dann jedoch ermahnt mich eine innere Stimme, mich nicht mehr im Selbstmitleid zu suhlen. Ramona hat vollkommen recht. Wie heißt dieser Spruch doch gleich? Wenn sich eine Tür schließt, öffnet sich dafür eine andere.

„Gutes Stichwort." Fest entschlossen steige ich aus und schlage mit neuem Mut die Tür zu. Ein wenig verblüfft tut Ramona es mir gleich. „Ich erstelle gleich im Portal eine neue Anzeige und erweitere meine Zielgruppe. Marketing-Experten werden doch immer gesucht, oder?"

„Ganz genau." Ramonas Augen beginnen zu strahlen. „Und deine Coaching-Ausbildung setzt dem Ganzen noch das Sahnehäubchen auf. Heutzutage ist es doch voll im Trend, sich in allen möglichen Bereichen einen Coach zu holen. Also wenn das nichts wird, dann weiß ich echt nicht, was mit der Welt los ist."

Nickend drücke ich den Knopf des Aufzugs und formuliere geistig bereits einen Werbetext. Die Zweifel sind nicht ganz weg, aber ich muss mich jetzt selbst dazu bringen, mich aufzuraffen, sonst falle ich womöglich in eine existentielle Krise.

Eine Viertelstunde später schaue ich zufrieden auf den fertig getippten Entwurf einer Anzeige:

Life Coach mit Marketing-Affinität hat Kapazitäten für neue Aufträge. Reisebereitschaft vorhanden, zeitliche Flexibilität nur kurzzeitig gegeben, deswegen seien Sie schnell und kontaktieren Sie mich noch heute.

„Schau mal, kann ich das so lassen?"

Während Ramona mit einer Tasse Kaffee aus der Küche kommt, schiebe ich ihr meinen Laptop herüber, auf dem ich die Seite des Dienstleistungsportals geöffnet habe, über das ich meine letzten Aufträge an Land ziehen konnte. Eigentlich hatte ich gehofft, dass ich von nun an nur noch über positive Mundpropaganda an neue Agenturverträge kommen würde, leider ist das gründlich nach hinten losgegangen. Wenn Temporiti sich beschwert, und damit rechne ich fest, kann ich die renommierten Modeagenturen vergessen und muss mich wieder, wie zu Beginn meiner Laufbahn, ins Zeug legen, um als Freiberuflerin überhaupt für Shows engagiert zu werden, ob als Beraterin oder wenigstens Backstage-Assistentin.

Ramonas Blick huscht über die geschriebenen Zeilen, und ich bin erleichtert, als sie nickt. „Kurz und knackig, so muss es sein. Aber warte mal", sagt sie, stellt ihre Tasse ab und lässt die Finger über die Tastatur fliegen. „Ich packe noch entsprechende Tags dazu, dann findet dich so gut wie jeder, der irgendeinen Coaching-Bedarf hat."

Unweigerlich tauchen in meinem Kopf Bilder von Farmern auf, die wollen, dass ich deren Kühe massiere, oder eine überforderte Mutter, die mir die Erziehung ihrer Kinder aufdrückt, doch ich schaffe es, sie schnell zur Seite zu schieben. Nur weil ich eine breitere Zielgruppe anspreche, heißt das ja nicht, dass ich jedes Angebot annehmen muss.

Ganz ehrlich, wie schlimm kann es schon werden?

Kapitel 2 – Hunter

„Ten-Sixty – Set – Ten-Sixty!" Abwartend sehe ich in die Gesichter der Offense-Spieler, die sich um mich versammelt haben. Seit zwei Wochen üben wir die neuen Codes der Spielzüge im Training, und ich erwarte, vor allem von uns als NFL-Team, dass die Jungs sie zu diesem Testspiel zuverlässig verinnerlicht haben. Doch neben motiviertem Nicken ernte ich auch viele ratlose Blicke. „Ten-Sixty?", hake ich nach, und ein paar der unsicher wirkenden Spieler versuchen sich zumindest an einer wissenden Miene. „Dann los, und zwar bei Kommando Four."

Ich klatsche in die Hände, als Zeichen, dass sich alle aufstellen sollen. Ein wenig chaotisch trudelt schließlich jeder auf seiner Position ein, und ich bin erleichtert, dass immerhin die Wide Receiver den Eindruck machen, als wüssten sie, was ich vorhabe. Die Line braucht nur zu wissen, dass ich das gegnerische Team reinlegen möchte, der Rest läuft hoffentlich von selbst.

Hochkonzentriert starrt die junge Defense des Collegeteams auf den Ball, und ich bin mir für einen Moment nicht sicher, ob der Plan aufgehen wird. „Ready – two, three!" Das *three* brülle ich besonders laut, meine Offense bleibt wie geplant stehen. Zu unserem Glück zuckt jedoch der linke Lineman des Gegnerteams. Sein Nachbar tut es ihm gleich, und schon sind alle in Bewegung. Offiziell haben unsere Gegenspieler jetzt ein Foul begangen, aber ich will die Verwirrung nutzen und lasse mir den Ball geben. Carter Grant, einer unserer Receiver, ist bereits in voller Fahrt, rennt auf die Endzone zu und wirft mir einen abwartenden Blick zu. Um mich herum werden Gegner zu Boden gerissen, ich habe freie Bahn, um einen langen Pass zu versuchen. Mit voller Kraft werfe ich den Ball zu Carter, der fängt ihn sicher und rennt weiter. Eins, zwei Haken muss er schlagen, dann ist er am Ende des Feldes angelangt und macht den Touchdown. Die Zuschauer jubeln und mein Team rennt auf Carter zu. Auch ich setze mich in Bewegung. Auf meinem Weg komme ich an Spielern des Gastteams vorbei, sie wirken sehr niedergeschlagen, lassen die Schultern hängen, manche sehen mich ehrfürchtig an. Automatisch muss ich an meine Zeit als junger Spieler denken und an den Druck, der bei solchen Matches auf mir gelastet hat. Zwar ist klar, dass man als College-Team nicht gegen eine Liga-Mannschaft hervorstechen kann, aber die Hoffnung besteht trotzdem, dass man vielleicht von einem Agenten entdeckt wird.

Als ich schon fast an der Defense der anderen vorbeigejoggt bin, werde ich langsamer und mache einen Schlenker auf sie zu. „Keine Sorge, heute ist kein Scout da, es ist also nicht schlimm, zu scheitern." Ich meine es aufmunternd, wirklich, mühsam kriege ich sogar ein Lächeln hin. Aber auf den Gesichtern der Spieler zeigt sich keinerlei Dankbarkeit, geschweige denn Freude. Stattdessen ernte ich Stirnrunzeln und einige Blicke werden noch verstörter, als sie zuvor waren. Einer der Linemen wird sogar richtig sauer.

„Ach, es reicht dir wohl nicht, uns beschissen dastehen zu lassen, was? Musst du auch noch Salz in die Wunde streuen?" Wütend tritt er einen Schritt auf mich zu, doch seine Teamkollegen halten ihn auf.

Verblüfft starre ich ihn an, und mein Lächeln ist wie weggewischt. Salz in die Wunde? Ich wollte doch bloß nett sein. Coach Whipley moniert ständig, dass ich freundlicher sein soll, zu dem Team, zu der Presse, zu ihm, zu allen. Obwohl es mir meist egal ist, was andere von mir denken, will ich es wenigstens versuchen. Gerade bei dem Gegnerteam kann ich gut üben, immerhin ist es bei ihnen wirklich nicht relevant, ob sie mich sympathisch finden oder nicht. Aber irgendwie scheine ich es falsch zu machen.

„Super Pass, Fields", ruft Trent, der Center der Offensive Line, und klopft mir auf die Schulter.

Ihm folgen viele weitere Spieler, bis auch Carter an mir vorbeiläuft. „Toller Spielzug", sagt er knapp und nickt anerkennend. Ich weiß, ich sollte jetzt so etwas wie „gut gefangen" entgegnen, aber die Situation gerade hat mir jegliche Ambitionen genommen, mich an einem netten Umgangston zu versuchen. Also wackele ich mit dem Kopf, was vermutlich wenig wie ein Nicken aussieht, sondern eher wie eine Abwehrbewegung. Und schon ist Carter wieder weg.

„Flag on the Field", höre ich den Hauptschiedsrichter durch die Stadionlautsprecher rufen. Er gibt dem verteidigenden Team eine Zehn-Yard-Strafe, doch ich wedele mit den Armen.

„Wir lehnen die Strafe ab", brülle ich ihm entgegen. Der Touchdown würde nicht zählen, wenn der Spielzug jetzt wiederholt werden würde, aber die Punkte stehen uns zu und ich nehme sie gerne, selbst wenn es sich nur um ein Testspiel handelt.

Am Ende gewinnen wir mit vierzig zu achtzehn Punkten. Das Publikum jubelt, aber mein Team wirkt ungewöhnlich niedergeschlagen. Von seltsamen Blicken begleitet rausche ich in die Katakomben. Ich habe mir angewöhnt, keinen Wert auf die Meinung und Launen anderer Menschen zu legen. Es geht mir um den sportlichen Erfolg, alles Zwischenmenschliche ist für mich bloß Zeitverschwendung. Trotzdem versuche ich, mich ab und an etwas zusammenzureißen, weil mir die Offiziellen ständig in den Ohren liegen, dass ich auf die Fans sympathischer wirken soll und ich die Mannschaft viel besser leiten kann, wenn sie mich leiden können, bla, bla, bla. Mein letzter Versuch hat mal wieder gezeigt, wie aussichtslos es ist.

„Hunter?" Die Stimme von Coach Whipley lässt mich innehalten, noch bevor ich die Kabine erreicht habe. Allein am Tonfall kann ich erkennen, dass mir gleich eine Standpauke blüht.

„Coach." Zähneknirschend drehe ich mich zu ihm um. Meinen Helm habe ich bereits abgesetzt, mit der freien Hand fahre ich mir durch die schweißnassen Haare.

„Gutes Spiel", setzt Whipley an, aber ich weiß, dass er es nur sagt, weil er mit etwas Positivem beginnen möchte. „Genau wie wir es im Training besprochen haben, klasse." Er räuspert sich. „Ich wollte dich noch kurz vor der Pressekonferenz unter vier Augen sprechen."

Here we go. „Ich werde da sein, wie es im Vertrag steht. Um was geht es denn jetzt noch?"

An der Art, wie er seine Lippen aufeinanderpresst, merke ich bereits, dass ihm meine Antwort zu patzig ist. Hinter ihm hört man das Lärmen der anderen Spieler, die sich ebenfalls auf den Weg in die Kabinen machen.

„Vermutlich weißt du schon, was ich sagen will, denn wir haben so oft darüber gesprochen. Wenn dich ein Journalist etwas Fachliches fragt, dann antworte bitte ganz sachlich. Okay?"

Eine Bitte? Das ist neu. Doch allein bei dem Gedanken an diesen Haufen sensationsgeiler Menschen, die so nah an mich heranzoomen, dass man jede Pore erkennen kann, und die mir die Worte im Mund verdrehen, wird mir schlecht. Trotzdem setze ich ein möglichst kooperatives Lächeln auf. „Ganz wie Sie wünschen, Coach."

Wenig überzeugt funkelt Whipley mich an, aber die anderen Spieler sind ganz in der Nähe, also hakt er nicht mehr nach, sondern geht weiter.

Beim Duschen lasse ich mir viel Zeit. Vielleicht verpasse ich einfach den Shuttle zur Location der Pressekonferenz, wer könnte mir schon nachweisen, dass ich es mit Absicht getan habe? Und überhaupt, warum muss das heute noch sein, nachdem wir doch gerade erst das Testspiel hatten?

Dummerweise wartet der kleine Bus auf mich, und ich fahre gemeinsam mit dem Coach, Carter, Trent von der Offensive Line und Shawn, einem Spieler vom Defense Team, ein paar Blocks weiter. Als wir das Gebäude erreichen, in dem wir für gewöhnlich unsere

Konferenzen abhalten, tummelt sich vor dem Haupteingang eine mittelgroße Menschenmenge, hauptsächlich mit Kameras und Mikrofonen.

„Wir treffen uns hinter der Bühne, haltet euch nicht zu lange auf", knurrt der Trainer. Mit einem Bein ist er bereits ausgestiegen, als er innehält und uns einen Blick über die Schulter zuwirft. „Und seid freundlich!"

Ich erhebe mich schwerfällig, doch Trent stellt sich mir in den Weg. Sein überheblicher Ausdruck gefällt mir ganz und gar nicht. „Dir ist klar, dass der letzte Satz nur für dich bestimmt war, oder, Fields?"

„Natürlich", säusele ich zurück. „Aber er bezog sich eindeutig auf die Menschen dort draußen." Angriffslustig stelle ich mich direkt vor ihn. „Also lass mich vorbei, oder die Presse hat gleich wirklich was Außergewöhnliches zu berichten."

Seine Augen weiten sich, und er tritt tatsächlich einen Schritt zur Seite. Ich kann seinen perplexen Blick regelrecht auf mir spüren, als ich den Gang entlanglaufe und den Bus verlasse.

Verhaltener Jubel ertönt, als ich den Gehweg betrete. Unsicher winken mir die Fans zu, einige schauen erwartungsfreudig an mir vorbei, wer wohl noch aussteigen wird. Unbeeindruckt gehe ich auf die Eingangstür zu, ohne jemandem von ihnen Aufmerksamkeit zu schenken, bis mich eine weibliche Stimme anspricht.

„Entschuldigen Sie, Mr. Fields?"

Erst will ich weitergehen, aber mein Blick huscht zu der Frau, und ich bleibe an ihrem freundlichen Lächeln hängen. Dann erst sehe ich, dass sie ein Kind vor sich herschiebt. „Mein Sohn ist ein großer Fan, könnte ich vielleicht ein Foto von Ihnen beiden machen?"

Zögernd sehe ich zwischen ihr und dem Jungen hin und her. Er ist schätzungsweise zehn Jahre alt und trägt ein Kindertrikot der Miami Torpedos mit meiner Nummer drauf. Ein Foto mit diesem Kind zu schießen wäre mir tausendmal lieber, als gleich vor die elenden Journalisten zu treten. Aber ich kenne weder ihn noch seine Mutter, wer weiß schon, was sie mit einem Foto aus nächster Nähe anstellen würden? Noch dazu finden die Pressefritzen, die um uns herumstehen, sicher auch darin ein winziges Detail, das sie auf meine Kosten ausschlachten können.

„Sorry", setze ich deswegen an. „Ich habe einen Termin." Dann eile ich an ihnen vorbei und bin durch die Drehtür, bevor mir der enttäuschte Ausdruck des Kindes ein schlechtes Gewissen verschaffen kann. Ein kurzer Blick zurück verrät mir, dass sich stattdessen Carter zu einem Bild erbarmt. Noch bevor wir in dem Raum der Pressekonferenz angekommen sind, holt er mich ein.

„Mensch, Hunter, das war ein kleiner Junge. War das echt zu viel verlangt, ein schnelles Foto mit ihm machen zu lassen?"

Schulterzuckend ziehe ich die schwere Tür zu dem Backstagebereich auf. „Wofür? Ich bin Footballer und kein Fotomodel."

„Es geht ihm darum, eine Berühmtheit zu treffen, seinen sportlichen Helden. Hast du als Kind nicht auch so jemanden gehabt? Jemanden, zu dem du aufgeschaut hast?"

Bei seinen Worten bleibe ich stehen und drehe mich um. „O doch. Und sie haben mich allesamt enttäuscht. Also warum sollte der Junge nicht gleich lernen, dass er sich lieber nur auf sich selbst verlassen darf als auf andere."

Carter ist okay, er ist sogar einer der wenigen, von denen ich behaupten würde, ihn zu mögen. Er sieht aus, als würde er noch etwas sagen wollen, aber ich drehe mich um und gehe über die schmale Treppe auf die Bühne, wo Coach Whipley schon an dem für uns vorbereiteten Tisch sitzt. Die Namensschilder zeigen an, dass ich neben ihm sitze, wie so häufig. Als alle Platz genommen haben, beginnt einer der Organisatoren, ein paar einleitende Worte zu sagen, bevor die Reporter aufgerufen werden, um Fragen zu stellen.

Zu meiner Erleichterung werden hauptsächlich Whipley und Trent gefragt, auch Shawn und Carter ergänzen hin und wieder. Gerade will ich mich entspannen, als mich doch jemand anspricht.

„Mr. Fields, eine Frage zu Sonntag." Ein blonder Journalist mit akkurat frisierten Haaren steht auf und streckt sein Diktiergerät nach vorne, als würde es nicht auch von dort aus alles durch die Lautsprecher aufnehmen können. „Die Defense der Gegner ist ziemlich stark, haben Sie einen speziellen Plan, wie Sie dagegenhalten wollen?"

Irritiert ziehe ich die Augenbrauen nach oben. „Bei Fragen zu der Offense ist Trent der geeignetere Ansprechpartner." Aus dem Augenwinkel sehe ich bereits, wie unser Center sich nach vorne beugt, um zu antworten, doch der Reporter scheint damit nicht zufrieden zu sein.

„Was denken Sie, wie das Spiel ausgehen wird, Mr. Fields?"

Was ist denn das für eine eigenartige Frage? Bin ich Hellseher, oder was? Tausend Beleidigungen schwirren mir durch den Kopf, doch ich schaffe es, sie alle zu ignorieren. „Wissen Sie, am besten schauen Sie sich das Spiel persönlich an, dann müssen Sie sich nicht mit sinnlosen Vorhersagen beschäftigen."

An der Miene des Mannes kann ich erkennen, dass nun er derjenige ist, der am liebsten vor Wut platzen würde. Immerhin stellt mir von da an niemand mehr eine Frage, und nach einer weiteren Viertelstunde bin ich erlöst.

Erleichtert verschwinde ich hinter der Bühne und will mich gerade auf den Weg nach draußen machen, als mir jemand auf die Schulter tippt. Ich drehe mich um und rechne mit Carter oder einem Mitarbeiter der Location, deswegen zucke ich leicht zusammen, als Coach Whipley vor mir steht. Mit sich blähenden Nasenflügeln stiert er mich an.

„Wir hatten doch darüber gesprochen, dass du freundlich sein sollst", ranzt er mich an, und ich trete einen Schritt zurück.

„Glauben Sie mir, das war sogar noch freundlich. Aber Sie müssen zugeben, dass die Frage selten dämlich war. Ich bin doch kein Orakel."

„Das ist mir vollkommen egal. Selbst wenn er dich nach dem Lieblingsrezept deiner Großmutter gefragt hätte, du solltest professionell bleiben und ihn nicht so anpflaumen."

„Anpflaumen?" Ich habe meinen Tonfall bewusst neutral gewählt. Hat das nach außen wirklich so aggressiv gewirkt?

„Draußen hat er fast ein Kind zum Weinen gebracht", petzt Trent, der unser Gespräch anscheinend mit angehört hat. Diese Offenbarung verfehlt ihre Wirkung nicht, der Coach sieht, wenn überhaupt möglich, noch wütender aus als zuvor.

„Es reicht mir jetzt, so kann es nicht weitergehen! Ich hole uns professionelle Hilfe, und zur Not sperre ich dich jeden Tag mit diesem Coach ein, bis du freundlich genug bist, um mit der britischen Königsfamilie Tee trinken zu können."

„Ach Gott, diese Europäer und ihr Tee", setze ich an, aber allein der Blick unseres Trainers lässt mich verstummen. Vielleicht sollte ich ihn wirklich nicht noch mehr herausfordern.

„Reiß dich zusammen, Fields, ernsthaft!", poltert er noch, bevor er davonstampft.

Meine Güte, ich verstehe echt nicht, warum er nicht einfach wertschätzt, dass ich guten Football spiele. Wer braucht bitte diesen ganzen zwischenmenschlichen Kram? Wieso sollte es relevant sein, ob ich als Person eine große Fangemeinschaft habe, wenn es doch auf die Leistung des Teams ankommt? Theoretisch könnte ich nächste Saison in einer ganz anderen Mannschaft spielen. Würde dann ein Teil der Fanbase wegbröckeln, wenn sie alle nur wegen mir die Torpedos anfeuern?

Aber gut, das wird wie immer eine leere Drohung sein. Und falls nicht, wird er schnell feststellen müssen, dass auch ein Coach nichts bringen wird.

Kapitel 3 – Stella

Als sich die automatischen Türen des Flughafengebäudes von Miami öffnen, renne ich wie gegen eine Wand aus stickiger Luft. Ich bin durch und durch ein Winterkind und kann mit diesem heißen Klima einfach nichts anfangen. Natürlich mag ich es auch, wenn sich die Sonne zeigt, aber alles oberhalb von kühlen Frühlingstemperaturen ist mir schon zu viel. Sofort spüre ich, wie sich Schweiß in meinem Nacken bildet, es wird nicht lange dauern, bis mir die Haare nur so an der Haut kleben. Ekelhaft.

Ramona hingegen scheint dieses Wetter toll zu finden. Sie sieht aus wie ein Model, als sie fast schon lasziv ihre Sonnenbrille aufsetzt und den braunen Zopf über ihre Schulter wirft. Augenblicklich werde ich neidisch, die Hitze macht ihr offenbar kein bisschen aus. Trotzdem bin ich sehr froh, dass sie mit mir hier ist.

„Vielen Dank noch mal, dass du alles stehen und liegen gelassen hast, um mit mir hierherzukommen", sage ich und krame in meiner Handtasche nach einem Flyer oder irgendetwas, womit ich mir Luft zufächeln kann. „Mit dir als moralischer Unterstützung wird das bestimmt klappen, selbst wenn es nicht mein Metier ist."

Meine Freundin stellt ihre Koffer ab und streift sich den dünnen Cardigan ab. Darunter trägt sie ein niedliches Trägertop, das ihre Oberweite perfekt in Szene setzt. Und ... bilde ich mir das nur ein, oder verrenken sich die Taxifahrer dort hinten schon die Köpfe nach ihr? Vermutlich würde kein Außenstehender glauben, dass ich diejenige bin, die in der Modebranche arbeitet, neben Ramona sehe ich momentan aus, als hätte ich mich gerade erst aus dem Bett geschält. Immerhin hatte ich es in meinen Leggings und dem Schlabberpulli während des Flugs schön gemütlich.

„Hör endlich auf, dich zu bedanken, Süße. Das ist doch der Vorteil, wenn man freiberuflich arbeitet. Ich kann überall Aufträge annehmen, auch als Stylistin." Suchend sieht sie sich um, ihr scheinen die geifernden Taxifahrer gar nicht aufzufallen. „So, jetzt brauchen wir einen fahrbaren Untersatz, um zu Maddox' Wohnung zu kommen."

Nur dank ihrer Kontakte haben wir kurz nach der Zusage des Coaching-Auftrags eine Unterkunft klargemacht. Irgendein Bekannter, der Kollege eines Freundes ihres Bruders ... auf jeden Fall ein Kerl aus dem Dunstkreis ihrer Familie ist in einer Band und tourt seit gestern durch die Staaten. In dieser Zeit können wir in seinem Apartment übernachten.

Wie zu erwarten war, gibt es fast einen Aufruhr, weil die Taxifahrer sich nicht einigen können, wer uns fahren darf. Es ist faszinierend, aber Ramona bekommt davon rein gar nichts mit, sondern scrollt durch ihr Handy, auf der Suche nach der richtigen Adresse der Wohnung. Auch die flirtenden Blicke des Fahrers, der sich schließlich durchsetzen kann, bemerkt sie gar nicht. Er tut mir fast leid, denn er gibt sich wirklich Mühe und sieht auch echt nett aus.

„Sag mal, hast du eben nicht gemerkt, wie der Taxifahrer dir schöne Augen gemacht hat?", frage ich sie, als wir vor der Haustür stehen. „Er hat sich sogar zufällig zu unseren Gunsten verrechnet. Der arme Kerl hat sich wahrscheinlich einfach nicht getraut, dich nach deiner Handynummer zu fragen."

„Ernsthaft?" Verwundert sieht Ramona mich an. „Ist mir nicht aufgefallen. Dabei wäre es echt praktisch gewesen, einen Ortskundigen zu kennen. Schade, zu spät."

Mit feierlicher Miene öffnet sie keine drei Minuten später die Tür der Wohnung, die die nächsten Wochen bis Monate unsere Bleibe sein wird.

„Und tada – da wären wir." Präsentierend breitet meine beste Freundin die Arme aus, und wir sehen uns um. Allerdings wird unsere Vorfreude schlagartig gedämpft, denn die Wohnung ist ganz und gar nicht so, wie wir es uns erhofft haben.

„Sag mal, hast du dir vorab Bilder zeigen lassen, bevor du für dieses Apartment zugesagt hast?", frage ich vorsichtig, während ich langsam die Tür hinter uns schließe und meine Trolleys loslasse. Es war die Rede von einer hellen, großzügig geschnittenen Wohnung in modernem Stil. Das, was wir hier sehen, hat eher Ähnlichkeit mit einer heruntergekommenen Absteige. Die Jalousien an den Fenstern sind vergilbt und ausgeleiert, die Wände leicht gräulich, als hätte man seit Jahrzehnten nicht mehr neu gestrichen.

„Nicht zu fassen, der Kerl hat mich verarscht." Wütend schmeißt Ramona ihre Handtasche auf das durchgesessene Sofa, ohne auf meine Frage einzugehen. Vor sich hin murmelnd stapft sie in die anderen Zimmer, die jedoch nicht viel besser aussehen, wie auch ich später feststellen muss.

Ramona ist so aufgebracht, dass ihr Wuttränen kommen, als sie ihren Bruder anruft und ihn zur Rede stellt. Der hatte offenbar selbst keine Ahnung und bietet an, sich weiterhin umzuhören, ob er einen anderen Kontakt klarmachen kann.

„Tut mir echt leid, Stella", flüstert meine Freundin seufzend, als sie aufgelegt hat und wie ein Häufchen Elend auf einem der Küchenstühle sitzt. „James hat mir versichert, dass sein Bekannter zuverlässig ist. Und jetzt sitzt du wegen mir in dieser Bruchbude fest."

Auch wenn mir die Unterkunft kein bisschen gefällt, lege ich Ramona aufmunternd einen Arm um die Schultern. „Sieh es doch mal von der positiven Seite. Wir sind vermutlich ohnehin nur zum Schlafen hier, und dafür, dass wir nichts bezahlen müssen, ist es doch in Ordnung."

„Aber putzen sollen wir", erinnert sie mich schniefend. „Das war der Deal. Und jetzt wissen wir auch, warum. Was für ein Arsch, echt. Wenn ich den mal persönlich kennenlerne, dann kann er was erleben."

Die Aussicht auf das Putzen dieser Zimmer bereitet mir auch nicht gerade Freude, aber bei dem Anblick der abgenutzten Möbel habe ich seltsamerweise Lust, genau das zu tun. Ja, ich bin erschöpft von dem Flug, und ja, ich würde mich gern auf den Coaching-Auftrag vorbereiten. Doch wenn ich weiß, welche Stellen sauber sind, weil ich sie selbst gereinigt habe, fühle ich mich mit Sicherheit viel wohler.

„Komm, wir suchen die Putzutensilien und kümmern uns um Bad, Küche und das Schlafzimmer. Ich bin überzeugt davon, dass wir es uns hier ganz gemütlich machen können, wir müssen eben in diesem Fall erst etwas dafür tun."

Hochmotiviert mache ich mich daran, alle Schränke der Küchenzeile aufzureißen, bis mir auffällt, dass Ramona regungslos sitzen geblieben ist. Kopfschüttelnd, aber mit einem leichten Lächeln auf den Lippen, sieht sie mich an.

„Kein Wunder, dass du Coach geworden bist. Du kannst in wirklich jeder Situation eine Chance sehen, oder?"

Nervös lache ich auf. Ich bin es nicht gewohnt, dass mein engeres Umfeld mir solche Komplimente macht. Positives Feedback bekomme ich meist eher von meinen Kunden, denn sie sind schließlich diejenigen, denen ich aus einer bestimmten Situation heraushelfe.

„Trübsal blasen macht doch gar keinen Sinn", plappere ich weiter. „Wir wollen hier schließlich schlafen und uns duschen, da sollten wir doch das Gefühl haben, dass wir das erledigen können, ohne Angst vor Fußpilz oder sonstigen unliebsamen Mitbringseln zu haben."

Nun steht Ramona auf und kommt auf mich zu. „Es tut mir leid, wirklich. Ich hätte mich besser vergewissern sollen, wie es hier tatsächlich aussieht. Dir schwirrt schon genug im Kopf herum, vor allem mit dieser fachfremden Aufgabe. Ich meine, hallo? Eine ganze Meute ungehobelter Footballspieler bändigen, wenn man dem Coach glauben kann."

„Genau genommen dreht es sich wohl vor allem um einen bestimmten Spieler", korrigiere ich sie. Abgesehen davon hat sie jedoch recht. Kaum, dass ich die Anzeige hochgeladen hatte, hat sich die Assistentin eines gewissen Mr. Whipley gemeldet. Bei meiner Recherche habe ich herausgefunden, dass er der Coach einer bekannten Footballmannschaft ist, was sich auch mit dem Anfragetext gedeckt hat. Ich kenne mich mit dem Sport kein bisschen aus, aber es geht offenbar auch nicht um irgendwelche fachlichen Dinge, sondern nur um die Publicity. Das Image der Mannschaft soll aufgebessert werden.

In einem Wandschrank finde ich endlich Putzmittel und ein paar Lappen und stelle sie auf die Arbeitsfläche. „Wenn du mir hilfst, sind wir schneller fertig und können uns zur Belohnung was zu essen bestellen."

Erschöpft, aber deutlich besser gelaunt sitzen wir eine gute Stunde später auf dem abgesaugten und aufgeklopften Sofa und scrollen durch die Speiseauswahl eines nahe gelegenen Lieferdienstes.

„Machst du dir Gedanken wegen morgen?", fragt Ramona beiläufig. „So ein Haufen durchtrainierter Männer ist etwas vollkommen anderes als deine letzten Aufträge, bei denen du mit Models und Designern agieren musstest."

Ich tippe gerade unsere Adresse in das Bestellformular des Restaurants und schaue nur kurz auf. „Vermutlich wird es ein ziemlicher Kulturschock, aber ich gehe ganz offen zu dem Treffen hin. Hoffentlich kann ich mich erst einmal im Hintergrund halten. Mein Plan ist, dass ich es als Bestandsaufnahme tarne und mich im ersten Schritt mit der Mannschaft vertraut mache."

„Und was willst du bezüglich dieses Querulanten machen?" Als ich den Blick hebe, sehe ich, wie meine Freundin mich abwartend mustert. „Wie heißt er denn, dann können wir ihn schon mal googeln."

Die Bestellung ist abgeschickt, und ich lege mein Smartphone auf den Couchtisch. „Den Namen weiß ich gar nicht, aber es ist wohl der Quarterback. Er soll die Mannschaft bei den Spielen koordinieren, aber soziale Interaktionen sind wohl nicht so sein Ding. Auch mit den Fans kommt er offenbar nicht gut zurecht. Mehr Infos muss ich vor Ort sammeln, der Umzug nach Miami ging so schnell, ich hatte kaum Zeit, vorab zu recherchieren."

Schallend lacht Ramona auf, während sie nach einem Bild von besagtem Quarterback sucht. „Also ein Rundumpaket. Hoffentlich sieht er wenigstens heiß aus." Sie verstummt und reißt die Augen auf. „Oh, was das angeht, muss ich dich leider enttäuschen, Süße." Mit mitleidigem Gesichtsausdruck dreht sie mir das Display entgegen, und ich erhalte einen Blick auf das Profilbild eines Mannes, der eher aussieht wie ein Survivalexperte als wie ein Sportler, der etliche Fans in seinen Bann ziehen soll. Die dunkeln Haare sind lang und strähnig, der Vollbart buschig und unregelmäßig geschnitten. Auch die Augenbrauen sind sehr dominant und verleihen ihm automatisch ein grummeliges Aussehen.

„Hm." Nachdenklich nehme ich ihr das Handy ab und wische über die Website, um mir die weiteren Infos zu seiner Person anzusehen. „Immerhin hat er schon viele Erfolge für sich verbuchen können, so wie es aussieht", informiere ich sie, wobei es vermutlich so klingt, als würde ich den Auftrag vor mir selbst rechtfertigen. „Scheint sportlich gesehen ein ziemlicher Überflieger zu sein."

„Das nützt aber der Beliebtheit der Mannschaft nichts, wenn er dafür seinen Mitmenschen gegenüber ein Arschloch ist."

Seufzend streiche ich mir über die Haare. „Du hast absolut recht. Trotzdem muss ich versuchen, unvoreingenommen an die Sache heranzugehen." Um von dem Thema abzulenken, stehe ich auf und suche in der Küche nach Tellern. Als ich sie gefunden habe, stelle ich sie in die Spüle, um sie grob mit Wasser abzuwaschen. „Immerhin haben wir jetzt eine annehmbare Unterkunft. Hier wird es sich aushalten lassen, bis ich den Job erfolgreich erledigt habe."

So ganz glaube ich selbst noch nicht daran, dass der Auftrag ein Spaziergang wird, aber wenn ich schon vor dem eigentlichen Beginn ein Scheitern befürchte, kann ich es auch gleich lassen. Positiv denken, Stella!

Kapitel 4 – Hunter

Es ist Montag, und der Coach ist schlecht gelaunt. Zwar trifft das auf viele Menschen zu Wochenbeginn zu, aber heute ist es besonders auffällig. Mittlerweile frage ich mich sogar, ob ich persönlich etwas damit zu tun habe – so weit ist es schon. Die letzte Ansage war anders als sonst, ich glaube, dieses Mal meint er es ernst.

„Zum Abwärmen lauft ihr noch zehn Runden um das Feld, danach geht ihr duschen", brüllt Whipley gerade. „Und wenn ihr alle wieder gesellschaftsfähig seid, treffen wir uns im Theorieraum. Ich will euch jemanden vorstellen."

Mit dieser Aussage erntet er ausschließlich irritierte Blicke. Jemanden vorstellen? Uns? Bekommen wir einen neuen Spieler?

„Was ist denn noch?", mault der Coach und klatscht in die Hände. „Los jetzt, ich gebe euch eine Stunde bis zu dem Treffen." Dann dreht er sich ohne Umschweife um und stapft in die Katakomben.

Die Mannschaft setzt sich langsam in Bewegung, erst trotten alle vor sich hin, bis jeder das Tempo für sich gefunden hat, das er beibehalten will. Ich selbst habe noch einige Reserven, obwohl das Training echt hart war. Deshalb, und auch weil ich als Vorbild fungieren will, überhole ich die anderen Spieler, bis ich ganz vorne bin. Die kurzen Strecken des Feldes versuche ich zu sprinten, die langen jogge ich locker entlang. So kommt es, dass ich gegen Ende sogar einige der Linemen überrunde.

„Angeber", höre ich einen von ihnen murmeln und spüre Wut in mir aufkochen. *Lauf einfach weiter*, nehme ich eine innere Stimme wahr, aber mein Temperament geht mit mir durch und ich bleibe mit rasendem Puls stehen.

„Gibt es ein Problem?", frage ich laut und deutlich. Ich bin mir nicht sicher, welcher der Spieler mich so bezeichnet hat, also suche ich die Gesichter der fünf Linemen ab, ob ich Hinweise entdecke, die sie verraten könnten. Allerdings sehen sie allesamt ziemlich perplex drein. Trent, ihr Center, ist schließlich derjenige, der sich zwischen sie und mich schiebt.

„Was ist denn los?", fragt er. Ob er mitbekommen hat, wie ich genannt wurde, kann ich schwer einschätzen. Er kann sowieso nicht gut mit mir, und egal, wie die Ausgangslage wäre, er würde sich immer auf die Seite der Linemen stellen.

Wutschnaubend sehe ich ihn an. „Einer der Männer kann seine Gedanken nicht für sich behalten." Herausfordernd recke ich das Kinn. „Egal welcher Feigling von euch es war, wenn ihr neidisch seid, dass ihr nicht mehr Kondition habt, dann gebt euch selbst die Schuld daran."

Endlich regt sich etwas auf einem der Gesichter. Ein kleiner, stämmiger Mann namens Will tritt vor und verschränkt die Arme vor der Brust. „Wir haben hier alle unsere Stärken. Ein Quarterback sollte sich nicht über die Schwächen anderer Teammitglieder lustig machen."

„Lustig machen?" Wovon redet er da? „Ich habe einfach nur mein Training absolviert. Wenn ich mich über euch lustig gemacht hätte, wäre der dumme Spruch von mir gekommen. Aber nur weil ich nicht so schlecht in Form bin wie du, brauche ich doch nicht hinter euch Lahmärschen herschleichen, oder?"

„Wen nennst du hier einen Lahmarsch?" Mit hochrotem Kopf stürmt Will auf mich zu. Bevor ich ausweichen oder Trent dazwischengehen kann, schlägt er mir mit der Faust ins Gesicht. Der Schmerz ist erträglich, aber es gibt ein unschönes Knacken, und als ich zurücktaumele, spüre ich, wie etwas Warmes aus meiner Nase läuft. Automatisch fasse ich mir an die Oberlippe, und als ich meine Finger anschaue, sind sie rot vor lauter Blut.

„Das reicht jetzt!", befindet Trent und zerrt Will zur Seite. Er legt einen Arm um seine Schultern und redet auf ihn ein, während der Lineman mir einen finsteren Blick zuwirft.

Auf mich achtet niemand, obwohl ich derjenige bin, der angegriffen wurde. Wie soll ich da Verständnis für meine Mitmenschen aufbringen, wenn sie mich erst angehen, nur weil ich schneller bin als sie, mich dann provozieren und, wenn ich keine freundlichen Worte mehr für sie finde, mir eine reinhauen? Aber nein, ich bin immer der Schuldige.

Für mich ist das Training beendet. Ich hätte ohnehin nur noch eine Runde vor mir gehabt, die lasse ich aus und gehe direkt zu den Duschen. Genau genommen könnte ich bei der Krankenstation vorbeischauen, aber es wird schon nichts gebrochen sein. Und ganz ehrlich, was würde es mich scheren, wenn meine Nase ein bisschen schief wäre. Ich bin zum Spielen in dieser Mannschaft, nicht zum Gutaussehen.

Nach dem Vorfall mit Lorna vor drei Jahren habe ich mich nicht für den Early Entry angemeldet. Das Gutachten hat tatsächlich infrage gestellt, ob ich reif und verantwortungsbewusst genug für den verfrühten Einstieg in die NFL wäre, doch selbst wenn ich ein positives Zeichen vom *Advisory Board* erhalten hätte, wäre ich auf dem College geblieben. Es reicht nicht, drei Jahre nach der Highschool die Empfehlungen der Trainer zu erhalten, auch die NFL-Verantwortlichen strecken ihre Fühler aus. Selbst wenn das Board mein Sexvideo vor der Bewertung nicht entdeckt hätte, die Recherchespezialisten der Mannschaften hätten es mit Sicherheit gefunden und mir wären sämtliche Chancen, gedraftet zu werden, verloren gegangen.

Es hat lange gedauert, gemeinsam mit meiner Familie und einem Anwalt dafür zu sorgen, dass der Film von den meisten Plattformen gelöscht wurde und Lorna eine Strafe zahlen musste. Aber wie sagt man so schön? Das Internet vergisst nie. Auch als ich bei den Torpedos angefangen habe, wurde getuschelt und einmal habe ich sogar direkt mitbekommen, wie sich ein paar der Spieler das Video angesehen haben. Trent war einer von ihnen. Daraufhin habe ich den entsprechenden Spielern eine mehr als deutliche Ansage gemacht, dass sie mich mit diesem Scheiß in Ruhe lassen sollen. Verständlicherweise hat das nicht gerade dazu geführt, dass ich mit offenen Armen aufgenommen worden bin.

Als die anderen Teammitglieder in die Umkleide kommen, bin ich bereits mit dem Anziehen frischer

Klamotten beschäftigt. Einige, wie zum Beispiel Carter, werfen mir unsichere Blicke zu, Will und Trent strafen mich mit finsteren Mienen, scheinen ansonsten jedoch bester Laune zu sein. Nach wie vor kommt niemand zu mir, um sich nach meiner Nase zu erkundigen, geschweige denn, sich zu entschuldigen. Aber gut, das wäre nicht die erste Prügelei, nach der ich als Sündenbock herhalten muss, also mache ich keine große Sache draus.

Mit Wucht knalle ich meinen Spind zu und rausche aus der Sammelumkleide. Die Tür fällt hinter mir ins Schloss, und ich will mich gerade zum Ausgang wenden, als ich die Stimme von Coach Whipley höre. Mit Mühe unterdrücke ich ein entnervtes Stöhnen und lasse den Kopf hängen, um ja keinen Blickkontakt zu ihm aufzubauen. Dann jedoch erkenne ich an der Stimmlage, dass er weder mit mir noch mit einem anderen Spieler zu reden scheint. Sein Tonfall ist nicht so wie sonst, sondern ein wenig höher und melodischer.

„Und hier sind die Duschräume der Mannschaft", erklärt er in diesem Moment. Und noch etwas fällt mir auf: das Klackern von Absätzen. Wir sind nur noch wenige Schritte voneinander entfernt, als ich doch den Blick hebe, um zu sehen, wen er da bei sich hat.

„Sieht genau so aus, wie man es aus Filmen kennt." Eine Frau läuft neben Whipley her. Ihre langen blonden Haare sind zu einem Zopf zusammengebunden, und sie trägt ein weißes Kleid, das eng anliegt und ihr bis zu den Knien reicht.

Ich kann nicht anders, als sie anzustarren. Wer trägt denn bitte komplett weiße Klamotten – einmal abgesehen von Ärztinnen. Allerdings ist ihre Ausstrahlung ganz und gar nicht wie die einer Person aus dem Gesundheitswesen. Sie wirkt weder mürrisch noch überarbeitet, sondern eher interessiert und hochmotiviert. Aber was weiß ich schon ...

Der Coach ist nun auf gleicher Höhe mit mir und scheint mich erst jetzt zu bemerken. Sein freundlicher Gesichtsausdruck schwindet augenblicklich, und er wendet sich leicht von der Frau ab.

„Falsche Richtung, Fields", raunt er. Sein Blick bleibt kurz an meiner lädierten Nase hängen, und er blinzelt irritiert, lässt sich jedoch abgesehen davon nichts anmerken. „Ihr solltet doch noch in den Theorieraum kommen." Ohne eine Reaktion von meiner Seite abzuwarten, läuft er weiter, die Blonde nickt mir lediglich mit einem herzlichen Lächeln zu. Ob sie wohl diejenige ist, die er uns vorstellen will?

Nach dem Vorfall mit Will habe ich wenig Lust, weiter Zeit mit dem Team zu verbringen. Aber wenn ich jetzt gehe, ziehe ich den Unmut des Coachs noch mehr auf mich. Mittlerweile wird sein Ausdruck schon wütend, wenn ich auch nur in der Nähe bin. Außerdem interessiert mich irgendwie, was es mit diesem Gast auf sich hat.

Unschlüssig stehe ich im Flur der Katakomben und sehe den beiden hinterher. Kaum sind sie an der Tür zu der Umkleide vorbeigekommen, strömen bereits ein paar ganz schnelle Teamkollegen heraus, frisch geduscht. Es sind genug, um mir die Sicht auf Coach Whipleys Begleitung zu nehmen, und so trotte ich doch hinter ihnen her, bis wir alle an der Tür zum Besprechungsraum angelangt sind.

Einer der Defense-Spieler schleimt sich direkt bei der Unbekannten ein. „Wir dachten schon, der Coach will uns ein paar neue Investoren vorstellen, aber Sie sehen nicht aus wie eine typische Unternehmerin." Mit theatralisch erschrockenem Gesichtsausdruck hebt er die Hände und reißt die Augen auf. „Wobei ... sorry! Das sollte jetzt nicht so rüberkommen, wie es sich vielleicht angehört hat. Sie sind bestimmt eine herausragende Investorin!"

Seltsamerweise kichert die Frau in dem weißen Kleid und winkt ab. „Ist schon in Ordnung. Und nein, ich bin keine Investorin." Sie deutet auf den Coach, der nun die Tür öffnet und für uns aufhält. „Euer Trainer wird es gleich für alle erklären." Mit diesen Worten geht sie in den Saal und steuert schnurstracks auf den Tisch an der Kopfseite zu.

Obwohl ich gespannt bin, was nun folgen wird, setze ich mich in eine der hinteren Reihen. Mit verschränkten Armen beobachte ich, wie auch die restlichen Spieler eintrudeln und sich gut gelaunt ihre Sitzplätze suchen. Schon wieder merke ich, wie mein Puls in die Höhe schnellt. Haben die denn vorhin gar nicht mitbekommen, dass Will mir eine reingehauen hat? Tja, offenbar stört das wirklich niemanden, wenn ihr erster Quarterback tätlich angegriffen wird. Ich kapiere echt nicht, wieso ich der Einzige bin, der sich um andere scheren muss.

Als alle sitzen, erhebt sich Coach Whipley, der die ganze Zeit mit der Frau gesprochen hat. Er macht eine Armbewegung, die wohl bedeutet, dass Ruhe einkehren soll, und wartet, bis das Gemurmel sich gelegt hat.

„Werte Miami Torpedos", setzt er in feierlicher Tonlage an und ... ja, er grinst. Wann habe ich den Coach das letzte Mal fröhlich gesehen? Nun bin ich noch gespannter, was er wohl zu verkünden hat. Eine private Info wird er uns ja nicht so offiziell mitteilen, oder?

„Darf ich euch Stella Cunningham vorstellen?", fährt er fort und bedeutet der *Nicht-Investorin*, sich ebenfalls zu erheben. Sie kommt der Aufforderung nach, steht auf und macht einen leichten Knicks, gefolgt von einem Winken in unsere Richtung. „Sie ist Coach und Marketing-Expertin und wird uns in den nächsten Wochen begleiten." Nun verfinstert sich seine Miene erneut, und ich habe das Gefühl, dass sein Blick einen Moment zu lange an mir haften bleibt. „Ich denke wir wissen alle, dass unsere Mannschaft mal zur Abwechslung ein paar positive Schlagzeilen gebrauchen könnte, und dabei wird Stella uns helfen. Zu Beginn wird sie uns eher im Hintergrund ein wenig begleiten, euch beim Training beobachten und sich vermutlich ganz viele Notizen machen." Er lacht auf und es klingt sehr unsicher. Meine Güte, das scheint ihm echt wichtig zu sein. Wenn ich mich nicht irre, sehe ich sogar aus dieser Entfernung Schweißperlen auf seiner Stirn glänzen. Dann deutet er auf Stella Cunningham und bedeutet ihr, weiter nach vorne zu treten. „Wollen Sie auch noch ein paar Worte sagen?"

Die Frau tritt vor und nickt bestätigend. „Vielen Dank für die nette Vorstellung", sagt sie an Whipley gewandt und legt ihm für einen kurzen Moment eine Hand auf den Oberarm. Dann lässt sie den Blick über uns Spieler schweifen und fährt lächelnd fort. „Ich freue mich, hier zu sein und euch unterstützen zu dürfen. Ich möchte nicht verschweigen, dass ich bisher nicht im Sportbereich tätig war. Aber ich sehe das als Chance an, denn ich bin vollkommen unvoreingenommen und kann mir deswegen, wie Coach Whipley angedeutet hat, ein objektives Bild von eurem Miteinander und dem Auftreten in der Öffentlichkeit machen. Wenn ich ein Konzept erarbeitet habe, werde ich es euch vorstellen und wir können gemeinsam die nächsten Schritte planen. Zudem werde ich euch nächste Woche zu eurem Trainingslager nach El Paso begleiten, dort können wir uns gleich besser kennenlernen. Natürlich könnt ihr jederzeit mit Ideen von eurer Seite kommen, das macht es viel persönlicher."

Nachdem sie geendet hat, beginnen einige höflich zu klatschen, bis schließlich immer mehr einstimmen. Ich lasse die Arme sinken und richte mich in meinem Stuhl auf, entscheide mich jedoch dagegen, mitzumachen. Was soll das alles hier? Eine Marketingexpertin, die uns beobachtet und analysiert? Wir sind eine Sportmannschaft, verdammt, warum verschwenden wir unsere Zeit mit solchen Sachen?

Ein paar der Teammitglieder haben Fragen bezüglich der Ideen, die sie einbringen können, und es entsteht eine offene Diskussion zu Möglichkeiten, die sich uns als Mannschaft bieten. Betont desinteressiert hole ich mein Handy aus der Hosentasche. Allmählich beschleicht mich das Gefühl, dass ich bei dieser ganzen Sache eine Rolle spielen werde, die mir nicht gefallen wird. All die Vorwarnungen, die der Coach fallen gelassen hat ... Wenn er die wahrmacht, bin ich am Arsch.

Nach einer halben Stunde herrscht Aufbruchstimmung, und ich will gerade aufstehen und den Raum als einer der Ersten verlassen, da pfeift mich Whipley zurück.

„Fields? Du bleibst bitte noch kurz." Fuchtelnd bedeutet er mir, dass ich nach vorn kommen soll, und ich muss mich zusammenreißen, um nicht die Augen zu verdrehen. Allerdings kann ich es nicht lassen, mich besonders schwerfällig zu erheben und betont gemächlich zu ihm und Miss Cunningham zu schlendern.

Als ich beim Coach angelangt bin, lasse ich mich mit einem Ächzen auf einen Stuhl in der vordersten Reihe fallen. „Was ist denn noch?"

Kapitel 5 – Stella

Ich hatte Hunter Fields ja bereits mit Ramona gegoogelt, aber nun, da er direkt vor mir sitzt, kann ich ihn viel genauer betrachten. Die dunklen Augen sitzen tief in den Höhlen, und ein paar Strähnen hängen ihm wirr ins Gesicht. Im Gegensatz zu dem Großteil der anderen Spieler legt er offenbar keinen Wert darauf, dass seine Frisur sitzt. Noch dazu sein wütender Blick, dabei hat Coach Whipley noch nicht einmal mit seiner Erklärung begonnen. Das mit Abstand Schlimmste ist jedoch die Art und Weise, wie er mich anstiert. Ob er ahnt, aus welchem Grund ich hier bin?

„Danke, Fields", setzt der Trainer endlich an und bedeutet mir, mich auf den freien Stuhl neben seinem zu setzen. „Ich wollte mit dir separat sprechen, weil du eine besondere Aufgabe bei dieser ganzen Sache übernehmen wirst."

„Ach wirklich?" Betont gelangweilt verschränkt Hunter die Arme vor der Brust. „Und wie genau soll diese Aufgabe aussehen?"

Whipley lässt sich von der provokanten Art nicht aus dem Konzept bringen, obwohl ich eindeutig eine Ader an seiner Stirn pochen sehen kann. „Du erinnerst dich an die Pressekonferenz neulich, als du den Reporter angepflaumt hast, er müsse sich das Spiel wohl selbst ansehen? Tja, meine Ankündigung ist dieses Mal nicht bloß eine leere Drohung gewesen. Miss Cunningham ist die Hilfe, die ich angekündigt habe, und ich erwarte, dass du bei ihren Hilfestellungen mitmachst."

Der Quarterback wirkt, als wolle er protestieren, für einen Moment klappt ihm der Mund auf. Dann schüttelt er kaum merklich den Kopf und vollführt eine Art Verbeugung. „Ganz wie Sie wünschen."

„Ich meine es ernst", poltert der Coach und wird rot im Gesicht. „Wenn du dich mir gegenüber respektlos verhältst, dann sei es so. Aber ihr gegenüber zeigst du gefälligst ein wenig Anstand, oder es wird ernsthafte Konsequenzen für dich geben. Ich weiß, du liebst den Sport, aber als NFL-Spieler hast du dich dafür entschieden, auch das ganze Drumherum in Kauf zu nehmen. Also musst du da jetzt durch."

Mit einem Mal wird mir bewusst, in was für eine andere Welt ich mich selbst katapultiert habe. Hunter Fields, Quarterback der Miami Torpedos, verdient vermutlich etliche Millionen Dollar im Jahr, der Coach wird auch auf ein beachtliches Sümmchen kommen. Und ich? Ich muss mir mit meiner besten Freundin eine heruntergekommene Wohnung teilen, weil ich sonst nicht über die Runden komme. Zeitgleich spüre ich das erste Mal den Druck, der auf mir lastet. Wenn ich diesen Job in den Sand setze, gibt es nicht mehr viele Optionen, meinen Geldbeutel zu füllen. Dieser Auftrag muss ein Erfolg werden, es geht einfach nicht anders.

Felsklotz Hunter ist hierbei vermutlich keine wirkliche Unterstützung. Sein Gesicht spricht Bände, er wirkt gerade so, als hätte man ihm den Boden unter den Füßen weggezogen. Auch auf die Gefahr hin, ihn noch mehr zu verärgern, entscheide ich mich dazu, es wie immer zu machen, wenn ich schwierige Counterparts habe. Ich gebe mich übertrieben optimistisch, strahle noch dazu wie ein gut gelaunter Sonnenschein, der ich privat meistens sogar bin.

„Mr. Fields, wenn ich das sagen darf, ich freue mich schon sehr auf die Zusammenarbeit. Es ist wahr, ich bin keine Kennerin des Sports, aber glauben Sie mir, so kann ich ganz unvoreingenommen an die Sache herangehen und mir ein objektives Bild machen. Lassen Sie sich gerne darauf ein, dann finden wir schnell einen Weg, der Ihnen und der Mannschaft hilft." Und meinem Geldbeutel. Himmel, ich darf das wirklich nicht verpatzen.

Perplex blinzelt er mich an. „Tja, Miss, es kann ja gut sein, dass Sie sich schon eine ganze Weile auf diesen Spaß", er macht bei dem Wort Gänsefüßchen mit den Fingern in die Luft, „einstellen konnten, aber für mich ist das jetzt absolut neu. Sie verstehen sicherlich, dass ich nicht gleich in Begeisterungsstürme ausbreche."

Langsam klatscht Whipley in die Hände. „Wow! Fields, das war die gehobenste Sprache, in der ich dich je habe reden hören. Wenn es schon nach den wenigen Minuten Früchte trägt, dann kann das ja nur gut werden." Er macht ein paar Schritte von uns weg und deutet auf die Tür. „Ich habe noch ein Telefonat, das auf mich wartet. Ihr beide schafft das allein, nicht wahr?" Mit einem dezenten Winken lässt er uns stehen, und wenig später sind wir nur noch zu zweit in dem großen Raum.

„Nennen Sie mich ruhig Stella. Wir werden intensiv miteinander arbeiten, da bleibt eigentlich keine Zeit für Förmlichkeiten. Darf ich Hunter sagen?"

Der Footballspieler nickt langsam und mustert mich. „Wie genau soll diese intensive Zusammenarbeit denn aussehen? Wann geht es los? Wie gesagt, Sie ... also du hattest ja nun schon Zeit, dich darauf einzustellen. Ich hätte gern auch die Gelegenheit, mir vorher Gedanken über alles zu machen."

Gedanken? Aha. Nach dem zu schließen, was der Coach erzählt hat, ist er sonst nicht so der bedachte Kerl. Aber gut, vielleicht ist das auch einfach eine Hinhaltetaktik.

„Mein Vorschlag wäre, morgen nach dem Training eine erste Teambuilding-Übung mit allen zu machen. Dabei würde ich gern eine Kennenlernrunde veranstalten, damit ich einen Überblick bekomme, wer in der Mannschaft welche Aufgabe hat und wer viel mit wem zu tun hat. Das Trainingscamp startet bereits kommende Woche, von da an würde ich dann allmählich mit den Einzelstunden beginnen."

Abwartend sehe ich ihn an und rechne mit irgendeiner Art von Reaktion. Er starrt mich jedoch bloß mit diesem durchdringenden Blick an, ohne etwas zu sagen. Als ich bereits innerlich nach einer sinnvollen Weiterführung des Gesprächs suche, steht er auf einmal ruckartig auf und lässt mich damit heftig zusammenzucken.

„Tja, du hast den Coach gehört, mir bleibt sowieso nichts anderes übrig, als mitzumachen. Also werde ich wohl irgendwie anwesend sein." Ohne mich ein weiteres Mal anzusehen, stampft er davon und wirft die Tür hinter sich zu.

Als er weg ist, fangen meine Beine an zu zittern. Hilfe, war ich so sehr unter Anspannung, als ich mit ihm geredet habe?

Das kann ja wirklich heiter werden.

***

Das Training am nächsten Morgen ist mir wichtig, es ist das erste Aufeinandertreffen nach der großen Verkündung, dass ich nun eine Art Soft-Skill-Assistentin des Teams bin. Am Abend davor bereite ich alles vor, was ich brauche. Ich erstelle mir eine Liste mit den Namen der Spieler und denke mir ein nettes Spielchen aus, bei dem sie zusammenarbeiten müssen und hoffentlich auch noch Spaß dabei haben. Vor lauter Aufregung kann ich jedoch trotzdem nicht einschlafen und liege eine gefühlte Ewigkeit hellwach im Bett.

Ziemlich unsanft werde ich geweckt, als Ramona in mein Zimmer poltert.

„Hey, wolltest du nicht schon seit einer Stunde aufgestanden sein?", fragt sie, geht ans Fenster und reißt die Vorhänge auf. „Es ist schon halb zehn."

Bei ihren letzten Worten sitze ich kerzengerade im Bett. „Wie bitte? Ist das ein Scherz?" Blinzelnd taste ich nach meinem Smartphone. Ich habe es über Nacht ans Ladegerät gesteckt und mehrmals nachgeschaut, ob der Wecker gestellt ist. Leider bleibt das Display schwarz, so oft ich auch auf den Knopf zum Entsperren drücke. „Nein, das darf nicht sein! Bitte nicht." Verzweifelt ziehe ich den Stecker aus der Dose, springe auf und stecke ihn an einer anderen Stelle wieder ein. Jetzt endlich flammt das rote Batteriezeichen auf und der Akku beginnt zu laden. „Das Scheißding hatte die ganze Nacht über keinen Strom und war gestern Abend schon so gut wie leer. Kein Wunder, dass es mich nicht geweckt hat."

„Du hättest mir ruhig Bescheid sagen können, dann hätte ich mir für dich ebenfalls einen Alarm gestellt, als Back-up sozusagen." Mit leicht mitleidigem Ausdruck steht Ramona noch immer neben dem Fenster und verfolgt, wie ich im Zimmer herumirre und versuche, mich so schnell wie möglich anzuziehen.

„Gestern kam es mir gar nicht in den Sinn, dass es Probleme mit dem Handy geben könnte. Ich könnte schwören, dass es angefangen hat zu laden, als ich es eingestöpselt habe."

„Egal, jetzt ist es zu spät. Wie kann ich helfen? Soll ich dir was zum Frühstück machen? Oder einen Kaffee für unterwegs?"

Mit einem Bein in meiner Hose hüpfe ich zum Bett, um mich hinzusetzen. „Kaffee wäre super. Danke, du bist ein Schatz."

„Klar bin ich das." Ramona wirft mir einen Luftkuss zu, dann verlässt sie das Zimmer und ich kann wenig später das Rauschen der Kaffeemaschine hören.

Für aufwendiges Make-up ist die Zeit zu knapp, also lege ich nur ein leichtes Puder auf, tusche mir die Wimpern und eile in die Küche. Die beste Mitbewohnerin der Welt ist bereits dabei, mein Getränk in einen To-go-Becher zu füllen, wünscht mir viel Glück, und schon bin ich im Hausflur.

Obwohl ich spät dran bin und die morgendliche Rushhour längst vorbei sein sollte, ist die Straße ungewöhnlich voll. Verzweifelt sehe ich mich nach einem

Taxi um, dann jedoch bleibt mein Blick an dem Schild zur Metro hängen.

Ich bin seit einer Ewigkeit nicht mehr mit der Bahn gefahren.

Etwas in mir sträubt sich dagegen, aber bevor ich ewig ein Taxi suche und dann auch noch im Stau stehe, fahre ich doch besser unterirdisch, unter all dem Verkehrschaos hindurch.

Bereits der Weg die Treppe runter zur Haltestelle *Crenshaw* lässt mich meine Entscheidung überdenken. Der Gestank ist widerlich, und es warten so viele Menschen, dass ich mir nicht sicher bin, ob ich mich in die Metro quetschen will. Doch die Zeit läuft, ich bin schon eine Viertelstunde zu spät zum Training, dabei wollte ich direkt vor Beginn am Rand stehen, um dem Coach meine Bereitschaft zu signalisieren. Zweifelnd schaue ich auf mein bereits entwertetes Ticket. Bevor ich die geizige Seite in mir überzeugen kann, fährt die Linie K ein, und ich schiebe mich gemeinsam mit den anderen in das Innere der Stadtbahn. Ich habe noch keine gute Gelegenheit zum Festhalten gefunden, als sich die Türen schließen und sich das Gefährt in Bewegung setzt. Mit einem leisen Quietschen stolpere ich auf meinen High Heels nach vorn und rempele gegen einen älteren Mann. Schnell richte ich mich wieder auf und will einen Schritt zurücktreten, dabei schwappt ein Schwall Kaffee aus dem Trinkloch meines To-go-Bechers. Wie in Zeitlupe verfolgen ich und alle Umstehenden den Weg der Flüssigkeit. Immerhin landet sie weder auf Menschen noch irgendwelchen Taschen, doch durch das Auftreffen auf dem Boden spritzt es ziemlich und kleckert meine weiße Hose voll.

„Sieht doch fast aus, als sollte das so sein", sagt eine kaugummikauende Frau mit Piercing, und ich könnte ihr beinahe recht geben, wenn es nicht so unregelmäßig aussehen würde.

Nach diesem Vorfall finde ich endlich einen Platz, an dem ich mich gut festhalten kann. Bis *Downtown Inglewood* sind es nur vier Stationen, das dürfte doch machbar sein.

„Entschuldigen Sie", frage ich einen Mann, der ein Football-Jersey der Torpedos trägt, kurz bevor wir ankommen. „Wie komme ich von der nächsten Haltestelle am schnellsten zum Footballstadion?"

Ungläubig hebt der Typ die Augenbrauen. „Wie, wollen Sie das etwa laufen? Da sind Sie eine ganze Weile unterwegs." Nach einem Zögern deutet er auf meine Schuhe. „Vor allem in den Dingern."

„Oh, okay. Dann ähm ... werde ich einfach schauen, ob ich ein Taxi bekomme. Danke sehr." Obwohl meine Stimme optimistisch klingt, bin ich innerlich total aufgewühlt. Es ist jetzt fast elf Uhr, das Training läuft bald seit einer Stunde.

„Wenn Sie wollen, können Sie sich mit mir ein autonom fahrendes Taxi teilen. Ich bin einer der Testpassagiere und muss auch in *Inglewood* raus. Das wäre zumindest kostenlos. Und ich kann jede Testfahrt gut gebrauchen, es wäre also ein Win-win für uns beide."

Zögernd sehe ich ihn an. Es ist ein nettes Angebot, aber man kann nicht in Menschen hineinsehen. Was ist, wenn er äußerlich zwar ein freundlicher Kerl ist, insgeheim jedoch ein Serienmörder?

„Ich zeige Ihnen mal die App", fährt er fort. „Diese KI-Autos sind ja sehr umstritten, aber ich finde, sie funktionieren echt super. Wenn wir einen Fehler bemerken oder nicht zufrieden sind, dann hinterlege ich das einfach in der App."

Er tippt die Adresse der Haltestelle in das Startfeld ein, als Ziel das Stadion. Als die Metro anhält und wir aussteigen, sperrt er sein Handy mit einem triumphierenden Lächeln. „So, müsste gleich angefahren kommen."

Mit einem mulmigen Gefühl und dem Zeitdruck im Nacken stehe ich mit diesem Fremden am Straßenrand und warte auf ein selbstfahrendes Auto, das mich zu meinem neuen Job bringen soll. Tatsächlich habe ich in den Nachrichten zweifelhafte Dinge über diese Taxis gelesen, aber laut App sind es bloß 1,8 Meilen. In etwas mehr als fünf Minuten bin ich dort und habe mir die Kosten für eine richtige Taxifahrt gespart.

Es dauert nicht lange, bis ein sonderbar aussehendes Gefährt auf uns zusteuert. Die benötigten Sensoren und Kameras sind nicht zu übersehen, aufgrund des Aufbaus auf dem Dach sieht es fast aus wie ein ungewöhnliches Polizeiauto. Da es sich an den Angaben der App orientiert, rollt es erst einmal an uns vorbei, hält ein ganzes Stück weit weg an und klappt die Tür automatisch aus. So weit noch verkraftbar.

Der Auto-Tester, er stellt sich mir als Timothy vor, bedeutet mir, zuerst einzusteigen. Es ist ein seltsames Gefühl, dass sich niemand auf dem Fahrersitz befindet, aber das Robo-Taxi fädelt sich ordentlich in den Verkehr ein. Je näher wir unserem Ziel kommen, Timothy und ich verfolgen das auf seiner App ganz genau, desto erleichterter bin ich, dass wir nichts um- oder anfahren und jedes Verkehrszeichen berücksichtigt wird.

„So, da vorne sieht man es schon, wir sind gleich da." Mein Mitfahrer zeigt aus dem Fenster, und ich drehe mich um. Obwohl ich gestern schon hier war, ist es ein beeindruckender Anblick, diesen gewaltigen Bau im hellsten Sonnenschein LAs zu sehen.

Ich erwarte, dass das Auto vor dem Haupteingang des Stadions anhält, doch das tut es nicht. „Hey, Moment! Warum fährt es weiter?"

Timothy tippt wild auf dem Handy herum. „Weiß ich auch nicht. In der App sah es so aus, als wäre hier der Endpunkt."

In gemächlichem Tempo rollt das KI-Taxi weiter, über den kompletten Parkplatz. Erst am hintersten Ende, wo sich die offizielle Einfahrt befindet, bleibt es stehen und verkündet, dass wir das Ziel erreicht haben.

„Sorry, das haben wir gleich", murmelt Timothy und tippt erneut auf seinem Smartphone herum. Allerdings öffnen sich bereits die Türen, und ich mache Anstalten, auszusteigen.

„Schon in Ordnung, wirklich. Du hast mir sehr geholfen, das Stück schaffe ich auch allein. Vielen lieben Dank, du warst wirklich meine Rettung!" Wir winken uns zu, und während das Auto, offenbar mit einem neuen Ziel, wieder anfährt, nehme ich den vor mir liegenden Weg in Augenschein. Der Parkplatz ist groß, geradezu riesig. Aber die Distanz ist besser als die, die ich von der Metro-Haltestelle hätte zurücklegen müssen, also will ich mich nicht beschweren. Meine Umhängetasche geschultert, beginne ich meinen Marsch. Ich traue mich gar nicht mehr, auf die Uhr zu schauen, weil ich viel zu spät bin, will mich aber natürlich beeilen. Ein kurzes Stück versuche ich zu joggen, breche jedoch sofort ab, weil ich Angst habe, dass ich mit meinen Schuhen umknicke. Die Sonne knallt heiß auf mich herab und der Schweiß bricht mir aus. Die Strecke scheint sich endlos zu ziehen, und so komme ich klitschnass geschwitzt nach einer gefühlten Ewigkeit endlich an der Schwingtür an, die jetzt, da kein Spieltag ist, nicht offen steht.

Den Rest renne ich nun doch, hier ist der Boden schön eben und ich habe keine Verletzungsbedenken mehr. Viel zu laut klackern meine Absätze auf der Tribüne, und so dreht sich die gesamte Mannschaft zu mir um, während sie gerade um Coach Whipley versammelt steht und sich etwas von ihm anhört.

„Hi! Und sorry!", rufe ich lediglich, lasse mich auf einen Sitz in der vordersten Reihe fallen und krame geschäftig in meiner Tasche, in der Hoffnung, dass niemand auf mich zukommt und mich fragt, was mir einfällt, so einen desaströsen Auftritt hinzulegen.

Kapitel 6 – Hunter

Als die herausgeputzte Miss Cunningham nicht zum Training erschienen ist, habe ich schon gedacht, dass ich sie vergrault habe. Dabei bin ich nicht einmal sonderlich fies zu ihr gewesen. Ihre Aufmachung, als sie doch noch auftaucht, ist höchst ungewöhnlich. Vielleicht war gestern auch eine Ausnahme und sie hat nur für den ersten Eindruck so viel Wert auf ihr Äußeres gelegt. Die weiße Hose und die hörbaren Absätze verheißen jedoch das Gegenteil.

Sogar aus der Entfernung kann ich erkennen, dass sich aus ihrer zusammengefassten Frisur mehrere Strähnen gelöst haben und in alle Richtungen abstehen. Ihre Bluse ist verknittert und an manchen Stellen dunkler als beim Rest. Ist sie etwa durchgeschwitzt? Ich meine, keine Ahnung, wo sie sonst arbeitet, aber das hier ist Kalifornien, da kann man durchaus mit wärmeren Temperaturen rechnen.

Jetzt sitzt sie auf der Tribüne und hält den Kopf gesenkt. Hatte sie nicht angekündigt, dass sie uns genau beobachtet, um sich ein Bild zu machen? Offenbar ist sie doch nicht so perfekt und durchorganisiert, wie der Coach uns hat glauben lassen. Wer weiß, vielleicht ist sie schneller wieder weg als gedacht.

Mit fahrigen Bewegungen streicht sie sich immer wieder über Stirn und Haare. Dabei hängt sie so tief in ihrem Sitz, dass man fast meinen könnte, sie würde damit verschmelzen wollen.

„Okay, Leute, zum Abschluss noch fünf Runden um den Platz", bellt Whipley und marschiert an den Rand.

Träge joggen wir los. Ich mache wieder mein eigenes Ding, achte auf niemanden um mich herum. Wobei ... so ganz stimmt das heute nicht. Jedes Mal, wenn ich auf der Geraden laufe, von der aus ich Stella beobachten kann, huscht mein Blick zu ihr. Jetzt sitzt sie aufrecht und mustert jeden vorbeikommenden Spieler. Als ich sie passiere, richte ich meine Aufmerksamkeit demonstrativ auf den Rasen vor mir, damit sie ja nicht mitbekommt, dass ich sie angestarrt habe. Irgendwie fühle ich mich selbst ziemlich ertappt, dass ich ständig zu ihr schauen muss. Sie ist zwar hübsch und hat eine Ausstrahlung, die mich überraschend positiv aus der Bahn wirft, ich sollte allerdings schon einmal üben, sie zu ignorieren, wenn ich diese Schickimicki-Tante und all ihre Maßnahmen ausblenden will.

In der letzten Runde bin ich so in Gedanken, dass ich nicht mitbekomme, wie einige Spieler vor mir langsamer werden und schließlich nur noch gehen. Wie in Trance renne ich weiter ... und voll in sie rein.

„Hey, pass doch auf, Mann!"

Na toll, schon wieder die Offensive Line. Trent ist diesmal vorne dabei und sieht fast so aus, als würde er sich freuen, dass es wieder Ärger gibt.

„Sorry", knurre ich, und das ist mehr, als jemals jemand aus dem Team dafür erhalten hat, dass er mir im

Weg stand. Wenn sie vor Ende der Runde aufhören zu joggen, dann sollen sie gefälligst an den Rand gehen.

Immerhin spreche ich diese Worte nicht aus. Kopfschüttelnd will ich weiterlaufen und mich nicht provozieren lassen. In der ersten Woche vor Saisonstart negativ auffallen, das wäre echt suboptimal.

„Ach, der große Quarterback schon wieder." Will. Hat der nicht von gestern schon genug? Ich sollte weiterlaufen, das weiß ich ganz genau. Aber dieses überhebliche Grinsen auf seiner Visage lässt mich wie automatisch stehen bleiben.

„Hört sich so an, als wolltest du Kritik äußern. Ich höre."

Der Lineman richtet sich zu seiner ganzen Größe auf und reicht trotzdem lange nicht an mich heran, verschränkt die Arme vor der Brust. „Kritik nicht direkt. Aber ich will klarstellen, dass du dieses Mal derjenige warst, der angefangen hat. Hast du nicht gesehen, dass wir auslaufen?"

„Vielleicht ist er abgelenkt, weil eine Frau zuschaut", höhnt ein anderer aus der O-Line, woraufhin alle lachen. Unweigerlich huscht mein Blick zu Stella, die uns mit leicht verblüfftem Gesichtsausdruck mustert.

„Was sollte daran ungewöhnlich sein? Bei Spielen schauen Tausende von Frauen zu." Locker beginne ich wieder zu laufen, ich will mich auf keine Diskussion einlassen. Aber da habe ich die Rechnung ohne Trent gemacht. Manchmal glaube ich, es ist seine Lieblingsbeschäftigung, mir auf die Eier zu gehen.

„Du musst die Überlegung verzeihen", setzt er gestelzt an. „Wenn wir dich sonst mit Frauen sehen, nehmen sie meist eher Reißaus vor dir." Dann verändert sich sein

Gesichtsausdruck. Er grinst dümmlich, und ich könnte wetten, dass er gerade das Sexvideo mit Lorna in seinem Kopfkino abspielt. Doch er kommt nicht dazu, dahingehend etwas zu sagen.

„Arme Miss Cunningham", springt nun Will wieder ein. „Habe gehört, sie muss jetzt deinen Babysitter spielen. Wirst du sie heute schon zum Weinen bringen, oder wartest du damit, bis sie sich ein wenig eingelebt hat?"

„Arschloch", knurre ich in meinen Bart hinein und rechne eigentlich damit, dass er es nicht hört, weil ich bereits ein gutes Stück von ihnen entfernt bin.

„Oh, Fields, das gibt aber fünf Dollar in die Schimpfwortkasse." Die Linemen lachen über Trents Spruch. „Mach ruhig weiter so, dann können wir bald von dem Geld richtig feiern gehen."

Ignoriere sie, Hunter, wiederhole ich innerlich gebetsmühlenartig. *Du bist unter Beobachtung und darfst nicht auffallen.*

Auf eine Weise bin ich ziemlich stolz auf mich. Auch wenn es mir selbst nie so extrem vorkam, scheine ich wirklich häufig der Grund für schlechte Stimmung innerhalb des Teams zu sein, obwohl ich noch nicht einmal wirklich lange Teil der Mannschaft bin. Wenn Whipley seine Drohung tatsächlich wahr macht, muss ich vermutlich in mich gehen und überlegen, ob ich doch an mir arbeiten sollte.

Kaum habe ich die letzte Runde beendet, biege ich in Richtung der Katakomben ab. Für heute Mittag hat der Coach die erste Team-Session mit Stella angekündigt, um guten Willen zu zeigen, sollte ich dazu wenigstens einigermaßen pünktlich sein.

***

Als ich den Theorieraum betrete, bin ich anscheinend der Letzte. Meine Mannschaftskameraden stehen in kleinen Grüppchen zusammen oder tummeln sich am Rand, wo auf einem großen Tisch mehrere Partypizzen bereitstehen. Mir fällt jedoch auf, dass die Jungs immer wieder zu Stella schauen. Sie steht vorne, wo sonst Coach Whipley seinen Platz hat, und blättert sich durch einen Wust an Papieren. Bei näherer Betrachtung kann ich erkennen, dass ihre Hose unten ganz schmutzig ist, und auch die Schuhe haben schon bessere Zeiten gesehen. Irgendetwas muss heute Morgen passiert sein.

Die Tür hinter mir öffnet sich. Ah, dann bin ich anscheinend doch nicht der Allerletzte. Das Krachen der zufallenden Brandschutztür lässt Stella aufschauen, und sie scannt den Raum, als wäre ihr gar nicht bewusst gewesen, dass wir uns hier versammeln sollten. Dann nickt sie zufrieden und wedelt mit den Armen.

„So, ich denke, wir können starten." Strahlend schaut sie in die Runde, die ungewöhnlich schnell still geworden ist. „Schön, dass ihr alle gekommen seid. Ich freue mich sehr darauf, mit euch arbeiten zu können. Tut mir leid, heute Morgen gab es ein kleines Verkehrsproblem, ansonsten wäre ich natürlich direkt zu eurem Trainingsstart dagewesen." Mit der linken Hand deutet sie auf die Pizzen. „Die meisten von euch haben es bereits gesehen, der Coach hat Pizza bestellen lassen, damit ihr nach dem harten Training nicht umkippt. Ich würde vorschlagen, dass wir deswegen erst einmal ein Mittagessen einlegen, würde euch aber bitten, dass ihr dabei ein wenig Small Talk haltet. Wenn möglich, mischt euch unter Leute, mit denen ihr sonst nicht so viel zu tun habt. Keine Ahnung, wenn die Offense also oft gemeinsam trainiert, dann mischt euch mal mit der Defense, und so weiter."

Es ertönt zustimmendes Gemurmel, ich jedoch könnte allein bei dieser ersten Aufgabe direkt kotzen. Ich habe keine Lust, mit anderen zu reden, und will schon gar nicht gezwungenermaßen mit Spielern sprechen, um die ich sonst einen großen Bogen mache. Für mich ist es in Ordnung, ein Einzelgänger zu sein. Das war ich schon immer und will es auch bleiben.

Um nicht wie erstarrt in der Gegend herumzustehen, gehe ich zu dem provisorischen Buffet herüber und nehme mir mehr Pizzastücke, als ich vermutlich essen kann. Dann stelle ich mich neben die Tische mit dem Essen und stopfe mir ein Stück nach dem anderen in den Mund. Wenn ich kaue, kann ich nicht sprechen. Und vielleicht zählt es, wenn ich hin und wieder zustimmend nicke, wenn jemand vom Team halblaut darüber sinniert, welches Stück er nehmen soll.

„Hunter?"

Ich fahre herum und sehe Grayson vor mir. Er ist ein junger Kicker, erst ganz frisch im Team. Als er mich mustert, bleibt sein Blick an meinem Mund hängen, in dem man vermutlich einen riesigen Berg halb zerkauter Pizza sehen kann.

„Sorry", bringe ich immerhin hervor, mir wohl darüber bewusst, dass ich Gefahr laufe, Essensbrocken auszuspucken.

Verlegen kratzt der Jüngling sich am Kopf. In der anderen Hand hält er ebenfalls einen Teller, allerdings mit deutlich weniger Pizzastücken. „Nun ja, da wir die Aufgabe haben, ein wenig zu networken, wollte ich mal fragen, was du so für einen Eindruck von dem aktuellen Team hast." Sein Blick trifft nie den meinen, und ich frage mich, ob er Angst vor mir hat. Wirke ich auf andere so furchteinflößend? „Du bist ja irgendwie so was wie der Chef des Teams, einer der Captains. Ich weiß, wir stehen meist nicht gemeinsam auf dem Feld, aber ... wie schlage ich mich so?"

Das ist sie, meine Chance, zu üben, nett zu den Menschen zu sein. Aus dem Augenwinkel sehe ich, wie Stella sich einen Weg durch die Grüppchen bahnt und immer mal wieder stehen bleibt, um den Gesprächen kurz zu lauschen. Sie ist gerade ganz in unserer Nähe, und so kaue ich schnell den Mund leer.

„Tja ... äh, wie du schon gesagt hast, wir sind ja meist nicht zusammen im Einsatz. Aber dafür kann ich dich immer ganz gut beobachten. Im Training schlägst du dich super." Das ist nicht gelogen. Auch wenn ich auf andere vermutlich ignorant wirke, weiß ich genau, wer welche Stärken und Schwächen hat. Ich muss das wissen, um im Spiel gut reagieren zu können, falls ein Spielzug nicht so läuft, wie geplant.

Grayson wirkt deutlich erleichtert. „Ich trainiere hart, aber kann natürlich verstehen, dass Jack die meiste Zeit spielen wird. Wenn es etwas gibt, das ich verbessern soll, dann sag mir ruhig Bescheid."

Nachdenklich betrachte ich ihn. „Wie alt bist du, Grayson?"

Er räuspert sich, sein Blick huscht nervös durch den Raum. „Einundzwanzig. Ich weiß, ich kann noch viel lernen, deswegen wollte ich dich auch ansprechen."

Dieser Junge erinnert mich extrem an mein jüngeres Ich. Hochmotiviert, immer auf der Suche nach Verbesserung, insgeheim aber total in sich gekehrt. Nachdem ich die ganzen Eifersuchtseskapaden und unterschwelligen Intrigen der College-Zeit hinter mich gebracht habe, war ich so verbissen auf den Sport konzentriert, dass ich am liebsten den ganzen Tag nur trainiert hätte. Vor allem nach meinem katastrophalen letzten Semester als Außenseiter ...

Zuvor habe ich noch nie mit Grayson gesprochen und hätte es vermutlich auch nie getan. Siehe da, sollte diese Übung vielleicht wirklich etwas Positives haben?

In diesem Moment tritt Stella in mein Blickfeld. Sie steht direkt zwischen uns, ihrem Lächeln nach zu urteilen, hat sie schon vorher zugehört. „Sehr schön, ihr beiden. Genau so habe ich das gemeint mit dem Small Talk. Weiter so!" Wie eine Elfe schwebt sie davon, und mir wird bewusst, wie ungeniert ich ihr hinterherstarre. So sehr ich mich gestern noch aufgeregt habe, dass der Coach mich dazu verdonnert, mich zu verbiegen, so unkompliziert wirkt Stella auf mich. Sie ist keine strenge Oberlehrerin, die versucht, mir unter Zwang Benimmregeln beizubringen ... zumindest noch nicht.

Bevor ich weiter mit Grayson reden kann, kommt Shawn von der Defense zu uns.

„Da sie ja das Beispiel Defense und Offense genannt hat, komme ich einfach mal zu euch, dann haben wir gleich das Special Team mit dir als Kicker noch dabei."

Völlig unbeschwert zieht er ein Gespräch auf und lockt Grayson aus der Reserve. Umgekehrt macht es ihm nichts aus, dass ich bloß hin und wieder brumme, anstatt mich mit Worten zu beteiligen. Irgendwann geht die Pizza zur Neige und Stella stellt sich wieder vorne hin.

„In Ordnung. Wenn ihr euch jetzt bitte alle einen Stuhl dort hinten von den Stapeln holen und damit einen großen Sitzkreis bilden könntet, wäre das super."

Brav setzen sich die Ersten in Bewegung. Hinsetzen. In einen Kreis. Das bedeutet, dass es langsam ernst wird. Ausführliche Gruppengespräche sind nichts, was mir besonders liegt. Aber die Small-Talk-Runde hat mich eben ja auch überrascht, deswegen trotte ich ebenfalls in die Ecke und hole mir einen der aufgestapelten Stühle. Als ich mich umdrehe, ist der Kreis schon zu. Drecksäcke. Ist es so schwer, sich mal umzuschauen, ob noch jemand einen Platz braucht?

„Hunter?" Stellas Stimme hallt durch den Raum, und alle sind auf einmal still. „Du kannst hier vorne sitzen." Sie deutet auf den Platz direkt neben sich. Ich fühle die Blicke der anderen auf mir und ziehe den Stuhl geräuschvoll an die entsprechende Stelle. Es ist fast wie früher, wenn man in der Klasse von den Lehrern fürs Quatschmachen bestraft wurde und in der ersten Reihe sitzen musste. Nur, dass ich in meinen Augen nichts falsch gemacht habe. Sieht sie denn nicht, dass ich aktiv ausgegrenzt werde?

„Sehr schön", beginnt Stella, als alle sitzen. „Ich weiß, die Mannschaftszusammenstellungen ändern sich jede Saison ein wenig, und ich zum Beispiel kenne euch gar nicht. Deswegen ist es Zeit für eine kleine Kennenlernrunde." Mit einer grazilen Bewegung holt sie Block und Stift hervor, die unter ihrem Stuhl bereitlagen, und rutscht auf der Sitzfläche hin und her, als stelle sie sich auf eine lange Sitzung ein und wolle es sich gemütlich machen. „Dabei möchte ich das Übliche wie euren Namen, euer Alter, die bereits bestrittenen Jahre bei den Torpedos und die Gegend, aus der ihr ursprünglich kommt, hören. Zusätzlich sollt ihr euch bitte auch einen Fun Fact ausdenken, den eure Mitspieler noch nicht über euch wissen."

„Uh, dann wird es Hanson schwer haben", ruft jemand, und alle sehen zum routinierten Receiver.

Dieser hebt ergeben die Hände. „Ich bin sehr vielseitig, lasst euch überraschen."

Einige der Spieler lachen. Das bedeutet, Hanson erzählt viel über sich und sein Leben? Ich könnte kein einziges Detail über sein Privatleben nennen, obwohl wir schon mehrere Jahre gemeinsam spielen. Klar, man unterhält sich auch mal in der Umkleide, aber ich beschränke mich meist nur auf das Sportliche. Der Rest interessiert mich schlichtweg nicht.

Aus dem Augenwinkel sehe ich, wie Stella sich bereits Notizen macht. Dann kehrt wieder Ruhe ein, und wir beginnen. Damit es nicht langweilig der Reihe nach gehen muss, hat Stella einen Mini-Football mitgebracht, der wohl eigentlich eine Art Stressball zum Knautschen sein soll. Den werfen wir uns nun zu, um den nächsten Sprecher zu bestimmen.

Es überrascht mich wenig, dass mich niemand drannimmt. Obwohl ich solche Spielchen bescheuert finde, höre ich zu. Manche gehen mehr ins Detail, andere scheinen froh zu sein, wenn es rum ist und sie den Gesprächsball weitergeben können. Gegen Ende ist es Carter, der mir den Ball zuwirft, kurz darauf starren mich alle an.

„Okay, also ... ich heiße Hunter Fields, bin fünfundzwanzig Jahre alt und komme ursprünglich aus Texas. Bei den Torpedos starte ich mittlerweile in die dritte Saison. Und ein Fun Fact über mich ... Ich bin ein Einzelkind."

Aus Trents Richtung glaube ich etwas wie *„Oh, wie funny"* zu hören, aber Stella beendet die Runde und ich atme tief durch, um ihn zu ignorieren. Nach ein paar Sekunden habe ich mich wieder im Griff.

Wow, schon das zweite Mal heute. Ich finde, ich schlage mich gar nicht so schlecht.

Kapitel 7 – Stella

Die Vorstellungsrunde ist ganz nett, aber man merkt, dass einige mit angezogener Handbremse agieren. Vorhin auf dem Feld hat es eindeutig einen Konflikt zwischen Hunter und den Linemen gegeben. Mein Ziel für die erste Zeit ist es, diesen Konflikt zu verstehen, aufzubrechen und zu beseitigen. Dabei brauche ich jedoch definitiv die Bereitschaft der Männer, daran zu arbeiten. Das zu erreichen, wird ein langer Weg werden.

Während die Spieler sich vorgestellt haben, habe ich mir fleißig Notizen gemacht. Jeder einzelne von ihnen ist sicher ein guter Footballer, aber an der allgemeinen Stimmung, den Gesprächen vorhin beim Essen und an den Reaktionen zu dem Gesagten kann ich erkennen, dass sich einige untereinander nur oberflächlich kennen. Man erkennt genau, wer viel mit wem zu tun hat und wer eben nicht.

„Sehr schön, ich danke euch. Als Nächstes möchte ich gerne mit euch ein Auflockerungsspiel spielen. Dazu habe ich ein paar Utensilien mitgebracht." Aus meiner Tasche, die an der Rückenlehne meines Stuhls hängt, hole ich vier Zollstöcke heraus. „Ich teile euch rein zufällig in Zehner-Gruppen ein. Ihr müsst alle eine Hand ausstrecken, davon einen Finger, am besten den Zeigefinger. Jeder Gruppe lege ich den ausgeklappten Zollstock auf die Finger, und ihr müsst diesen dann auf dem Boden ablegen. Die einzige Bedingung dabei ist, dass keiner von euch den Kontakt zu dem Stab verliert."

Erstes Gemurmel bezeichnet die Aufgabe als Kleinigkeit, aber sie werden schon sehen, dass es schwieriger ist, als es sich anhört. Neben mir rutscht Hunter unruhig auf seinem Stuhl hin und her. Ihm gefällt das alles nicht, das ist klar. Immerhin: Bisher macht er ordentlich mit.

Um meinen Plan, den Konflikt zu lösen, in die Tat umzusetzen, muss ich ihn wohl oder übel mit Trent in dieselbe Gruppe packen. Anfangs läuft alles ohne Probleme, und es ist ein lustiger Anblick, wie sich die teils bärigen Männer in zwei Reihen gegenüberstehen und den Zollstock auf ihren Fingern balancieren.

„Okay, auf mein Kommando geht es los. Ich werde von Gruppe zu Gruppe laufen und mich davon überzeugen, dass ihr die Aufgabe schafft. Meldet euch, falls es Fragen oder Probleme gibt. Bereit? Dann los!"

Augenblicklich wird es laut in dem Raum, denn die Alphatiere unter den Spielern rufen sofort ihre Anweisungen durcheinander. Genau so soll es natürlich nicht sein. Sie sollen als Team agieren, alle müssen an einem Strang ziehen.

Bei der ersten Gruppe fällt bereits der Zollstock herunter. Die natürliche Reaktion auf fehlenden Kontakt zwischen Finger und Stock ist nämlich das Anheben des Fingers. Doch genau so kippt er umso mehr und fällt irgendwann runter. Früher habe ich diese Übung selbst als Teilnehmerin durchgeführt, während meiner Coaching-Weiterbildung auch als Trainerin, und es ist faszinierend, dass es kaum Gruppen gibt, die es auf Anhieb schaffen.

Interessanter sind allerdings die Resonanzen der Spieler. Während es manche wirklich als lustigen Icebreaker ansehen, sind einige so ehrgeizig bei der Sache, dass sie wutentbrannt brüllen, als es nicht so klappt, wie sie es sich vorgestellt haben.

Allmählich stellen sie sich jedoch aufeinander ein, und ich kann nacheinander bei den Gruppen die Erfüllung der Aufgabe quittieren. Nur bei Hunters Truppe scheint es Probleme zu geben.

„Nicht hoch, runter!", ruft einer von ihnen.

„Versuchen wir doch, aber das geht nicht, wenn ihr es so schnell macht."

Klappernd fällt der Zollstock auf den Boden. Die Gruppe wirkt bereits maximal frustriert. Hunter ist ganz rot im Gesicht, sofern man das hinter seinem Bart erkennen kann. Trent schüttelt unentwegt den Kopf, hat dabei jedoch unverständlicherweise ein Grinsen auf den Lippen. Wenn mich meine Menschenkenntnis nicht täuscht, ist er ein höchst manipulativer Mann, dem nach zu schließen, was ich bisher von ihm mitbekommen habe.

Was die Stresssituation nun auch noch verstärkt, ist die Tatsache, dass die restlichen Teams fertig sind und zuschauen. Niemand mag es, beobachtet zu werden, wenn man gerade am Versagen ist. Zwar kann man bei solch einem Spiel nicht wirklich von Versagen sprechen, aber genau so wird es diesen ehrgeizigen Sportlern vorkommen.

„Jetzt senkt ihn doch endlich ab!", brüllt Hunter. „So schwer ist das nicht!" Gemeinsam gehen sie in die Knie, beinahe sieht es so aus, als könnten sie es diesmal schaffen.

„Sorry, da hinten war ein Finger weg vom Stab." Ich traue mich fast nicht, überhaupt den Schiedsrichter zu spielen, aber es soll weiterhin fair bleiben, auch wenn klar ist, wer die Aufgabe als Letztes abschließt. Als Quittung bekomme ich einen mörderischen Blick vom Quarterback, der mir eine Gänsehaut am ganzen Körper verschafft.

„Ist nicht so einfach, wenn andere nicht so spuren, wie man will, was?" Trent sagt keinen Namen, aber alle wissen, wen er meint, sogar ich.

Hunters Nasenflügel blähen sich, während er sichtlich versucht, seine Emotionen zu kontrollieren. „Okay, dann eben anders." Ohne Umschweife greift er sich den am Boden liegenden Zollstock, bricht ein einzelnes Hölzchen davon ab und demonstriert die Übung allein. Nachdem er es geschafft hat, zugegebenermaßen ohne Probleme, verbeugt er sich tief, kickt das Zollstockglied durch den Raum und verlässt den Konferenzsaal.

Ich bin zu perplex, um zu realisieren, was hier genau passiert. Erst nach ein paar Sekunden bemerke ich, dass ich von ausnahmslos allen Anwesenden abwartend angestarrt werde.

„Okay … da merkt man den Ehrgeiz ganz deutlich." Viel zu künstlich lache ich auf. „Eigentlich wollte ich direkt im Anschluss ein paar generelle Dinge mit euch erarbeiten, die für ein Team wie euch wichtig sind, aber ich würde sagen, wir machen vielleicht erst einmal eine Pause. Reicht euch eine Viertelstunde?"

Kapitel 8 – Hunter

Aus meinem Spind habe ich bereits meine Sachen geholt und stapfe mit geschulterter Tasche den Flur in Richtung Ausgang entlang. Als ich das Klackern von Absätzen hinter mir höre, gehe ich einfach weiter. Der Coach wird ohnehin von meinem emotionalen Ausbruch erfahren, viel schlimmer kann es kaum werden. Und was juckt es mich? Muss ich als professioneller Sportler solche Spielchen über mich ergehen lassen, obwohl ich kontinuierlich Leistung bringe?

„Hunter, bitte warte."

Ruckartig bleibe ich nun doch stehen, und die Frequenz des Klackerns sinkt. Heftig atmend hält Stella vor mir an.

„Danke."

„Was, bist du von diesem kurzen Stück schon außer Atem?"

Irritiert blinzelt sie mich an, und ihr Mund klappt auf. „Äh ... scheint so, ja. Aber ich bin hier ja nicht diejenige, die professionell Sport betreibt, also tut das nichts zur Sache."

„Ich werde nicht zurückkommen, falls es das ist, was du willst."

Stumm starrt sie auf meine Tasche. „Du bist fest entschlossen, das sehe ich. Natürlich kann ich dich nicht zum Bleiben zwingen, aber ich habe eine Bitte: Reflektiere die Situation von vorhin. Tu so, als wärst du einer der anderen Spieler gewesen oder hättest bei einer Fernsehshow zugesehen. Könntest du das tun?"

„Das *könnte* ich bestimmt tun", äffe ich ihre Tonlage nach. „Aber wieso sollte ich? Ich habe nicht auf dem Sofa gesessen und mir diese Scheiße im Fernsehen angeschaut, ich war mittendrin. Das da drin war genau so, wie es hier immer läuft. Andere bauen irgendeinen Mist, haben eine große Klappe, und ich bin trotzdem derjenige, der die Sache ausbaden darf. Was sollen da irgendwelche Spielchen ändern?"

Wenn ich mich nicht irre, beginnen Stellas Augen zu glitzern, und fast bekomme ich Mitleid mit ihr. Aber auch nur fast.

„Wir sind erst am Anfang", fährt sie fort und knetet ihre Finger. „In ein paar Tagen fahren wir gemeinsam in das Trainingscamp nach Texas. Dort habe ich unsere erste Einzelsession geplant. Aber wenn du schon jetzt Probleme mit dieser einfachen Teamübung hast, sehe ich echt eine harte Zeit auf uns zukommen. Wenn dir dieser Sport wirklich so am Herzen liegt, solltest du mir etwas entgegenkommen."

„Aber das ist es doch, was der Coach will", rufe ich nun, und merke erst, wie laut ich bin, als meine Worte von den Wänden widerhallen. „Ich passe nicht in das Schema", fahre ich leiser fort. „Die Gesellschaft erwartet einen Quarterback, der Everybody's Darling ist, aber das bin ich nicht, Stella. Wie sollte es aufhören, eine Qual zu sein, wenn ich gegen meinen Willen in eine Form gedrängt werde, in der ich nicht sein will."

Nachdenklich sieht sie mich an. „Ich werde mir etwas überlegen, ich verspreche es."

Ihre nachsichtige Art macht mich sogar noch wütender. Kopfschüttelnd sehe ich zu Boden und bemerke dabei ihre dreckige Hose.

„Was war eigentlich heute Morgen los?", frage ich herausfordernd. „Bei deiner Vorstellung gestern hat es sich so angehört, als würdest du dir unser ganzes Training anschauen wollen, nicht nur den Schluss." Unverhohlen deute ich auf die braunen Spritzer auf ihren Hosenbeinen. „Und ich bin mir nicht sicher, ob ich Tipps von jemandem annehmen muss, der so herumläuft."

Erst wirkt sie erschrocken, dann wird ihr Blick eisig.

„Genauso, wie ich nicht weiß, was dir heute für eine Laus über die Leber gelaufen ist, hast du keine Ahnung, wie ätzend mein Tag war." Sie macht auf dem Absatz kehrt und stöckelt davon. „Wir sehen uns."

***

Die nächsten drei Trainingstage sitzt Stella tatsächlich bloß auf der Tribüne, jedes Mal pünktlich, und schaut uns zu. Wir haben keine weiteren Meetings mit ihr, bei denen wir vermeintlich teambildende Spielchen spielen oder uns gegenseitig besser kennenlernen müssen. Trotzdem zermartere ich mir den Kopf darüber, was sie sich wohl für das Trainingslager ausdenkt. Okay, ich habe sie provoziert, aber ihr Blick war fest entschlossen.

Am Tag des Abflugs in Richtung El Paso, wo dieses Jahr unser Camp stattfindet, stehe ich schon eine halbe Stunde vor dem ausgemachten Treffpunkt am Flugfeld. Die Mannschaft hat einen Jet für solche Strecken, und ich bin froh, dass wir nicht von einem großen Flughafen starten, sondern etwas unbeobachteter sind. Von Weitem kann ich trotzdem Reporter und Kameraleute erkennen, die am Rande des Geländes warten, bis die jeweiligen Spieler an ihnen vorbeifahren. Gott, wie ich diese Meute hasse! Paparazzi sind wie Kakerlaken, die sich überall verstecken und urplötzlich aus ihren Löchern kriechen, wenn man es am wenigsten erwartet. Wieso sollte ich mich mit diesem Ungeziefer gut stellen?

Seit meinem eklatanten Abgang bei dem ersten Gruppenworkshop war Stella zwar jeden Tag wie aus dem Ei gepellt, wir haben jedoch nicht mehr miteinander geredet. An jenem Abend habe ich kurz überlegt, ob ich ihrer Bitte nachkommen soll, mich in eine objektive Lage zu versetzen, um das Vorkommnis zu reflektieren. Letztendlich habe ich es gelassen. Ich bin mir keiner Schuld bewusst. Wenn Trent so ein Arschloch ist und absichtlich die Aufgabe manipuliert, dann macht es keinen Sinn, es aus einer anderen Perspektive sehen zu wollen.

Warum ich heute so früh hier bin, kann ich mir selbst nicht erklären. Normalerweise komme ich zu Teamterminen extra knapp, um mit niemandem unnötig reden zu müssen. Zudem bin ich diesmal sogar aufgeregt, auch das ist neu.

„Hey, Hunter." Carter kommt auf mich zu und winkt mit den Fingern, mit denen er eine seiner zwei Taschen über der Schulter fixiert. „Alles klar?"

„Bisher schon. Bei dir?"

Mit einem Ächzen lässt er sein Gepäck auf den Asphalt fallen. „Ich darf nächstes Mal in der Off-Season echt nicht mehr so viel feiern gehen. Allein das reguläre Training hat mich vollkommen zerlegt, ich habe echt keine Ahnung, wie ich das Camp überstehen soll."

„Dann würden die Frauen aber enttäuscht werden", entgegne ich. Carter ist ein Frauenheld, das weiß sogar ich. In den Klatschblättern tauchen ständig Bilder von seinen Social-Media-Accounts auf, wo er sich zeigt, während sich hübsche Frauen im Hintergrund räkeln. *Frauen* ... Mehrzahl! *„Böse Medien"* könnte man jetzt sagen, doch wenn er explizit solche Beiträge postet, dann scheint er mächtig stolz darauf zu sein.

Noch ein Grund, mich von den sozialen Medien fernzuhalten. Die Möglichkeit, direkte und im Prinzip anonyme Kommentare zu verfassen, macht es noch einfacher, Inhalte in der Luft zu zerreißen. Nicht auszudenken, wie der Coach reagieren würde, wenn ich einen Shitstorm nach dem anderen verursachen würde.

Immer mehr Spieler trudeln ein, und auch die Trainer und Assistenten bahnen sich ihren Weg vom Parkplatz zu unserem Treffpunkt. Als wir allmählich das Gebäude zum Check-in betreten wollen, sehe ich Stella von Weitem auf uns zustöckeln. Neben ihr geht eine braunhaarige Frau.

„Moment mal ..." Angestrengt kneift Carter die Augen zusammen. „Die kenne ich doch."

„Das solltest du, Mann. Das ist Stella, die der Coach uns als Marketing-Expertin vorgestellt hat."

„Nein, ich meine die daneben. Aber vielleicht ... ich kann mich auch irren." Er starrt den beiden noch ein paar Sekunden verdutzt entgegen, dann geht er durch die Tür in die Abfertigungshalle.

Stella hat mich eindeutig im Visier, aber ich habe keine Lust, mir schon vor dem Camp eine Standpauke anzuhören, deswegen folge ich meinem Teamkollegen und gebe mein Gepäck ab, das zentral für uns gesammelt und anschließend verladen wird.

Im Flugzeug sitzt Carter in der gleichen Reihe wie ich, nur auf der anderen Seite des Gangs. Stella und ihre Begleitung steigen wenige Minuten später ebenfalls ein, und erneut wirkt Carter irgendwie nervös, als er zwischen den Sitzen zu den Frauen nach vorne lugt. Es scheint, als würde er die Brünette neben Stella wirklich kennen, es aber nicht wahrhaben wollen.

Von einigen der anderen Spieler, die bereits ihre Plätze eingenommen haben, werden die beiden euphorisch begrüßt. Kein Wunder, in diesem Haufen knallharter Sportler stechen sie so heraus wie eine rote Rose inmitten von lauter weißen. Klar, unter den Angestellten sind auch andere Frauen, aber die kennen wir bereits, teilweise seit Jahren. Bei den beiden ist es anders, niemand kennt sie. Von den anderen werden sie umgarnt wie ein neues Spielzeug, echt peinlich.

Während ich so darüber nachdenke, kann ich mich gar nicht mehr daran erinnern, wann ich das letzte Mal auf einem richtigen Date gewesen bin oder eine Frau angeflirtet habe. Ich bin ein Promi, deswegen kommt es hin und wieder vor, dass sie zwar an mir Interesse finden, ich allerdings abblocke.

Meine letzte Beziehung ist auf dem College gewesen. Die damalige Frau hieß Cynthia, und es war ganz klassisch, wie auch oft in Filmen: Ich war der Quarterback des Footballteams, sie die Kapitänin der Cheerleader. Klug, hübsch, sportlich – das volle Programm. Wenn ich mir gegenüber ehrlich bin, war ich ziemlich verschossen in sie. Umso mehr bin ich in ein Loch gefallen, als ich sie mit dem Star-Scorer der Basketballmannschaft erwischt habe. Sie war nur an meiner Bekanntheit interessiert gewesen, nie an mir selbst.

Vielleicht bin ich deswegen so geworden, wie ich heute bin: mürrisch und verschlossen. Der Coach sagt immer, dass das eben dazugehört, ein bekannter Footballspieler zu sein. Man muss die Aufmerksamkeit der Öffentlichkeit ertragen und mit ihr spielen können. Fans, oberflächliche Liebschaften, Sympathien von Investoren gewinnen. Aber jeder ist anders, ich habe keine Lust, mich zu verstellen. Und vor allem muss ich mich von niemandem als Trophäe ansehen lassen.

Kapitel 9 – Stella

Als ich den Privatjet betrete, fällt mir erst auf, wie aufgeregt ich bin. Die Stimmung ist super, alle scheinen gut gelaunt zu sein. Beim Umschauen erkenne ich, dass Trent und Hunter weit voneinander entfernt sitzen. Normalerweise läuft man beim Fliegen nicht viel herum, trotzdem hoffe ich, dass ich während des Flugs die Möglichkeit bekomme, ein wenig mehr herauszufinden, mit wem Hunter gut kann und mit wem nicht.

„Mensch, die sind alle echt heiß", raunt mir Ramona zu, als wir uns in eine Reihe in der Mitte setzen. „Wie kannst du dich bloß konzentrieren, wenn die die ganze Zeit um dich herumschwirren?"

Wissend lächelnd lasse ich mich neben ihr nieder. Es stimmt, die Männer sind nicht nur durch die Bank weg gutaussehend, sondern auch überaus freundlich und aufmerksam. Dass Ramona mich ins Camp begleiten darf, befeuert die Aufmerksamkeit noch zusätzlich. Mich sehen sie vielleicht als tabu an, da zwischen uns eine berufliche Verbindung besteht. Ramona hingegen hat keinen Vertrag mit der Chefetage der Miami Torpedos unterschrieben, gut möglich, dass sie heftiger angeflirtet wird als ich.

Hunter sitzt in der vorletzten Reihe. Als ich zu ihm nach hinten sehe, treffen sich unsere Blicke für den Bruchteil einer Sekunde, bevor er auch schon wieder wegschaut.

„Sag mal, der Typ, der da fast ganz hinten sitzt, ist das auch ein Spieler?"

Verwirrt sehe ich meine Freundin an. „Ja. Das ist er doch. Hunter Fields, um den ich mich gesondert kümmern soll."

„Nein, ich meine auf der anderen Seite des Gangs." Wie ein schüchternes Schulmädchen duckt sich Ramona in ihren Sitz hinein und lugt vorsichtig in die letzten Reihen.

Im Gang des Fliegers ist es gerade ziemlich voll, weil weitere Spieler sich ihre Plätze suchen, doch schließlich habe ich eine Ahnung, wen sie meint. „Ach, das ist Carter. Carter Grant. Er ist ein Wide Receiver. Bei ihm habe ich das Gefühl, dass er der einzige Vertraute im Team ist, den Hunter hat. Wobei auch sie nicht wirklich viel miteinander zu tun haben."

Ramona reagiert verhalten, nickt nur und starrt weiterhin zwischen den Sitzen hindurch.

„Alles in Ordnung?", hake ich nach.

„Ja. Aber den Kerl habe ich neulich in der Mall gesehen und bin total mit ihm aneinandergeraten."

Das muss sie ganz schön mitgenommen haben, wenn sie so kleinlaut ist. Normalerweise ist Ramona sehr offen und geht auf Personen zu, mit denen sie ein Problem hat. Vielleicht bekomme ich nachher noch ein paar Details aus ihr heraus.

Ein paar Minuten später ist das Flugzeug startbereit, und es geht los. Die Maschine ist kleiner als die, mit denen ich sonst durch die Staaten fliege, aber das macht nichts. An der kurzen Durchsage von Head Coach Whipley erkennt man endgültig, dass sich alle auf die folgenden Tage freuen, denn er macht sogar einen Scherz. Insgesamt eine sehr ausgelassene Stimmung.

Sobald wir richtig in der Luft sind, überkommt mich eine ungewöhnliche Müdigkeit, und ich schließe die Augen. Der Flug wird mindestens sechs Stunden dauern, es spricht nichts dagegen, mich ein wenig auszuruhen, bevor ich meine Mission beginne.

Als der Flieger unruhig ruckelt, wache ich auf. Ramona neben mir hat Kopfhörer in den Ohren und wippt leicht zu der Musik, die sie offenbar hört. Die Luft, die aus der Lüftung zu uns weht, kommt mir auf einmal eisig kalt vor, zeitgleich bricht mir der Schweiß aus und ich habe ein seltsames Gefühl im Mund.

„Mist", bringe ich noch heraus, aber Ramona bemerkt mich nicht. Hektisch krame ich in dem Zeitschriftennetz an der Rückseite meines Vordersitzes. Gibt es denn keine Spucktüten mehr in solchen Flugzeugen?

Ich merke bereits, wie es mir hochkommt. Schnell springe ich auf und halte mir die Hand vor den Mund. Bitte nicht hier im Gang, ich würde vor Scham im Boden versinken und den Job vermutlich abbrechen müssen, weil mich niemand mehr ernst nehmen könnte. Wobei, ich kann ja nichts dafür, dass mir manchmal auf Reisen schlecht wird.

Mehr stolpernd als gehend eile ich in Richtung der Toiletten, wohl wissend, dass ich wenig Rücksicht darauf nehme, ob ich jemanden anrempele oder mich an Sitzen festkralle, wo Leute entspannen wollen. Zu meinem Entsetzen sind beide Kabinen gerade verschlossen. Immer heftiger schlucke ich meinen eigenen Mageninhalt runter und versuche, mit niemandem Blickkontakt aufzunehmen.

Endlich höre ich, wie eine der Kabinen entriegelt wird. Die Tür öffnet sich ... und vor mir steht ausgerechnet Hunter. Irritiert schaut er mich an, aber ich habe keine Zeit für Erklärungsversuche, und sei es auch nur mit Handbewegungen. Also quetsche ich mich an ihm vorbei, öffne den Toilettensitz und übergebe mich in sicheres Terrain. Glaube ich zumindest. Als ich Hunters entsetzte Stimme höre, bemerke ich erst, dass er noch immer hinter mir steht.

„Na, das ist mal eine Reaktion darauf, mich zu sehen. So wörtlich hat mir noch nie jemand mitgeteilt, dass er mich zum Kotzen findet."

Stöhnend hebe ich den Kopf. Es ist noch nicht vorbei, das merke ich. „Sorry, es scheint so, als würde ich den Flug nicht so gut vertragen." Umständlich werfe ich einen Blick über die Schulter und blinzele ihn an. „Aber jetzt Tür zu bitte."

Ich rechne damit, dass er meiner Bitte nur allzu gerne nachkommt und die Tür mit Wucht ins Schloss wirft, doch er tut nichts dergleichen.

„So solltest du aber nicht hier rumkauern."

„Ach, wirklich? Also wenn ich die Wahl hätte, würde ich die Reise sehr gern anders verbringen als auf diesem engen Klo."

„Nein, ich meinte ... brauchst du was?"

Mein Magen krampft sich erneut zusammen, und mir kommt ein neuer Schwall nach oben. Für einen Moment vergesse ich alles um mich herum und fühle mich einfach nur elend. Hunter höre ich nicht mehr hinter mir. Als ich in Erwägung ziehe, mich kurz aufzurichten, um selbst die Tür der Toilettenkabine zu schließen, schlingt sich auf einmal ein starker Arm um meine Taille.

„Achtung, das bin nur ich", grummelt Hunter, und bevor er mich überhaupt angehoben hat, setzt er mich wieder ab. Allerdings liegen meine Knie nun auf etwas Weichem.

„Was ... was ist das?" Perplex blinzele ich an der Kloschüssel vorbei.

„Na, was glaubst du denn, was das ist?", ranzt er mich an, ganz in seiner gewohnten Art. „Ein Kissen von den Stewardessen." Kaum habe ich realisiert, was er da sagt, spüre ich etwas Warmes an meiner Schulter. Eine Decke. „Das hier haben sie mir auch noch gegeben. Die Klimaanlage ist hier echt kalt eingestellt."

Bevor ich ihm danken kann, ist er auch schon verschwunden, dieses Mal sogar richtig. Ich bleibe für ein paar weitere Minuten in der Flugzeugtoilette und horche in mich hinein. Erst als ich mir ganz sicher bin, dass die Übelkeit vorüber ist, spüle ich mir den Mund aus und wasche mir die Hände doppelt so lange wie sonst. Dass ausgerechnet Hunter die Person ist, die mein Unwohlsein bemerkt, ist natürlich denkbar ungünstig. Allerdings muss ich zugeben, dass er fair reagiert hat. Irgendwie war es sogar ganz süß, wie er sich um mich gekümmert hat.

Als ich die Tür öffne, recken die vordersten Reihen neugierig die Hälse. Klar haben sie es mitbekommen, es war nicht zu überhören. Mit hochrotem Kopf suche ich eine der Flugbegleiterinnen auf und bitte um Desinfektionsmittel, um die Toilette noch besser zu säubern. Genau genommen habe ich mir nichts vorzuwerfen. So etwas passiert eben, und ich sorge wenigstens dafür, dass die Personen nach mir ein sauberes WC vorfinden. Trotzdem ... irgendwie ist der Wurm drin. Erst das Fiasko mit der Wohnung, dann das Verschlafen beim ersten Training und jetzt auch noch die Übelkeit vor der halben Mannschaft. Will mir das Schicksal etwa sagen, dass ich diesen Job doch nicht hätte annehmen sollen?

***

Nachdem wir gelandet sind, verlasse ich mit wackeligen Knien die Maschine und schleiche das Flugfeld entlang.

„Glaub mir, das kann jedem passieren. Morgen hat das schon jeder vergessen, wenn es überhaupt jemand mitbekommen hat." Ramona hat den restlichen Flug lang versucht, mich aufzumuntern. Sie hat tatsächlich nichts bemerkt, sondern ich habe es ihr gebeichtet, nachdem ich meine Spuren, so gut es ging, beseitigt habe. Immerhin haben dieses Mal meine Klamotten nichts abbekommen.

Natürlich weiß ich, dass sie es nur gut meint, aber es ist nicht schönzureden, dass es durchaus einige Spieler mitbekommen haben, und es wird auch nicht morgen vergessen sein.

Letzteres stellt Hunter sicher. Wann auch immer er mich sieht, bringt er einen dummen Spruch oder tut so, als würde er in Deckung vor meinem Mageninhalt gehen wollen. Innerlich ärgere ich mich extrem darüber, nach außen hin muss ich jedoch darüberstehen. Was mir schwerfällt, denn ich kann sein Verhalten kaum nachvollziehen, nachdem er sich im Flugzeug so liebevoll um mich gekümmert hat. Vermutlich stärkt sein widersprüchliches Verhalten sogar meine Zweifel, ob ich den Job wirklich durchziehen kann. Das hier ist erst der Anfang, also kann es nur schlimmer werden, oder?

Immerhin ist unsere Unterkunft ein Traum. Die Torpedos haben einen kompletten Flügel einer Hotelanlage reserviert, zu der mehrere Sportplätze gehören. Für Ramona bedeutet das Urlaub pur, denn während die Sportler trainieren werden, kann sie in der Sonne entspannen, spazieren gehen oder in dem hoteleigenen Pool schwimmen. Nur wenn jemand von den Torpedos in der Nähe ist, sollte sie sich darum bemühen, einen geschäftigen Eindruck zu erwecken, immerhin ist sie offiziell als meine Assistentin hier. Ich werde ihr hin und wieder Gesellschaft leisten können, aber habe jeden Tag einen Zeitslot, in dem ich entweder dem gesamten Team oder Hunter einzeln etwas zu Öffentlichkeitsarbeit erzählen darf.

Die Reise war anstrengend, vor allem für mich, deswegen lasse ich mich für den Abend entschuldigen. Zuerst gehe ich ausgiebig unter die ebenerdige Dusche in unserem Zimmer. Die Zähne habe ich mir direkt nach der Ankunft geputzt, aber erst jetzt fühle ich mich wieder richtig sauber. Als es dunkel ist, entscheide ich mich dazu, eine kleine Runde auf dem Gelände zu drehen, um mir einen Überblick zu verschaffen, wo sich was befindet. Bei meinem derzeitigen Glück irre ich sonst morgen ewig herum, bis ich den Raum finde, in dem ich die Seminare abhalten werde.

Obwohl wir im Süden von Texas sind, weht ein kühles Lüftchen. Ich kann ohnehin nicht verstehen, wie man ausgerechnet in der Wüste ein Trainingslager abhalten kann. Aber das hat bestimmt einen plausiblen

Hintergrund, wie ich hörte, sind die Torpedos nicht zum ersten Mal hier zu Gast.

Das Gelände ist sehr weitläufig und das Gartenbau-Team offenbar überaus fleißig, denn im Gegensatz zum Rest der Stadt, den wir bei der Herfahrt gesehen haben, ist es hier wunderbar grün.

Am Footballplatz angekommen, auf dem die Torpedos vermutlich die meiste Zeit trainieren werden, setze ich mich auf eine der Zuschauerbänke und lasse die idyllische Atmosphäre auf mich wirken. Die Flutlichter sind nicht an, doch man erkennt trotzdem die Markierungen auf dem Feld. Es ist schön hier, die Ruhe lässt mich fast vergessen, dass der Start meines Jobs alles anders als optimal verlaufen ist. Fast könnte man meinen, dass der leichte Wind meine Zweifel ein wenig davonbläst.

Eine ganze Weile sitze ich in der Idylle und fühle regelrecht die Entschleunigung. Das Zirpen der Zikaden und ein entferntes Rauschen einer Sprinkleranlage bringen meinen Puls zur Ruhe und die Abendluft ist schön kühl. Ich lasse meine Gedanken schweifen und merke vor allem, wie meine Probleme aus New York verblassen, ich das Gefühl bekomme, dass ich es wieder hinkriege. Zudem schwindet meine Angst, bei dem aktuellen Job zu versagen. Ich kann das durchziehen.

Gerade als ich zurückgehen will, sehe ich eine Silhouette am Spielfeldrand entlanglaufen. Verstohlen ducke ich mich. Es ist zwar nicht verboten, sich hier aufzuhalten, aber ich habe in dieser Situation einfach keine Lust auf ein aufgezwungenes Gespräch. Vielleicht weil ich seit Langem mal wieder wirklich entspannt bin. Vor allem habe ich keine Lust auf einen wildfremden Menschen, schon gar nicht auf diesen da. Normalerweise bin ich gegen Vorurteile, aber wenn ich mir die Person genauer ansehe, wirkt sie nicht gerade vertrauenserweckend. Die Haare lang und leicht wirr, große Statur mit breiten Schultern. Das Gesicht kann ich nicht erkennen, wobei das vermutlich an dem ... Moment, dieser Mensch hat genauso einen Bart wie Hunter. Ich betrachte ihn genauer und ja, er ist es tatsächlich.

Erst will ich mich zu erkennen geben, auch auf die Gefahr hin, dass er wieder mit der Flugzeug-Kotz-Geschichte anfängt. Schließlich lasse ich es aber. Stattdessen beobachte ich ihn und komme mir fast wie eine Spionin vor, wie ich da auf der Bank kauere und mich hinter dem verkleideten Geländer ducke, damit er mich nicht sieht.

Soweit ich erkennen kann, steht er einfach nur da und starrt auf das Feld hinaus. Ihn so nachdenklich zu sehen, macht etwas mit mir. Der Coach hat ihn als ignorant und gleichgültig beschrieben, aber schon nach so kurzer Zeit habe ich den Verdacht, dass er damit falschliegt. Er wäre nicht so erfolgreich in diesem Sport, wenn ihm alles um ihn herum egal wäre.

Während ich noch überlege, ob ich versuchen soll, mich an ihm vorbeizuschleichen, dreht er sich auf einmal ruckartig um und geht davon. Für einen kurzen Moment bereue ich es, dass ich mich nicht zu erkennen gegeben habe. Vielleicht wäre das die perfekte Gelegenheit gewesen, einen besonderen Moment zu schaffen und eine Verbindung zu ihm aufzubauen, um beim Coaching endlich voranzukommen.

Zurück in meinem Hotelzimmer ist Ramona bereits im Bett. Allerdings ist sie noch wach und scrollt durch ein paar Videos in den sozialen Medien.

„Ah, da bist du ja", sagt sie und setzt sich aufrecht hin. „Du wurdest beim Abendessen schmerzlich vermisst. Vor allem dieser Will scheint voll auf dich zu stehen. Weißt du, wen ich meine? So ein etwas stämmiger Kerl mit lichtem Haar."

„Ja, ich kann den Namen zuordnen." Erschöpft beginne ich damit, mir meine Schlafklamotten anzuziehen. „Aber heute wäre ich wirklich keine gute Gesellschaft gewesen."

Nachdem ich mir im Badezimmer die Zähne geputzt und das Gesicht gewaschen habe, schlüpfe ich zu meiner besten Freundin unter die Decke. Im Vergleich zu unserer schäbigen Wohnung ist das hier wie Wellness für uns.

„Hast du vorhin Gelegenheit gehabt, mit Carter zu sprechen?", frage ich beiläufig. „Beziehungsweise, bist du dir sicher, dass er derjenige ist, den du in der Mall getroffen hast?"

Ungewohnt einsilbig blockt sie ab, meidet meinen Blick und zeigt mir ein angeblich superlustiges Video, das genau genommen nicht wirklich zum Lachen ist. Irgendetwas verheimlicht sie mir definitiv. Aber ich werde schon noch herausfinden, was es mit ihr und dem heißen Wide Receiver auf sich hat.

„Bist du aufgeregt wegen morgen?", wechselt sie schließlich das Thema, und ich hake nicht weiter nach.

„Irgendwie schon, ja. Morgen steht der nächste Teamworkshop an, der erste ist eine Katastrophe gewesen. Aber ich lasse mich nicht unterkriegen." Kurz überlege ich, ob ich ihr meine Zweifel beichten soll. Sie war es, die mich zu dieser neuen Aufgabe ermutigt hat, und jedes Mal, wenn ich von meinen Eindrücken erzähle, ist sie ganz aufgeregt. Wäre sie enttäuscht, wenn ich den Auftrag abbrechen würde? Und was würde das finanziell für uns bedeuten? Wir arbeiten seit Jahren zusammen, und wenn keine der namhaften Agenturen mich mehr als Freiberuflerin einstellt, muss auch sie sich komplett neu nach Aufträgen umsehen. Noch dazu könnten wir uns auf Dauer unsere Wohnung nicht mehr leisten.

„So ist es richtig", bestätigt mich Ramona bereits. „Zeig den starken Kerlen, wer hier die Chefin ist!"

Kapitel 10 – Hunter

Der erste Trainingstag beginnt, und ich bin früh auf dem Feld, sogar noch vor den Coaches. Normalerweise legen wir zu Beginn der Campwoche den Schwerpunkt auf Ausdauer, deswegen rechne ich mit einem Lauf durch El Paso und anschließendem Zirkeltraining. Ich bin gespannt, wie sich die Neuzugänge der Mannschaft schlagen werden.

Kurz bevor wir starten, taucht Stella auf und stellt sich an den Rand des Spielfeldes. Anfangs habe ich es versöhnlich versucht und mir Mühe gegeben, nicht zu schroff zu ihr zu sein. Allmählich finde ich es jedoch höchst befremdlich, dass sie immer so motiviert und optimistisch ist. Vor allem ist sie hartnäckig, kommt immer wieder an, wie ein Bumerang. Vielleicht sollte ich ihr mal eine richtige Challenge bereiten, sie ein wenig herausfordern. Das könnte amüsant werden. Nach der Sache in dem Flugzeug gestern habe ich bereits damit gerechnet, dass sie den Kopf in den Sand steckt und sich nur zeigt, wenn es unbedingt notwendig ist. Wobei ... da hat sie mir sogar fast ein wenig leidgetan. Als Kind ist mir früher beim Busfahren hin und wieder schlecht geworden, meine Güte ist mir das peinlich gewesen. Deswegen kann ich mich dahingehend ein wenig in sie hineinversetzen, wie unangenehm ihr das gewesen sein muss.

„Fields? Bist du bei uns?" Whipleys Stimme dröhnt über den Platz, und sofort bin ich im Fokus der Aufmerksamkeit. „Wir wollen anfangen."

Anstatt einer Antwort nicke ich mechanisch und wedele mit einer Hand, zum Zeichen, dass er fortfahren soll. Er verkündet, dass wir eine bestimmte Strecke durch die Stadt laufen werden, und da ich schon mehrmals hier gewesen bin, soll ich vornewegjoggen. Erst will ich protestieren, dann jedoch kommt mir in den Sinn, dass es ein positives Zeichen sein könnte, wenn ich den Vorschlag ohne Widerworte annehme. Also bleibe ich ruhig und warte sogar, bis alle bereit sind, bevor ich starte.

Der Dauerlauf ist anstrengender als gedacht, vielleicht hätte ich in der Off-Season ein wenig härter trainieren sollen, als nur eine Morgenrunde durch meine Wohngegend zu joggen und abends in das hauseigene Gym zu gehen. Trotzdem, oder gerade weil ich vorneweglaufe, will ich mir keine Blöße geben und schlappmachen. Wenn ich normalerweise langsamer werden würde, packe ich jetzt noch eine Schippe Motivation drauf und komme mit deutlichem Abstand beim Stadion an. Erst als ich Stella auf der Tribüne sehe, frage ich mich, ob sie im Vergleich zu den anderen Spielern besonders auf mich achtet. Was für ein seltsamer Gedanke. Sonst ist es mir doch auch egal, was andere von mir denken. Ist es, weil sie letztendlich dem Coach ihre Bestätigung geben wird, ob ich ihre Tipps zur Genüge angenommen habe?

„Achtung!"

Mit voller Wucht rennt mir jemand in den Rücken, bevor die Warnung überhaupt richtig in meinem Hirn ankommt. Ich bin so perplex, dass ich mich nicht abstützen kann und ungelenk auf den Rasen kullere.

„Hey, pass doch auf, du ..." Schwer atmend rappele ich mich auf. Will schon wieder, war ja klar. Trent steht hinter ihm und grinst fies, sieht aber demonstrativ in eine andere Richtung. Die beiden sind echt wie ein Kopf und ein Arsch. Allerdings ist es mir ein Rätsel, warum Will immer den dummen Jungen spielt, der nach Trents Pfeife tanzt. Die ursprüngliche Idee kommt vom O-Line Center, da bin ich mir sicher.

„Glaubt ihr wirklich, ich bin so dumm, um nicht zu kapieren, was hier läuft?"

„Was denn?" Scheinheilig hebt Will die Hände. „Du bist mitten in den Weg gelaufen."

„Generell scheinst du seit einer Woche mit deinen Gedanken ganz woanders zu sein." Trent tritt näher, sein Grinsen sogar noch breiter als zuvor. „Bekommst du etwa Schiss, dass der Coach dich absägt? Wenn es schon so weit kommt, dass er seine Warnung in die Tat umsetzt und einen Benimmcoach für dich engagiert, muss es ganz knapp an der Grenze sein, dich aus dem Team zu werfen."

Ein seltsamer Druck breitet sich in meiner Brust aus. Hin und wieder habe ich darüber nachgedacht, was die schlimmsten Konsequenzen für mich wären, wenn ich mich nicht bessere. Dass sie mich ersetzen würden, habe ich bisher immer verdrängt. Ich meine, ich bin einfach der beste Quarterback der Liga, wer bitte sollte mich aus Prinzip aus dem Team kicken?

„Immerhin ein schöner Anblick, deine Babysitterin", fährt Will derweil fort. „Aber ... falls du vorhast, sie davon zu überzeugen, dass du keine Hilfe brauchst, was das soziale Miteinander angeht, müssen wir dich leider enttäuschen. Da bist du wenig überzeugend." Mit einer gespielt mitleidigen Miene schüttelt er den Kopf. „Aber vielleicht kannst du sie mit deinen grimmigen Blicken vertreiben."

„Wahrscheinlich ist es sogar eher das, was er bezweckt." Die beiden lachen und joggen weiter.

Erst starre ich den beiden Arschlöchern hinterher, dann huscht mein Blick wie automatisch zu Stella. Ihr Kopf zuckt zur Seite, aber nicht schnell genug. Shit, das hat sie natürlich mitbekommen. Ob sie sich bereits eine Theorie zusammenspinnt, was den Zwist zwischen Trent, Will und mir angeht?

Bevor ich etwas Bissiges hinter ihnen herrufen kann, klatscht ein Assistant-Coach in die Hände und fordert uns dazu auf, zusammenzukommen. Mit aller Kraft widerstehe ich dem Drang, weiter über Stella nachzudenken. Wie ich umgerannt worden bin, ist wohl schwer zu übersehen gewesen, aber hat sie auch gehört, was die beiden Arschlöcher gesagt haben? Wurde sie eingeweiht und weiß Bescheid, wie es um meine Karriere steht, sollte ich nicht kooperieren?

Während wir Spieler unterwegs gewesen sind, haben die Coaches mehrere Stationen aufgebaut, bei denen nun, wie ich vermutet habe, ein Zirkeltraining erklärt wird. Nicht alle Positionen müssen die gleichen Aufgaben absolvieren, die Linemen zum Beispiel müssen nicht exzessiv trainieren, schnelle Richtungswechsel zu vollführen. Deswegen werden wir in speziell zusammengestellte Gruppen eingeteilt. Die Männer, bei denen es auf bloße körperliche Stärke ankommt, werden an Stationen zugeteilt, bei denen es viel um Kraft geht.

Die Schnellen und diejenigen mit Sonderaufgaben, wie unsere Kicker, haben Aufgaben, bei denen die Reaktionsgeschwindigkeit trainiert wird. Ich bin bei den schnellen Spielern dabei, gemeinsam mit unseren Ersatz-Quarterbacks.

Anfangs läuft alles reibungslos, ich kann mich gut fokussieren, und Coach Whipley nickt anerkennend, als er an mir vorbeigeht. Dann jedoch fällt mir auf, dass Trent und Will auf der anderen Seite des Feldes auffällig Grimassen schneiden und seltsame Gesten machen. Zum Beispiel lassen sie beim Laufen die Hüften wackeln oder werfen imaginäres langes Haar über die Schulter. Eine armselige Parodie von Stella. Es sollte mich nicht jucken, das weiß ich, aber aus irgendeinem Grund sehe ich ständig zu ihnen herüber und die Wut kocht immer weiter in mir hoch. Leider ist das offenbar genau das Ziel dieser Kerle. Sie machen sich über mich lustig – und wollen, dass ich es sehe.

Sie benehmen sich wie im Kindergarten, doch keiner der Assistenztrainer scheint es zu bemerken oder sich darum zu scheren. Da muss ich drüberstehen, das weiß ich, aber es ist verdammt hart. An der nächsten Station versuche ich, mich abzuregen. Es ist eine spezielle Wurf-Station, die vor allem für uns Quarterbacks wichtig ist. Ich will mich konzentrieren, wirklich, aber ich treffe einfach nicht, noch dazu sehe ich aus dem Augenwinkel weiterhin, wie sich Trent und Will kaputtlachen, wenn sie gerade nicht dran sind.

Irgendwann reicht es mir. Ich packe den Ball, hole aus ... und werfe in Wills Richtung. Der Football hat eine enorme Wucht, ich habe ihn genau im richtigen

Moment losgelassen. Ausgerechnet als sich der Football Will nähert, dreht der sich auf einmal um, und anstatt ihn am Rücken zu treffen, fliegt er ihm direkt ins Gesicht. Fuck, und das auch noch heute, wo wir ohne Schutz trainieren. Ein dumpfes Geräusch ertönt, und er fällt sofort um. Fassungslos starrt Trent erst seinen Kumpel an, dann hebt er den Blick und seine Augen verengen sich, als er mich ins Visier nimmt. Nicht nur er, nach und nach drehen sich alle Umstehenden zu mir um und starren mich an.

Shit, das wollte ich nicht, wirklich. Was muss sich dieser Kerl auch einfach bewegen? Er sollte den Ball nur an den Rücken bekommen. Aber so? Dieses Mal bin ich vermutlich wirklich zu weit gegangen.

***

„Es reicht nicht, dass du dich in der Öffentlichkeit wie ein Neandertaler verhältst, jetzt wirfst du auch noch Bälle auf deine Mitspieler, bis sie bewusstlos werden?" Wutschnaubend rauscht Whipley in den Konferenzraum des Hotels, der uns für interne Meetings zur Verfügung gestellt wurde. Nach ihm betritt Stella den Raum, sagt jedoch nichts und meidet meinen Blick.

Das Gesicht des Coaches ist rot angelaufen, und ich habe Bedenken, ob er dieses Mal aus seiner Drohung Ernst machen und mich nicht mehr spielen lassen wird. Trents Worte hallen in meinem Kopf wider, dass ich vielleicht sogar ganz aus der Mannschaft fliegen könnte.

„Wie kann ein Mann, der so genial Football spielt, in allen anderen Bereichen so stur und unkontrolliert wie ein bockiges Kleinkind sein? Einfach alles an dir erinnert mich an meine Söhne, als sie noch klein waren. Egal, was man sagte, man kam einfach nicht zu ihnen durch."

„Wenn wir hier Rollen einnehmen, die an Eltern und Kind erinnern, dann haben wir, glaube ich, noch ganz andere Probleme."

Whipleys Augen quellen so stark aus den Höhlen hervor, dass ich Angst habe, ihm könnte eine Ader platzen. Er schnappt nach Luft und fuchtelt mit dem Zeigefinger vor meinem Gesicht herum, dann jedoch wendet er sich kopfschüttelnd an Stella.

„Ganz ehrlich, da fällt mir nichts mehr ein. Ist er bei Ihnen auch so?"

Wie ein scheues Reh huscht Stellas Blick zwischen ihm und mir hin und her. „Das ... lässt sich schlecht vergleichen", stammelt sie. „Noch dazu war mein letzter Auftraggeber ein ziemlicher Choleriker, deswegen bin ich einiges gewohnt. Aber ich gebe Ihnen vollkommen recht, so kann es nicht weitergehen. Gewalt ist ein No-Go, vor allem, wenn es um die eigenen Kameraden geht."

Frustriert fährt sich der Coach mit der Hand über das Gesicht und atmet tief ein und aus. „Ich muss wieder runter zum Team." Mit einem anklagenden Ausdruck sieht er mich an. „Du bist für heute raus, das ist ja wohl selbstverständlich. Und Sie, Miss Cunningham ... versuchen Sie einfach, ihn irgendwie in den Griff zu bekommen." Nach einer letzten Handbewegung in meine Richtung, als wolle er eine Fliege vertreiben, stürmt er aus dem Zimmer und wirft die Tür ins Schloss. Stella und ich bleiben regungslos zurück.

„Sie haben mich provoziert", platzt es schließlich aus mir heraus. „Das machen sie ständig. Ich versuche bereits, mich zu kontrollieren, aber irgendwann läuft das Fass einfach über."

Zu meiner Überraschung nickt sie. „Ich habe gesehen, wie Will dich umgerannt und ihr danach gestritten habt."

„Wieso hast du das eben nicht dem Coach gesagt?"

„Glaubst du, das hätte geholfen?", entgegnet sie anklagend. „Selbst wenn er es geglaubt hätte, was hätte das geändert? Es warst immer noch du, der einen Mitspieler k. o. geworfen hat. Mit Absicht, wohlgemerkt. Rein gar nichts rechtfertigt das!"

„Eigentlich hätte ich ja besser Trent treffen müssen", stelle ich klar. „Er ist der Kopf hinter all den Schikanen."

„Besser?" Entsetzt starrt Stella mich an. „Was sollte daran bitte besser sein? Ihr sollt ein Team sein, da wirft man sich nicht gegenseitig krankenhausreif."

„Sie sind doch diejenigen, die nicht teamfähig sind." Stur verschränke ich die Arme vor der Brust. „Also wirklich, den Schuh ziehe ich mir nicht an." Innerlich versetzt mir dieser Satz jedoch einen Stich. Wie du mir, so ich dir, oder wie? Meine Eltern haben diese Einstellung schon damals während der Schulzeit verurteilt, wenn ich von Auseinandersetzungen mit anderen Kindern gesprochen habe. Nach den enttäuschenden Reaktionen auf den Eklat mit Lorna bin ich wohl wieder zu diesem Starrsinn zurückgekehrt.

Seufzend legt sie den Kopf in den Nacken und schließt die Augen. „Okay, ich sehe schon, so kommen wir nicht weiter. Normalerweise müsste ich jetzt Will hierherholen und wir könnten über die Situation sprechen. Aber warte, er ist ja gerade noch bewusstlos gewesen." Sie setzt sich wieder aufrecht hin und sieht mich streng an. „Dann müssen wir diesen Konflikt eben ohne ihn aufklären."

„Den Konflikt aufklären? Ich glaube nicht, dass das geht", behaupte ich.

„Zumindest kann ich versuchen, dir dabei zu helfen. Damit du siehst, dass du andere Optionen hast, als gleich Bälle auf Köpfe zu werfen. Oder dich erst gar nicht so triggern zu lassen."

„Na, da bin ich ja mal gespannt." Wenn es ihrer Meinung nach so einfach ist, solche Provokationen auszublenden, dann soll sie mir ihr Wundermittel verraten.

Stella erhebt sich und eilt an die Seitenwand des Raumes, wo ein Aufsteller mit einem Flipchart herumsteht. „Wir erarbeiten es uns ganz allmählich. Vorhin zum Beispiel, was hat dieses Gefühl bei dir ausgelöst, das dich den Football hat werfen lassen?"

Mein erster Impuls ist, einfach nicht zu antworten. Ich komme mir vor wie in der Vorschule.

„Hunter, bitte. Es kann schwer sein, diese Dinge zu reflektieren, aber es hilft wirklich, sich künftig ähnlichen Situationen zu stellen, glaub mir. Also? Was ging in dir vor?"

Prustend lasse ich mich tiefer in den Stuhl sinken. „Du gibst ja sowieso keine Ruhe, was? Tja, was soll ich sagen? Will hat mich umgerannt, und ich würde behaupten, dass ich schwer zu übersehen bin. Deswegen bin ich davon ausgegangen, dass er es mit Absicht getan hat."

„Sehr gut", erwidert Stella und sieht ernsthaft erleichtert aus. „Noch etwas? Später, beim Zirkeltraining?"

„Sie haben sich über mich lustig gemacht", blaffe ich.

„Da bin ich –"

„Woran hast du das erkannt? Kannst du dir dessen wirklich sicher sein?"

Genervt blinzele ich sie an. „Sie haben ständig in meine Richtung geschaut und dabei gelacht. Beweisen kann ich es natürlich nicht, aber wieso sonst sollten sie sich so verhalten, wenn sie nicht mich meinen? Die beiden scheinen mich regelrecht auf dem Kieker zu haben."

Verständnisvoll nickend verlagert Stella ihr Gewicht und beugt sich nach vorne, was sie irgendwie ... sexy wirken lässt. Ihr Ausschnitt lässt tief blicken, und ich muss mich von dem Anblick ihres Dekolletees losreißen. „Um dir das mal zu spiegeln: Du wurdest wütend, nachdem Will dich vermutlich absichtlich über den Haufen gerannt hat. Diese Vermutung stellst du auf, weil sie dich generell oft als Ziel von Gemeinheiten nehmen. Ist das so korrekt?"

Ich glaube, sie gibt sich echt Mühe, aber ich komme mir ein wenig verarscht vor. „Jetzt fühle ich mich wirklich wie in der Vorschule", gebe ich bloß zurück.

„Wenn man Wut in sich spürt, gibt es kleine Tricks, um mit ihr fertigzuwerden", fährt Stella unbeirrt fort. „Studien besagen, dass die Wut vorübergeht, wenn man es neunzig Sekunden schafft, sie auszuhalten, ohne emotional zu explodieren. Auch das kommt dir vermutlich im ersten Moment dämlich vor, ich konnte es anfangs ebenfalls nicht glauben. Es hilft jedoch wirklich, ich würde dir ernsthaft empfehlen, es mal auszuprobieren."

„Werde ich das nächste Mal während eines Spiels mal ausprobieren", erwidere ich sarkastisch. „Findet Whipley bestimmt besser als das Ausrasten, wenn ich stattdessen auf dem Platz stehen bleibe und bis neunzig zähle."

„Eine Linderung kann auch das genau konträre Verhalten bringen, nämlich lachen." Sie macht es vor, aber ich bin mir nicht sicher, ob es ihr aus Verlegenheit rausrutscht. „Es mag seltsam erscheinen, aber wenn man die Wut wahrnimmt und in der Situation schnell an etwas Lustiges denkt, bis einem ein Lachen entfährt, ist die Spirale der negativen Emotionen gestoppt."

Fassungslos starre ich sie an. „Du hast offenbar keine Ahnung, wie wenig Zeit ich in solchen Situationen zur Verfügung habe", setze ich an, meine Stimme einem Knurren ähnlich. „Im Training, wenn ich unter Beobachtung bin, packt mich der Ärger schneller, bei Spielen bin ich so konzentriert, dass ich ohnehin keine Gelegenheit habe, mich an irgendwelche Tipps zu erinnern."

Stellas Augenlider flattern heftig, sie erinnert ein wenig an einen Roboter, der in einer Fehlfunktion gefangen ist. Sieh mal einer an, bringe ich sie etwa tatsächlich an die Grenzen ihrer Professionalität? Dabei habe ich es nicht einmal aktiv versucht.

„Sport ist übrigens auch eine Methode, Wut abzubauen. Kanalisiere sie in deine Würfe, dein Rennen, was weiß ich. Ob im Training oder bei einem Spiel, Emotionen lassen sich dort gut abbauen."

Das ist endlich mal ein Tipp, der mir entgegenkommen würde. Vielleicht tue ich das sogar schon unbewusst. Ich rege mich stets nur über Menschen auf, nie über den Sport an sich. Wenn ebenjene Menschen jedoch während des Sports vor meiner Nase herumtanzen, klappt das dann trotzdem? Egal. Ich möchte nicht weiter über irgendwelche Bewältigungsmethoden sprechen, also nicke ich bloß scheinheilig.

„Okay. Ich werde es versuchen. Noch irgendwas?"

An Stellas Blick kann ich sehr gut erkennen, dass sie mir den plötzlichen Sinneswandel nicht abkauft, aber auch sie lässt es gut sein. „Wir belassen es erst einmal dabei. Vielleicht ist jetzt gerade nicht der passende Zeitpunkt."

Für einen Moment überlege ich, ob ich sie dazu drängen soll, doch weiterzumachen. Vielleicht kann ich sie so mürbe machen, dass sie bald aufgibt. Aber will ich das überhaupt? „Gut, Coach. Dann bis später, wir sehen uns."

Kapitel 11 – Stella

Auch, wenn ich es schaffe, nach außen hin unbeeindruckt von Hunters ruppiger Art zu sein, wühlt es mich innerlich extrem auf. Wann kapiert er endlich, dass er nicht allein auf dieser Welt ist? Vor allem als Footballspieler sollte ihm bewusst sein, dass er auf seine Mitspieler angewiesen ist, um erfolgreich zu sein.

Doch viel mehr irritiert mich, dass ein Teil von mir anfängt, für ihn Partei zu ergreifen, sein Verhalten zu rechtfertigen. Es geht so weit, dass ich eine Abneigung gegen Will und Trent entwickle und ich mich stetig daran erinnern muss, professionell zu bleiben. Immerhin läuft das Training am heutigen zweiten Tag unauffällig, um nicht zu sagen reibungslos. Mal sehen, wie das Team nachher in unserem nächsten Gruppen-Workshop drauf ist. Ich bin immer froh, wenn sich genügend Spieler beteiligen, aber wenn Einzelne die ganze Stimmung runterziehen, kommt man am Ende trotzdem nicht weiter.

Aufgeregter als die Male zuvor warte ich in dem Konferenzsaal, bis alle nach und nach eintreffen. Wie vor unserer Kennenlernrunde bilden sich kleine Grüppchen, und ich höre mal hier, mal dort zu. Die meisten fühlen sich hier in Texas sehr wohl und sind begeistert von der Anlage, was ich nur bestätigen kann. Generell kann ein Tapetenwechsel Wunder wirken, vielleicht sogar auch bei unseren Gruppenarbeiten.

„Okay", rufe ich, als sich endlich alle eingefunden haben. „Als Einstieg habe ich euch wieder ein kleines Spiel mitgebracht. Dieses Mal können wir es sogar als große Gruppe spielen, deswegen möchte ich euch bitten, aufzustehen und euch im Kreis aufzustellen."

Dem Geräuschpegel nach zu urteilen, als sich die Spieler erheben, scheint die Laune gut zu sein. Allerdings nicht bei allen, denn Hunter funkelt mich geradezu mordlustig an. Aus einem ersten Impuls heraus will ich den Blick sofort abwenden, doch ich entscheide mich dagegen, halte ihm stand und setze demonstrativ ein Lächeln auf. Seine Reaktion ist ein Augenrollen in Kombination mit einem leichten Kopfschütteln. Meine Güte, kann er nicht ein einziges Mal professionell bleiben? Oder ist das nicht seine übliche Art, sondern eine persönliche Differenz, die sich zwischen uns aufbaut?

Während sich die Männer aufstellen, hole ich den mitgebrachten Stoffsack hervor. „Ich habe hier kleine, bunte Bälle, wie ihr sie vermutlich aus Bällebädern kennt. Jeder von euch hat einen solchen Ball in der Hand. Eure erste Aufgabe ist es nun, die Bällchen zu wechseln, und zwar auf eine ganz bestimmte Art. Wir halten allesamt die Arme bequem nach vorne. Auf Kommando werfen wir so, dass unser rechter Nachbar den Ball auffangen kann. Zeitgleich bekommen wir von unserem linken Nachbarn dessen Bällchen, und so muss man wirklich aufpassen, ob das Timing passt. Ich gebe jeweils ein Kommando, abgesehen davon gibt es keine Absprachen. Ihr kriegt das hin, okay?"

In einigen Gesichtern sehe ich Ehrgeiz aufblitzen, manche wirken gelangweilt, wieder andere komplett emotionslos. Solche Icebreaker-Spielchen mit gestandenen Footballspielern durchzuführen, ist irgendwie ein Risiko, hoffentlich realisieren sie, dass sie davon profitieren können. Sie sind als Sportmannschaft eingespielt, aber die kleinen Challenges holen sie aus ihrem gewohnten Terrain heraus. Extra für diesen Job habe ich mich intensiv in die Materie eingearbeitet. Der Druck, nicht zu versagen, belastet mich extrem, gerade hier im Trainingslager, wo ich jeden Tag mit den Spielern arbeite. Aber noch bin ich zuversichtlich. Ich *muss* zuversichtlich sein!

„Also gut. Seid ihr bereit? Und ... eins!"

Die Männer werfen, und abgesehen von wenigen Ausnahmen haben sie sich sogar die korrekte Richtung gemerkt.

„Konzentration, bitte. Es geht sofort weiter. Zwei!"

Der neue Versuch sieht besser aus, einige fangen den Ball ohne Probleme, wiederum andere wirken direkt schon frustriert, dabei haben wir gerade erst angefangen.

„Nächste Runde. Drei!"

Diesmal sieht es beinahe perfekt aus. Die Stimmlagen werden zufriedener, und ich spüre bereits Erleichterung, als ich einen Ruf höre, der nichts Gutes verheißen lässt.

„Mensch, Fields, du bist ein Spielverderber!"

Alarmiert suche ich nach der Quelle der Empörung. Hunter steht wie alle anderen im Kreis und tut so, als würde er um sich herum nichts mitbekommen. Den kleinen Plastikball wirft er in seiner Rechten auf und ab.

„Was ist?" Ich löse mich aus der Gruppe und trete in die Mitte. Neben Hunter steht Carter und schüttelt den Kopf.

„Wir können die Übung nicht gescheit machen", beschwert sich der Receiver. „Eine Person wirft nicht zum Nachbarn und fängt auch nur den eigenen Ball."

Schade, eigentlich dachte ich, dass Hunter und Carter sich gut verstehen, aber wenn es sogar zwischen den beiden nicht klappt, wie sollen wir dann überhaupt weiterkommen?

„Hunter?" Normalerweise würde ich einen Hundeblick aufsetzen und ihn mit Schmollmund bitten, mitzumachen. Bei den meisten Männern funktioniert das, aber bei Hunter habe ich so meine Zweifel. „Machst du die Übung bitte mit? Das stärkt euren Zusammenhalt", frage ich ihn lediglich. Mühsam versuche ich, meine Stimmlage ruhig zu lassen, doch ich kann ein leichtes Zittern nicht verbergen. Noch dazu ist meine Atmung viel zu schnell, wahrscheinlich blähen sich meine Nasenflügel total. Der Typ macht mich langsam wahnsinnig!

„Welchen Zusammenhalt?" Gespielt verwirrt hebt er die Augenbrauen. „Ich funktioniere am besten, wenn ich mich auf mich selbst verlasse. Das tue ich auch hier."

„Das ist aber nicht Sinn der Aufgabe", insistiere ich. Vorsichtig beuge ich mich näher zu ihm und senke die Stimme. „Du hattest doch eingewilligt, dass du mitmachen wirst."

„Habe ich das? Wann? Ich kann mich nicht daran erinnern."

„Gerade erst ..." Ich breche ab, denn es ist offensichtlich, dass es keinen Sinn macht. Krampfhaft versuche ich mich an meine eigenen Tipps zum Abbau von Wut zu erinnern. „Na gut, dann eben nicht", gebe ich schließlich zähneknirschend nach. „Tritt bitte einen Schritt zurück, dann bist du eben ein Einzelteam."

Immerhin dabei macht er ohne Anstalten mit. Als wäre es das Spannendste der Welt, wirft er das Bällchen auf und ab. Machen ihm die vielen Ausraster des Head Coachs nichts aus? Wenn es wirklich sein großer Traum ist, in der NFL zu spielen, wieso stellt er seinen persönlichen Stolz nicht hin und wieder hinten an?

Nach zwei weiteren Runden, in denen es echt super klappt, wechseln wir die Richtung, sodass alle nach links werfen. Hierbei gibt es kurz Anfangsschwierigkeiten, es wird aber direkt im zweiten Anlauf fehlerfrei.

„Super, das hat echt gut funktioniert. Vielen Dank, ihr könnt euch jetzt wieder auf eure Plätze setzen."

Eigentlich wollte ich ein paar generelle Diskussionen über Teamwork und Ziele führen, aber nach Hunters Boykott muss ich ein wenig umdisponieren, das darf ich nicht einfach so stehen lassen.

„Ich bin mir nicht sicher, ob ihr es alle mitbekommen habt, es gab bei dem Anfangsspiel einen kleinen Konflikt, der sich auf Anhieb nicht lösen ließ. Das möchte ich nun nachholen, und zwar mit der ganzen Gruppe, sodass wir direkt im Thema sind, wenn es darum geht, wie man Reibereien in eurem Team auflösen kann."

Hunters entsetzter Blick spricht Bände, aber da muss er jetzt durch, sonst kann ich direkt das Handtuch werfen. Meine Hoffnung ist, dass es nicht nach hinten losgeht, da Carter und Hunter sich meist gut verstehen.

Der Quarterback wird es hoffentlich nicht direkt in den falschen Hals bekommen, wie es vermutlich der Fall wäre, wenn er sich mit Trent oder Will aussprechen müsste.

„Hunter? Carter? Könnt ihr bitte nach vorne kommen?" Hastig ziehe ich zwei freie Stühle von der Seite in die Mitte und stelle sie so, dass sich die beiden Männer anschauen müssen. Carter steht bereitwillig auf, Hunter rührt sich erst kein Stück. „Hunter, bitte", rufe ich ihn erneut. „Je schneller du dich darauf einlässt, desto eher ist es vorbei."

Mit einem theatralischen Stöhnen erhebt er sich endlich und schlurft zu Carter und mir in die Kreismitte. Wie ein nasser Sack lässt er sich auf den vorbereiteten Stuhl plumpsen und verschränkt die Arme.

„Okay, danke", zwinge ich mich zu sagen, obwohl ich nicht wirklich dankbar dafür bin, was er schon wieder für eine Show abzieht. Dieser Mann ist wirklich ein Phänomen. Irgendetwas hat er an sich, was mich total aus dem Konzept bringt. „Wir werden jetzt eine Übung machen, bei der ihr euch nicht nur mit dem Konflikt, sondern auch mit der Wahrnehmung des anderen auseinandersetzen sollt. Carter? Noch einmal, damit es alle genau hören: Was ist denn eben passiert?"

Er räuspert sich und setzt mit lauter Stimme an. „Bei der Übung eben hat Hunter nicht wirklich mitgemacht. Er hat den Ball die ganze Zeit bei sich behalten, was einerseits irritierend war, denn wir haben ja jeweils mit einem geworfenen Bällchen gerechnet. Andererseits habe ich mich geärgert, da es so aussah, als würde er es absichtlich falsch machen."

„Sehr gut, danke. Jetzt wollen wir die andere Sichtweise hören." Zögernd wende ich mich an Hunter und versuche, meine Atmung zu kontrollieren. Ob er wenigstens dieses Mal mitmacht? Es ist offensichtlich, dass Carter die Sache nicht persönlich nimmt, sich aber trotzdem über die Situation geärgert hat. Zudem besteht eine gewisse Ähnlichkeit zu gestern, als Hunter Trent und Will ebenfalls Absicht unterstellt hat. Für Miamis Star-Quarterback ist es die perfekte Gelegenheit, gewaltfreie Konfrontationen zu üben.

Trotzig dreinblickend presst dieser die Lippen aufeinander.

„Komm schon, Mann", fordert ihn Carter sanft auf. „Du hast nichts zu befürchten. Deine Wahrnehmung kann dir niemand absprechen."

Endlich kommt Bewegung in Hunters Gesichtszüge, er scheint sich zu entspannen. Als er zu reden beginnt, fällt mir regelrecht ein Stein vom Herzen. „Das Spiel kam mir sinnlos vor", setzt er brummend an. „Beim Football haben wir vielfach die Gelegenheit, über unsere Züge zu sprechen. Hier jedoch sollten wir schweigen, ich habe die Verknüpfung zu dem Sport nicht gesehen. Deswegen habe ich es boykottiert."

„Wie hast du dich dabei gefühlt?", hake ich weiter nach. An der Art, wie er auf seinem Stuhl hängt und sich nicht regt, kann man nicht sehen, ob er die Situation rekapituliert oder nicht. Als er doch zu sprechen beginnt, zucke ich regelrecht zusammen.

„Genervt. Die Sache mit dem Zollstock neulich fand ich schon bescheuert. Jetzt schon wieder so eine Aufgabe zu erledigen, bei der man sich auf andere verlassen muss, fand ich wenig zielführend."

„Aha." Ruhig bleiben, Stella! Ganz egal, ob er sich die Realität gerade so verdreht, wie es für ihn am besten passt, du musst die Worte so stehen lassen. Und er macht mit, das ist ein Fortschritt. „Wie hast du dich gefühlt, Carter, als Hunter dir den Ball nicht nach rechts geworfen hat?"

„Frustriert", sagt er und nickt nachdenklich, als wäre er noch nicht ganz fertig mit seiner mentalen Analyse. „Wir wissen schließlich alle, was für uns auf dem Spiel steht. Von unseren Fans bekommen wir nicht den Support, den andere Mannschaften teilweise erhalten, dabei macht das so viel aus. Mittlerweile sollte jedem klar sein, dass uns die Felle davonschwimmen, was die Beliebtheit in der Liga betrifft. Wenn sich dann trotzdem jemand querstellt, hat man das Gefühl, dass man immer weiter auf der Stelle treten wird."

Vereinzelt kommt zustimmendes Gemurmel von den anderen.

„Danke für deine Ehrlichkeit", sage ich und würde ihn am liebsten vor lauter Dankbarkeit umarmen. Solche reflektierten Menschen sind wahre Gewinne bei Workshops, wie ich sie hier abhalte. „Hunter?" Vorsichtig wende ich mich wieder an den Quarterback. „Was hätte aus deiner Sicht anders laufen können, von beiden Seiten aus gesehen?"

Schulterzuckend stiert er auf einen Punkt vor seinen Füßen. „Man hätte akzeptieren können, dass ich eben nun mal so bin, wie ich bin. Jede Persönlichkeit ist anders, man sollte niemanden zu ändern versuchen, sondern eher an sich selbst arbeiten."

Wut brodelt in mir hoch. Hört er überhaupt, was er da sagt? Ist das Sturheit, oder merkt er es wirklich nicht, dass er gerade sich selbst beschreibt? Er verlangt, dass das gesamte Team sich nach ihm richtet, weil er nun mal speziell ist. Aber sich einzugestehen, dass auch er sich verändern kann, das kommt ihm anscheinend nicht in den Sinn.

„Und was hättest du anders machen können?", frage ich trotzdem, mein Tonfall viel zu patzig, als es angemessen wäre.

Missmutig verzieht er das Gesicht. „Das nächste Mal warne ich die Jungs vor, dass ich es anders umsetze."

Irritiert sieht mich Carter an, das bemerke ich aus dem Augenwinkel, ich bin jedoch zu sehr damit beschäftigt, Hunter anzustarren. Ist das sein verdammter Ernst?

„Schön, dann haben wir jetzt beide Seiten gehört." Einfach weitermachen, es bringt nichts, sich ewig über ihn aufzuregen. Eigentlich ist der Konflikt nicht gelöst, nicht wirklich, doch wie soll ich weiter zu Hunter vordringen? Er lässt absolut kein Feedback an sich ran.

Nach dieser ungeplanten Unterbrechung stehe ich total neben mir. Mangels Durchhaltevermögen beende ich den Workshop viel früher als geplant, allerdings beschwert sich verständlicherweise niemand. Auch ich würde jetzt lieber ausspannen, vielleicht ein wenig am Pool in der Sonne liegen oder mich mit einem Buch in den Park setzen. Ich muss jedoch ein weiteres Mal mit Hunter sprechen, allein.

„Hunter? Hast du bitte noch eine Minute?"

An den theatralisch herabhängenden Armen kann ich erkennen, dass auch er sich Besseres vorstellen kann, als mit mir zu reden. Immerhin dreht er sich tatsächlich zu mir um und kommt auf mich zu.

„Ja, bitte?"

Ich will gelassen bleiben, wirklich – aber ich schaffe es einfach nicht. Wir arbeiten zwar noch nicht lange zusammen, aber dass er sich rein gar nicht von seinem Standpunkt bewegt, ist in meinen Augen unfassbar dreist.

„Ganz ehrlich ... ich verstehe nicht, warum du dich so gegen alles stellst. Es macht nicht jedem Spaß, habe ich verstanden, aber kannst du uns nicht einen kleinen Schritt entgegenkommen?" Meine Stimme überschlägt sich regelrecht, doch das ist mir egal. So geht es nicht weiter.

Verhältnismäßig lange sieht er mich an, bevor er, mal wieder, die Arme vor der Brust verschränkt. „Ich fühle mich einfach nicht wohl, wenn ich so in der Angriffslinie stehe. Ist doch verständlich, oder?"

„Verständlich schon. Aber wie soll es denn deiner Meinung nach weitergehen? Wie schaffe ich es, dass du mir und meinen Maßnahmen endlich vertraust?"

Sein Blick huscht über mein Gesicht, bevor er ihn abwendet. „Was weiß denn ich? Die einzige Sache, bezüglich der ich mir sicher bin, ist die, dass der Head Coach schon wieder ausrasten wird. Irgendjemand aus der Truppe wird ihm schon stecken, dass ich Ärger gemacht habe, so läuft es doch immer."

Seine Worte stimmen mich nachdenklich und lassen meinen Zorn verpuffen. Er ist in der Mannschaft ein Einzelkämpfer, das habe ich bereits festgestellt, aber es wird auch ständig von verschiedenen Seiten auf ihm rumgehackt. Sicher, er ist ein erwachsener Mann, aber in seiner Situation ist es für ihn bestimmt nicht leicht, alle Widrigkeiten zu ignorieren und sich außerhalb seiner Komfortzone zu bewegen.

Vielleicht würde sich ein kleines Live-Experiment lohnen … „Bei unserer Vorstellungsrunde hast du gesagt, dass du in Texas aufgewachsen bist. Das habe ich richtig in Erinnerung, oder?"

Verwundert zieht er die Augenbrauen zusammen. „Das ist so, ja. Wieso? Inwiefern ist das relevant?"

„Ist deine Heimatstadt weit von hier entfernt? Oder gibt es in der Nähe von El Paso einen Ort, an dem du in deiner Kindheit öfter warst? Irgendetwas, das positive Erinnerungen weckt und dich auf andere Gedanken bringt."

Ich kann deutlich erkennen, wie sich etwas in seiner Miene verändert. „Man muss ungefähr eine Stunde fahren", setzt er zögernd an, „dann sind wir in der Kleinstadt, in der ich aufgewachsen bin."

„Okay, das dürfte gehen." Ohne Scheu vor Körperkontakt hake ich mich bei ihm unter und ziehe ihn zur Tür. Vor lauter Aufregung wegen meiner spontanen Idee bekomme ich ein wohliges Kribbeln im Bauch. Oder liegt das vielleicht an etwas anderem? „Ich gehe jetzt an die Rezeption, organisiere uns einen Wagen, und wir machen einen kleinen Ausflug in deine Heimatstadt. Ich kann fahren, du kannst fahren, ganz wie du willst. Hauptsache, du kommst hier raus."

„Ernsthaft? Jetzt sofort?"

„Ja, warum nicht?"

„Ich … tja, keine Ahnung. Ist nur ein wenig überraschend. Und es wird Whipleys Laune nicht gerade steigern."

„Das ist mir diese Aktion definitiv wert. Die besten Erlebnisse sind doch meist diejenigen, mit denen man am Wenigsten rechnet, oder nicht?" Bevor eine innere Stimme ihre Zweifel kundtun kann, lasse ich all meine Sachen in dem Seminarraum liegen und schiebe Hunter auf den Flur. Das hier ist vollkommen abseits meiner sonstigen Methoden, und ich habe keine Ahnung, wie ich das dem Coach später erklären soll, aber wir brauchen einen Tapetenwechsel ... und zwar beide.

Kapitel 12 – Hunter

Während Stella mit den Leuten an der Rezeption herumdiskutiert, hole ich mir an einem Automaten neben der hoteleigenen Bar eine Flasche Wasser. Als ich zurückkomme, ist sie nicht mehr da, also gehe ich durch das moderne Eingangsportal nach draußen. Auch hier ist Stella nicht zu finden, und ich frage mich schon, ob etwas dazwischengekommen ist, als sie mit einem riesigen Monstrum eines Wagens angebraust kommt und vor mir Halt macht.

„Sorry!", ruft sie, als sie aus dem Auto springt und außer Atem auf mich zu rennt. „Es war gar nicht so einfach, auf die Schnelle einen gescheiten fahrbaren Untersatz zu besorgen, der uns auch noch schnell weit bringen kann. Das hier ist so etwas wie ein Dienstwagen des Hotelmanagers, der Coach wird mich umbringen, wenn er die Rechnung sieht."

„Dann sind wir ja schon zwei", murmele ich vor mich hin, ohne dass sie es hört. So ganz weiß ich noch nicht, was ich von der Sache halten soll. Einerseits ist es interessant, wie kreativ sie bei dem Versuch wird, mich zu all dem Kram zu motivieren, gleichzeitig könnte das eine sehr emotionale Berg- und Talfahrt für mich werden.

„Willst du fahren, oder soll ich?" Sie legt den Kopf schief bei der Frage, das herausfordernde Funkeln von eben, als sie mich einfach am Arm gepackt hat, ist noch da. Es macht Spaß, sie aus der Reserve zu locken. Obwohl mir die Sache mit den Bällchen vorhin wirklich einfach zu dämlich war, das habe ich nicht absichtlich getan, um sie zu ärgern. Wenn ich es nicht besser wüsste, würde ich sagen, dass ich mich sogar auf die Zeit mit ihr allein freue ...

„Ich fahre", stelle ich klar, „Wenn ich dir meine Heimatstadt zeigen soll, dann will ich mich nicht mit Wegbeschreibungen abmühen oder die ganze Zeit das Navi übertönen müssen."

„Klingt logisch. Dann los!"

Völlig unbeschwert hüpft sie auf die Beifahrerseite und klettert in das riesige Auto. Mit einem kribbeligen Gefühl im Bauch steige ich ebenfalls ein, und wir fahren schweigend bis auf den Freeway, nur das Dudeln des Radios erfüllt das Innere des Wagens.

„Warst du nur in Texas auf dem College, oder bist du hier sogar aufgewachsen? Tut mir leid, ich habe bei der Vorstellungsrunde gar nicht nachgehakt."

„Aufgewachsen", entgegne ich schroff. „Meine ganze Familie lebt hier." Als ich realisiere, was ich gerade gesagt habe, reiße ich alarmiert die Augen auf. „Aber die besuchen wir jetzt bitte nicht! So weit müssen wir mit diesen Psychospielchen wirklich nicht ausholen."

„Psychospielchen", wiederholt sie langsam, und aus dem Augenwinkel sehe ich, wie sie mit dem Kopf schüttelt. „Nein, nein, keine Sorge."

Sie ist nicht mehr so energisch wie vorhin nach dem Workshop, doch angespannter als zu Beginn ihres Auftrags. Auch wenn sie nach wie vor motiviert wirkt, zeigt sie sich nun viel emotionaler als am Anfang. Und das mag ich. Allmählich fange ich an mich zu fragen, ob es tatsächlich ein positiver Umstand sein könnte, dass sie nicht zu den Offiziellen der Torpedos gehört. Bei ihr habe ich nicht das Gefühl, ständig beobachtet zu werden, obwohl das ja genau ihr Job ist. Es wirkt einfach nicht so penetrant und es belastet mich nicht bewusst, ganz anders also, als es zum Beispiel bei den Coaches der Fall ist.

Während der restlichen Fahrt plätschert das Gespräch seicht vor sich hin, und ich entspanne mich deutlich. Ich konnte sie die ganze Zeit über schlecht einschätzen. Erst war sie die liebe, engelhafte Beraterin, die uns ein paar Tipps geben sollte. Seit ein paar Tagen erlebe ich sie immer öfter als leidenschaftliche Frau, die voll und ganz hinter den Überzeugungen steht, die sie vertritt. Dieses Mal ist sie wieder tiefenentspannt, bleibt die ganze Fahrt über gelassen, erklärt mir, wer die Frau ist, die sie begleitet, und was sie auf ihrem bisherigen Weg als Coach schon alles erlebt hat.

„So, jetzt wird es langsam spannend", murmele ich, als ich das Abfahrtschild zu unserem County sehe. „Was genau willst du sehen?"

„Ich weiß nicht", erwidert sie schulterzuckend. „Überrasch mich."

Na toll, nicht gerade hilfreich. In meiner Heimatstadt gibt es weder einen hübschen See noch einen Fluss oder sonstige Sehenswürdigkeiten, die es wert sind, sie vorzuzeigen. „Meine Eltern möchte ich wie gesagt nicht besuchen, die sind sonst völlig aus dem Häuschen und schlussfolgern vielleicht falsche Dinge, wenn ich mit einer Frau bei ihnen aufkreuze."

Sie lacht auf, und ich finde, ich habe noch nie ein schöneres Lachen gehört. Es klingt irgendwie ungewöhnlich, aber nicht künstlich. Ein Seitenblick verrät mir, dass sie nervös mit einer Hand in ihre Haare greift und starr aus dem Fenster schaut. Wird sie sogar ein wenig rot? „Das kann ich gut nachvollziehen. Stattdessen könntest du mir zeigen, welchen Ort du mit deiner Liebe zu Football verbindest. Einen Ort, an den du oft zurückdenkst, wenn dir im Training oder während eines Spiels gewisse Dinge passieren, du Anweisungen hörst oder jemand etwas Bestimmtes tut."

Bei ihren Worten habe ich sofort das Bild eines speziellen Platzes vor Augen. „Okay, da weiß ich was."

Es dauert keine Viertelstunde, bis ich auf den Schotter des Parkplatzes meines Ziels fahre. Das Gebäude neben uns hat definitiv bessere Zeiten gesehen, Farbe blättert von der Holzverkleidung ab und die Rollläden hängen schief in der Aufhängung. Aber die ganze Stadt liebt diesen Ort, nach wie vor.

„Hier haben wir früher unsere Highschool-Spiele ausgetragen", erkläre ich, als ich den Motor ausschalte und mich abschnalle. „Viele Erinnerungen hängen daran, und hier hat mich auch ein Talentscout entdeckt. Ich weiß es noch, als wäre es gestern gewesen."

Neugierig schaut Stella aus dem Fenster. „Das klingt nach genau dem richtigen Ort, um die Wurzeln der Karriere des großen Hunter Fields zu entdecken", sagt sie und schnallt sich ebenfalls ab. „Können wir reingehen? Uns auf die Tribüne setzen?"

„Normalerweise schon. Moment, wir probieren einfach aus, ob es offen ist."

Wir steigen beide aus, und ich gehe voraus. Wie erwartet ist das Tor des Zauns nicht verschlossen, und wir können einfach eintreten. Ein wenig ehrfürchtig geht Stella am Spielfeldrand entlang, bevor sie mir die Treppen die Tribüne rauf folgt und wir uns auf eine Bank in der Mitte setzen. Im Gegensatz zu den Gebäuden und den quietschenden Tribünen ist der Rasen sehr gepflegt. Ich weiß noch genau, wie ich mich damals gefühlt habe, wenn ich in der Mitte des Feldes gestanden und dem Team Anweisungen gegeben habe.

„Genau so etwas habe ich mir vorgestellt", murmelt meine Begleitung in schwärmerischer Tonlage. „Hier hast du bestimmt so einiges erlebt."

„Das kann man wohl sagen."

„Was zum Beispiel?" Abwartend sieht sie mich an. „Willst du mir etwas davon erzählen? Ich selbst bin wie gesagt kein Sportkenner, meine Besuche bei einem Footballspiel kann man an einer Hand abzählen."

Zögernd krame ich in meinen Erinnerungen. Will ich meine Erlebnisse mit ihr teilen? Ist das nur ein Trick von ihr, um mich zu irgendwelchen Dingen zu bringen, auf die ich keine Lust habe?

„Nun ja, einmal gab es ein besonders dramatisches Spiel, an das erinnere ich mich sehr genau. Wir lagen hinten, 47 zu 42, und mussten unbedingt diesen Touchdown schaffen. Aber die Defense der anderen Mannschaft war unglaublich stark, wir kamen einfach nicht durch." Mein Blick schweift über das Feld. „Damals war das Stadion voll, die Leute standen sich auf den Rängen gegenseitig auf den Füßen. Doch auf einmal verletzte sich mein bester Freund schwer. Er war einer der Receiver und musste auf dem Feld behandelt werden. Ich war so unter Schock, dass ich nicht wusste, wo mir der Kopf stand. Ich hatte immer nur das Bild von meinem Kumpel im Kopf, wie er bewusstlos auf der Trage lag und weggebracht wurde."

„Wie schrecklich!" Stella hängt regelrecht an meinen Lippen. Normalerweise wäre mir das unangenehm, aber heute nicht. Liegt das an diesem Ort oder an ihr als Person?

„Wir verloren einige Yards, wurden mehr und mehr zurückgedrängt. Es hatte schon fast keinen Sinn mehr, es zu versuchen, doch dann stählte ich mich innerlich. Ich wollte es für ihn schaffen, für meinen besten Freund. Also versuchte ich es und warf eine Hail Mary."

„Das ist das, wo man besonders weit wirft, oder?"

„Genau, ein ungewöhnlich langer Vorwärtspass", bestätige ich nickend. „Dieser Spielzug ist eher wenig von Erfolg gekrönt, weil man sehr genau werfen muss, deswegen wird er nicht oft versucht. Ich habe sechzig Yards geworfen, und der Receiver hat ihn tatsächlich gefangen. Der Jubel, der daraufhin folgte, war ohrenbetäubend, und wir haben tatsächlich noch gewonnen. Wochenlang war dieses Spiel in allen lokalen Meldungen, und ein Foto meines Wurfs ging in die Geschichte unserer Highschool ein."

Stella sagt nichts, und ich schweige ebenfalls einen langen Moment. Als ich merke, dass sie mich ansieht, räuspere ich mich und rutsche verlegen auf der Bank herum.

„Football ist dein Leben", stellt sie schließlich fest. „Man merkt es dir zu hundert Prozent an."

„Das stimmt."

„Warum bist du dann so unfreundlich zu deinen Mannschaftskameraden?"

Diese Frage bringt mich ein wenig aus dem Konzept, dabei ist sie naheliegend. Wie viel kann ich ihr erzählen? Von meiner Beinahe-Anmeldung für den Early Entry, der dann zu einer Medienkatastrophe wurde? Es hat mir damals den Boden unter den Füßen weggerissen, und seitdem kann ich niemandem mehr trauen, selbst meinem Team nicht. „Ich bin in der Mannschaft, um Football zu spielen, nicht um mir Freunde fürs Leben zu suchen."

„Das erwartet ja auch niemand." Deutlich frustriert stöhnt sie auf, doch sie hakt nicht weiter bezüglich der Ursachen nach. „Es gibt im Leben immer wieder Menschen, mit denen man einfach nicht harmoniert. Ich nenne sie gerne Energiefresser, weil es unnötig viel Kraft raubt, sich mit diesen Personen auseinanderzusetzen. Meist regt man sich viel zu sehr über sie auf. Bei dir ist vermutlich Trent so ein Energiefresser, habe ich recht?"

Und schon hat sie mich bei dem Thema, auf das ich am wenigsten Lust habe. Das Zwischenmenschliche. „Dem Kerl macht es Spaß, mich auf die Palme zu bringen, das schwöre ich. Er soll einfach sein Maul halten."

Bei meiner Wortwahl hebt sie ruckartig die Hand. „Stopp! Genau das ist es, worauf ich hinauswill. Du musst ihn nicht mögen. Du musst nicht mehr als nötig mit ihm reden. Aber es kostet unnötig Energie, dich so in diese Abneigung hineinzusteigern, dass du ihn wüst beschimpfen musst. Stattdessen könntest du diese Zeit und Kraft dafür nutzen, dich ein wenig mit Spielern auszutauschen, mit denen du besser zurechtkommst."

„Ich kann es aber auch sein lassen und die Zeit in mein Training investieren."

Mit zusammengepressten Lippen sucht sie nach ihren nächsten Worten. „Mit welchen Spielern hast du denn meist kein Problem?"

„Tja, Carter, Shawn, Andrew ..."

„Gut. Ich habe eine Frage an dich, bitte antworte vollkommen ehrlich: Wusstest du bereits vor der Vorstellungsrunde, dass euer Cornerback Vater von Drillingen ist?"

„Andrew? Nein. Wieso sollte ich?"

In einem Ausbruch plötzlicher Emotionalität klapst sie mir auf den Oberarm. „Weil es etwas Besonderes ist. Er sagte, dass sie gerade mal ein Jahr alt sind, und ihr seid beide seit der gleichen Saison bei den Torpedos. Ich wette, er hat mal erzählt, dass seine Partnerin schwanger ist. Oder er hat Fotos gezeigt, als die Drillinge frisch auf der Welt waren. Ich kann mir nicht vorstellen, dass er nie etwas davon berichtet hat."

Ich krame in meinem Gedächtnis. „Es gibt immer mal wieder Situationen, in denen sich die anderen zusammenrotten und sich etwas auf ihren Handys zeigen. Aber ich halte mich bei so was meist raus."

„Weißt du, es gibt Studien, die belegen, dass ein Team um ein Vielfaches effektiver zusammenarbeiten kann, wenn sie sich hin und wieder auch privat austauschen. Dabei ist es egal, ob es um ein Team im Büro, bei einem Handwerk oder eben im Sport geht."

Mit einem erneuten Blick über das Feld lasse ich ihre Worte sacken. „Ich kann mich nicht einfach von heute auf morgen verbiegen", murmele ich halblaut.

„Ach, Hunter, das verlangt auch niemand." Erneut seufzt sie und steht dann auf. Für einen Moment schweigen wir, und ich werfe ihr einen Seitenblick zu. Stella scheint tief in Gedanken versunken zu sein. Was wohl ihre Geschichte ist? Gibt es einen Grund, aus dem sie auf einmal ein Footballteam coacht, obwohl sie nach eigenen Angaben gar keine Ahnung von dem Sport hat? „Okay, wo können wir als Nächstes hin?", fragt sie unvermittelt, und dieses Mal bin ich derjenige, der zusammenzuckt.

Verblüfft starre ich zu ihr auf, wobei sie im Stehen trotzdem kaum größer ist als ich im Sitzen. „Wir ... könnten zu meiner Highschool. Wäre das was?" Jedenfalls tausendmal besser als der College-Campus.

Begeistert nickend zieht sie mich hoch, und mein Herz macht einen seltsamen Sprung, als sie mich berührt. „Super. Los geht's!"

Wie ein kleines Kind, dem man erzählt hat, dass der Eiswagen im Anmarsch ist, eilt sie vorneweg. Im Auto ist die veränderte Stimmung ebenfalls spürbar. Sie ist dabei, mich aus meinem Schutzpanzer zu locken, und hier, in meiner Heimatstadt, macht es mir sogar gar nichts aus, mich von einer anderen Seite zu zeigen. Die Sache mit der Hail Mary war eine persönliche Erfahrung, die mir sehr viel bedeutet. Vor versammelter Mannschaft hätte ich es wohl trotzdem nie erzählt, selbst wenn es im Grunde ein besonderer Erfolg ist.

Beim Trainingsplatz der Highschool bleiben wir erst am Spielfeldrand stehen, gehen dann langsam über den Rasen. Die Nostalgie schwappt über mich hinweg, und es prasseln so viele Erinnerungen auf mich ein, dass ich gar nicht weiß, was davon ich erzählen könnte.

Immerhin sind weit und breit keine Schüler zu sehen. Das würde mir gerade noch fehlen, wenn mich jemand erkennen würde und ich mich gegen Selfie-Anfragen wehren müsste. Gerade genieße ich die entspannte Stimmung zwischen Stella und mir viel zu sehr.

Dieses Mal bin nicht ich es, der von früheren Erlebnissen erzählt. Mit verträumtem Blick sieht Stella ins Leere.

„Die Vertrauenslehrerin an meiner alten Highschool hat immer gesagt: Lass die Wolken ziehen, gehe deinen Weg. Mein Bruder hat sich furchtbar über diesen Spruch lustig gemacht, aber mir hat er so viel bedeutet, denn genau das ist es, worauf es ankommt." Mitten auf dem Feld bleiben wir stehen, und ich sehe sie fasziniert an. Sie strahlt so eine Ausgeglichenheit aus, als könne sie gar nichts aus der Ruhe bringen. Wirklich beneidenswert. „Als ich mein Wirtschaftsstudium abgeschlossen habe und nicht im Büro arbeiten wollte, haben meine Eltern sehr negativ reagiert", fährt sie fort. „Sie haben meinen Karriereplan verbal in der Luft zerrissen und mich wie ein kleines Kind bevormundet. Ich war am Boden zerstört und habe mich verraten gefühlt. Es war eine Herzensentscheidung, Coach zu werden. Ich wollte nicht jeden Tag am Schreibtisch sitzen und mich mit Papierkram beschäftigen."

„Und du hast offensichtlich auf dein Herz gehört." Nachdenklich betrachte ich das Footballfeld. Wann habe ich eigentlich das letzte Mal die Vernunft außen vor gelassen und nur auf mein Herz gehört? Seit der Sache mit Lorna vermutlich kein einziges Mal.

„Genau." Ich spüre, dass sie mich ansieht, aber ich könnte ihrem Blick gerade vermutlich nicht standhalten. „Die Wolken, oder in deinem Fall die Menschen um dich herum, die dich blockieren, lass sie ihr Ding machen, aber du machst deins. So habe ich es auch damals bei meinen Eltern gehandhabt. Okay, mit Trent musst du in einer Mannschaft spielen, und ihr müsst sogar eng zusammenarbeiten, weil er dir den Ball zuspielt. Aber ihr seid in der NFL. Er will genauso wie du Spiele gewinnen. Ich kann dir nur raten, für dich einen Weg zu finden, um mit ihm zurechtzukommen."

Es leuchtet vollkommen ein. Aber es ist so schwer, alte Gewohnheiten abzulegen.

„Im Leben passieren einem so viele Dinge", sinniert sie weiter und wirkt nach wie vor, als wäre sie mit ihren Gedanken ganz weit entfernt. Gleichzeitig sind ihre Worte sehr treffend für meine Situation, meinen Gemütszustand. „Manche Ereignisse bauen einen auf, stärken einen. Andere wiederum bringen einen dazu, einen Schutzpanzer um sich herum aufzubauen, wenn nicht sogar eine komplette Mauer. Das ist auch wichtig und kann einen vor neuen negativen Erfahrungen schützen." Auf einmal scheint sie wieder voll da zu sein, dreht sich zu mir um und sieht mir in die Augen. „Aber wir sollten trotz allem erlauben, dass diese Mauer auch durchdrungen werden kann. Es mag sein, dass du ein toller Einzelkämpfer bist, aber in manchen Situationen ist es gemeinsam deutlich einfacher, ein Ziel zu erreichen. Vor allem im Sport."

Jetzt ist es an mir, ins Leere zu starren. Als sie diesen Ausflug vorgeschlagen hat, war ich wenig überzeugt, dass es etwas bringen wird. Das Gefühl, das sich in mir in diesem Moment ausbreitet, ist jedoch so positiv, wie ich es schon lange nicht mehr erlebt habe, nicht mal nach einem Sieg. Kann es sein, dass sie recht hat? Muss ich über meinen Schatten springen und andere wieder an mich heranlassen, wenn ich noch erfolgreicher werden will?

Gerade überlege ich, was ich als Nächstes sagen könnte, da höre ich ein verräterisches, gurgelndes Geräusch neben uns. „Shit, die Schläuche!" Panisch starre ich auf ein Metallteil, das ein paar Schritte von uns entfernt auf dem Gras steht und mit Wasserschläuchen verbunden ist. „Die wässern gleich den Rasen. Wir müssen hier weg!"

Ich greife nach ihrer Hand und ziehe sie hinter mir her, als um uns herum auch schon das Wasser zu spritzen beginnt. Stella kreischt auf, doch sie kichert dabei. Normalerweise wäre ich viel schneller, aber ich will natürlich nicht, dass sie hinfällt.

Als wir neben der Tribüne ankommen und somit in Sicherheit sind, fällt Stella regelrecht gegen mich, weil ich so abrupt stehen bleibe.

„O mein Gott, als wollte mir das Schicksal sagen, dass ich endlich aufhören soll zu reden." Lachend wirft sie den Kopf in den Nacken und scheint gar nicht zu merken, dass sie in meinem Arm liegt. Trotz unseres Sprints ist ihr Oberteil durchnässt und klebt an ihrer Haut. Mein Puls beginnt zu rasen, als meine Finger wie automatisch an ihrer Taille auf und ab streichen. Erst nach ein paar Sekunden realisiert sie, in welcher Position wir uns befinden. Ihre Augen weiten sich, und sie hört auf zu lachen. Schnell lasse ich sie los und trete einen Schritt zurück. „Sorry, die Bewässerungsanlage hätte mir auffallen müssen. Aber die Sonne wird uns gleich wieder trocknen."

Stella nickt stumm und schaut an sich herab. Mit viel Mühe reiße ich meinen Blick von ihrer Oberweite los, die in dem nassen Top noch viel besser zur Geltung kommt. Nicht nur, dass ich die Nähte ihres BHs sehe, zusätzlich drücken sich auch ihre Nippel durch den Stoff.

„Wir sollten uns ohnehin langsam auf den Rückweg machen." Bei ihren Worten wird mir erst wieder bewusst, dass ich eigentlich im Trainingslager sein sollte. Nickend schiebe ich die Hände in die Hosentaschen und wende mich zum Gehen. Dieser Nachmittag muss sich ohnehin erst einmal setzen, denn er hat in mir ziemlich viel Staub aufgewirbelt.

Kapitel 13 – Stella

Den Großteil der Fahrt zurück nach El Paso haben wir schweigend verbracht. Für mich war der spontane Ausbruch aus der Routine ein voller Erfolg. Hunter hat mir persönliche Dinge erzählt, und ich habe das Gefühl, ihm mit der Geschichte über meine Eltern gezeigt zu haben, dass ich nicht bloß rede, sondern eine solche Situation auch selbst kenne. Auch, wenn ich nicht geplant hatte, ihm so persönliche Details anzuvertrauen.

Aber vor allem habe ich mich an seiner Seite sehr wohlgefühlt. Es hat sich nicht wie eine geschäftliche Exkursion angefühlt, sondern wie ein privates Treffen. Und das Ende ... Es war vertraut und verwirrend zugleich. All die Anspannung der letzten Zeit hat sich in mir gelöst, und es hat sich schön angefühlt, von Hunter umarmt zu werden. Ich hätte kein Problem gehabt, noch ewig dem Alltag des Trainingscamps zu entfliehen. Doch ich muss professionell bleiben.

Am Hotel steigen wir aus, und ich nehme Hunter den Autoschlüssel ab, um ihn an der Rezeption abzugeben. Missmutig sieht er mich an, als würde er etwas sagen wollen.

„Danke für deine Bereitschaft, diese Fahrt zu unternehmen", plappere ich los, als er nicht zu reden beginnt. „Unser nächstes Einzelcoaching würde ich gern erst für nächste Woche ansetzen, wenn wir zurück in Miami sind. Ich habe ein Social-Media-Coaching mit dir vor, dafür sollten wir uns genügend Zeit nehmen. Direkt am Montag nach der Rückkehr?"

Zwar verdreht er die Augen, doch er nickt. „Alles klar. Wir sehen uns."

Nachdenklich schaue ich ihm hinterher. Hätte ich etwas zu unserer Umarmung sagen sollen? Oder den persönlichen Dingen, die wir uns erzählt haben?

Nachdem ich den Autoschlüssel abgegeben habe, kommt mir Coach Whipley entgegen.

„Miss Cunningham", donnert er, sodass sich nicht nur andere Gäste im Foyer, sondern auch Angestellte des Hotels zu ihm umdrehen. „Wo zur Hölle waren Sie? Und wo ist Fields?"

Obwohl Whipley wirklich furchteinflößend aussieht, gebe ich mir Mühe, ruhig zu bleiben. „Hunter kommt hier aus der Gegend, er hat mir ein paar Orte aus seiner Vergangenheit gezeigt. Es war meine Idee und passt gut in meinen Plan zum weiteren Vorgehen."

Trotz meiner Worte verfinstert sich die Miene des Coachs. „Nach seinem jüngsten Verhalten habe ich allerdings kein Verständnis für solcherlei Zeitverschwendungen. Mir wurde berichtet, dass er sich in dem heutigen Workshop mit der Gruppe schon wieder danebenbenommen hat. Ist das wahr?"

Wer bitte hat ihm das denn erzählt? Sofort fällt mir ein, dass Hunter sogar damit gerechnet hat. „Er hat ein wenig gebraucht, bis er sich in die Übungen eingefunden hat, das ist alles. Wenn man die geforderte Offenheit nicht gewohnt ist, dauert es bei manchen eben länger, das ist vollkommen normal."

„Das hat sich für mich aber ganz anders angehört." Sein Gesicht wird mal wieder rot, und ich frage mich, ob Impulsivität eine geforderte Eigenschaft bei den Einstellungskriterien für Head Coaches ist. „Ich überlege, ob ich die ganze Sache mit dem Coaching nicht doch abbrechen und mir für Hunter andere Konsequenzen ausdenken muss."

„Abbrechen?" Erschrocken starre ich ihn an. „Aber wir haben doch gerade erst angefangen." Trotz meiner eigenen Zweifel wäre es eine wahre Katastrophe, wenn ich den Job verlieren würde. Noch habe ich keinen Plan für meine Rückkehr in das Mode-Metier. Doch vor allem habe ich wirklich das Gefühl, dass wir heute einen bedeutenden Schritt weitergekommen sind, was Hunter und seine Wahrnehmung angeht. Ich will ihn nicht aufgeben, nicht jetzt, wo ich endlich zu ihm durchdringen könnte.

„Haben Sie denn noch Hoffnung auf einen Erfolg?" Herausfordernd blitzt er mich an. „Denn bei mir geht diese Hoffnung langsam, aber sicher verloren."

Zögernd fummele ich mit den Fingern an meiner Handtasche. „Bei solchen Konflikten, wie er sich bei Hunter entwickelt hat, gibt es immer mehrere Seiten. Ich habe die Spieler beobachtet. Er hat es nicht leicht, was das Miteinander mit den anderen angeht." Nach heute habe ich außerdem das Gefühl, dass es einen Auslöser für seine abwehrende Art gibt, aber dieser Sache muss ich noch auf den Grund gehen.

„Wen wundert das?", blafft Whipley und schüttelt den Kopf. „Wie es in den Wald hineinhallt, so schallt es auch wieder heraus."

Bei diesem abgedroschenen Spruch muss ich mir mein Lächeln regelrecht aufzwingen. „Da stimme ich Ihnen zu. Allerdings ist es dann auch umso schwerer, einen Außenseiter wieder in die Mitte zu ziehen. Er muss erst neues Vertrauen fassen, und es tut mir leid, das sagen zu müssen, aber auch wenn meine Arbeit bei den Torpedos beendet ist, kann es noch lange dauern, bis sich das volle Potenzial der Mannschaft ausschöpfen lässt. Vielleicht braucht es auch eine neue Saison, in der die Karten mit neuen Spielern und Herausforderungen ganz neu gemischt werden. Aber um Ihre Frage zu beantworten: Ja, ich habe sehr große Hoffnung darauf, dass Hunter sich ändern kann. Ich glaube an ihn."

Ich muss kaum über diese Worte nachdenken, da sind sie schon heraus. Und ich habe das Gefühl, dass sie direkt aus meinem Herzen kommen. Ich glaube das wirklich, er kann das schaffen! Nach heute Nachmittag sehe ich ihn mit ganz anderen Augen.

Für einen langen Moment taxiert mich der Coach, bevor er die Lider schließt und tief durchatmet. „Na schön, Miss Cunningham, Sie haben mich überzeugt. Machen Sie Ihr Ding und werden Sie von mir aus weiterhin so kreativ wie vorhin, aber sorgen Sie dafür, dass mein Haupt-Quarterback kein Arsch mehr ist."

Bei so einem Trainer hätte ich vermutlich auch irgendwann keine Lust mehr, mich in Dinge hineinzuhängen, die er von mir fordert. Es ist leicht zu durchschauen, warum Hunter so zurückgezogen ist, wenn man sich bei den Torpedos umschaut. Natürlich, er ist daran nicht unschuldig, aber es war dringend notwendig, auch seine Sicht der Dinge zu betrachten.

***

Am Abend vor unserer Abreise wirbele ich mit Ramona durch unser Hotelzimmer. Die Zeit hier in El Paso ist rasend schnell vergangen, und wir packen unsere Sachen für die Rückreise.

„Würdest du sagen, dass du in den letzten Tagen vorangekommen bist?", fragt Ramona, als sie ihre Kleidchen in den Koffer legt. „Speziell mit Hunter, meine ich."

„Hach, was soll ich sagen. Als wir diesen spontanen Trip in seine Heimatstadt gemacht haben, hatte ich echt Hoffnung, dass meine Methoden anschlagen. Aber bisher sehe ich in seinem Verhalten keine große Veränderung. Wir haben jeden Tag Gruppensessions gehabt, in denen wir über Ziele und Teamwork gesprochen haben, aber er bringt sich einfach nicht ein. Als Fortschritt kann man immerhin verzeichnen, dass er es nicht mehr boykottiert."

„Also das ist ja auch ein Unding. Welcher erwachsene, kultivierte Mensch tut das denn heutzutage noch."

„Dann ist er eben nicht kultiviert." Wir lachen gemeinsam auf, genau genommen ist es aber ganz und gar nicht lustig. Seit wir gemeinsam unterwegs gewesen sind, habe ich jedes Mal ein aufgeregtes Flattern in der Brust gespürt, wenn ich Hunter gesehen habe. Dieser Trip hat mir geholfen, an seiner ruppigen Art und dem unordentlichen Aussehen vorbeizuschauen und einen ganz anderen Hunter zu erleben. Bloß in den Workshops sieht man davon nach wie vor wenig. „Was kann ich mir denn noch für ihn ausdenken, um ihn aus der Reserve zu locken? Ich glaube, er ist tief in sich drin ein echt toller Kerl, aber ich finde einfach keinen dauerhaften Zugang zu ihm."

„Ein echt toller Kerl, ja? Klingt beinahe so, als würdest du dich an ihn gewöhnen."

Gerade noch rechtzeitig kann ich das verräterische Zucken meiner Mundwinkel vertuschen. Gewöhnen ist fast schon eine Untertreibung. „Ich glaube, das bleibt nicht aus." Die meisten meiner Klamotten sind im Trolley verstaut, den Rest werde ich noch für morgen brauchen. Während Ramona weiter Kleidung aus dem Schrank holt, setze ich mich auf das Bett und ziehe die Beine an. „Manchmal habe ich richtig Mitleid mit ihm. Einige der anderen sind echt arschig zu ihm, da hätte ich auch keine Lust, mich zu öffnen."

„Das trifft das unschöne Klischee der erfolgreichen Sportler, das ich noch von der Highschool kenne", befindet Ramona. „Auf meiner Schule waren die, die am besten im Sport waren, auch die größten Bullys. Der Vergleich zu Hunters Fall hinkt etwas, aber ich habe seitdem eine richtige Abneigung gegen Star-Spieler."

„Wirklich? Das sieht mir aber bei dir und Carter ganz anders aus."

Ertappt schnappt Ramona nach Luft. „Was?", fragt sie dann gedehnt, weiß aber, dass ich ihr das sowieso nicht abnehme. „Ich weiß gar nicht, wovon du sprichst."

„Keine Sorge, ich werde dich nicht ausquetschen. Aber um auf Hunter zurückzukommen ... Manchmal habe ich das Gefühl, dass man ihn mal ins kalte Wasser werfen müsste, um ihm zu zeigen, wie die Alternative aussehen würde. Ein kleiner Blick in die Zukunft, wie es sein könnte, wenn er ein wenig mitspielt."

Ramona hält inne und schaut mich mit ihrer Denkermiene an. „Wie wäre es denn, wenn ich ihn ein wenig umstyle? Ein umfangreiches Makeover mit neuer Frisur, anderem Bart, gern auch neuen Klamotten für öffentliche Auftritte, dafür könnte ich meinen ehemaligen Studienkollegen Serge kontaktieren."

„Meinst du wirklich?" Wenig überzeugt spiele ich in Gedanken diese Option durch. „Der Hunter, den ich kennengelernt habe, würde sich nie darauf einlassen."

„Man kann es nie wissen, bis man es tatsächlich versucht hat." Schmunzelnd setzt sie sich zu mir auf das Bett. „Mann, Stella, das wäre echt eine mögliche Lösung. Wenn ohnehin ein Teil von ihm verändert ist, vielleicht folgt dann der Sinneswandel ganz von allein. Ganz ehrlich, auch wenn er so zugewuchert ist, aus ihm lässt sich viel machen. Er hat schöne Augen, soweit ich das gesehen habe, wenn die mit dem richtigen Haarstyle besser zur Geltung gebracht werden ..." Sie pfeift durch die Zähne und wedelt sich mit der Hand Luft zu. „Er wird sich gar nicht retten können vor lauter weiblichen Fans."

„Ich weiß nicht." Vermutlich hat sie recht, aber das wäre wirklich ein sehr großer Schritt. „Kann ich es mal in meinem Hinterkopf reifen lassen? Vielleicht komme ich darauf zurück."

„Natürlich, Süße." Mit einem fröhlichen Kichern drückt sie sich an mich. „Ich stehe bereit, wenn du mich brauchst."

Kapitel 14 – Hunter

Zurück in Miami holt mich der Alltag schnell wieder ein. Ich habe meine Ruhe, wenn ich zu Hause bin, der Weg zum Training ist der gleiche wie immer, und es geht stark auf das erste Saisonspiel der NFL zu.

Das Camp hat mir körperlich viel gebracht. Was die ganzen Workshops mit Stella angeht, bin ich mir hingegen nicht so sicher. Sie gibt sich Mühe, das lässt sich nicht leugnen, aber richtig öffnen kann ich mich ihr noch nicht. Abgesehen natürlich von unserer kurzen Flucht aus dem Trainingslager. Wer hätte gedacht, dass diese spontane Idee tatsächlich von Erfolg gekrönt ist und mir ein gutes Gefühl gibt?

Trotzdem habe ich heute wenig Lust auf ihr angekündigtes Einzelcoaching. Vor allem bei *diesem* Thema. Social Media, absolut nicht mein Fall. Trotzdem spüre ich ein aufgeregtes Ziehen in mir.

Als ich den Theorieraum betrete, ist Stella bereits da. Sie hebt den Blick und legt das Smartphone beiseite, das sie in der Hand gehalten hat.

„Hunter, hi! Schön, dass du da bist."

„Hallo." Missmutig schlurfe ich zu ihr herüber und setze mich ihr gegenüber. Wenn sie mir etwas auf dem Handy oder ihrem Laptop zeigen will, wäre es vermutlich sinnvoller, neben ihr zu sitzen, aber ich bringe es einfach nicht fertig, mich demonstrativ nahe an sie zu setzen. Mir fällt wieder ein, wie nahe wir uns nach dem

Wassersprinkler-Vorfall gewesen sind, und ich wüsste zu gern, wie sie die Sache sieht. War es ihr unangenehm? Oder verwirrt es sie genauso wie mich?

„Heute ist das Thema Social Media dran", beginnt sie ihre Session und lächelt mich geradezu entschuldigend an. „Ich kann mir schon denken, dass du darauf nicht wirklich viel Lust hast."

„Das ist die Untertreibung schlechthin."

„Wenn ich richtig recherchiert habe, hast du keinen öffentlichen Account in den sozialen Medien, ist das korrekt?"

„Jap."

Sie klappt den Laptop auf und entsperrt ihn. „Hast du denn irgendwelche privaten Accounts unter einem anderen Namen? Das gibt es ja manchmal."

„Nein, auch nicht."

„Okay. Kein Problem." Sie klickt etwas auf dem Desktop herum und wirkt kurz abwesend.

„Vielleicht können wir diese Session deswegen kurz halten. Es ist kein Muss, die sozialen Medien zu bespielen, oder? Ich will mich lieber auf den Sport konzentrieren."

„Du hast recht, es ist kein Muss. Aber es hilft, in der Öffentlichkeit sichtbar zu sein ... und zu bleiben. Einige der erfolgreichsten Accounts sind die von Sportlern. Auch Sponsoren schauen auf die Reichweite von Social-Media-Accounts."

„Ich habe neben den Teamsponsoren keinen persönlichen Sponsor", entgegne ich.

„Schade eigentlich." Sie schaut von ihrem Computer auf und lächelt mich an. Dann schiebt sie das Gerät so weit seitlich, dass ich den Bildschirm ebenfalls sehen kann. „Natürlich muss ich dich nicht unnötig lange mit dem Thema quälen, aber ich wollte dir zumindest zeigen, was das Besondere an den erfolgreichen Konten ist und worauf es ankommt. Zudem werde ich nächste Woche vor der ganzen Gruppe noch mal die Dos und Don'ts erzählen, denn die meisten sind bereits auf den Plattformen aktiv. Damit du nicht dabei einschläfst, wollte ich dir einen Headstart geben."

Verblüfft sehe ich sie an. Nimmt sie mich jetzt auf den Arm? Sie tut gerade so, als würde ich von einem anderen Planeten kommen. Aber verdammt, wie kann man nur so sexy lächeln.

Moment ... sexy? Sie wurde mir vor die Nase gesetzt, um mich in diese Form zu pressen, die der Coach für mich vorsieht, eigentlich ist sie meine Gegenspielerin, die Endgegnerin, wenn man so will.

„Schau mal", fährt sie derweil fort, „das hier ist mein Account. An sich sind das ganz normale Fotos, bei den meisten habe ich noch nicht mal Filter gesetzt. Sie zeigen mich und Ausschnitte aus meinem Leben, hin und wieder Besonderheiten wie etwa Events, bei denen ich bin. Dann gibt es noch Storys, die für eine begrenzte Zeit angeklickt werden können. Da habe ich zum Beispiel letzte Woche Fotos und Orte in El Paso gepostet, meine Follower wussten dann, dass ich in Texas bin."

Sie scrollt durch ihre Beiträge, und ich lehne mich ein wenig näher über den Tisch. Es sind wirklich schöne Bilder, manche in eleganten Kleidern, manche bei Vorbereitungen von irgendwelchen Veranstaltungen. Eines der letzten Fotos ist eine Aufnahme von ihr, wie sie im Bikini auf einer Liege liegt. War das am Hotelpool?

Wieso war ich eigentlich nie schwimmen? Dieses Motiv hätte ich nur zu gern live erlebt. Verdammt!

„Ich wechsle jetzt mal auf das Profil eines deiner Mitspieler. Shawn macht das schon echt gut, bei ihm habe ich kaum etwas zu beanstanden. Er gibt sportliche Eindrücke, teilt Momente seines Lebens, und vor allem Close-ups von sich selbst. Letztendlich ist es das, was die Leute sehen wollen: die Person an sich."

„Shawn ist ja auch ein attraktiver Kerl, das wird nicht allen in die Wiege gelegt." Ich merke selbst, wie verbittert das klingt.

„Ja, und? Das bist du doch auch."

Ihre Worte lassen mich erstarren, und ich warte, ob sie noch mehr sagt, den Satz zurücknimmt oder ihn als Witz enttarnt. Als nichts dergleichen kommt, überlege ich ernsthaft, ob ich mir das nur eingebildet habe.

Für ein paar weitere Sekunden bleibt es ruhig im Raum, und ich wende meinen Blick von Shawns Profil ab. Erst dann beginnt Stella erneut zu sprechen. „Es gibt viele Möglichkeiten, einen Social-Media-Account zu bespielen und nicht ständig dein Gesicht in die Kamera zu halten. Bei dir könnte man beispielsweise perfekt Bilder nehmen, auf denen du aktiv bist. Oder welche mit Helm." Wieder ruft sie ihr eigenes Profil auf. „Bei mir sieht man zum Beispiel ganz oft irgendwelche Räume, in denen Fashion Shows stattfinden. Dann noch Kleider, mich beim Arbeiten, wo man jedoch nur meinen Rücken sieht ... Es gibt wirklich viele Alternativen."

Vereinzelt klickt sie auf Beiträge auf ihrem Profil, woraufhin die Bilder größer werden. Es sind echt gelungene Schnappschüsse.

„Wenn du willst, kann ich dir helfen, einen Account anzulegen, anfangs gern auch beim Bespielen."

Ich sehe sie an, und plötzlich dreht sich alles in meinem Kopf. Sie ist so hübsch, so klug und auch noch so freundlich. So viele Male habe ich mich quergestellt, und sie hat trotzdem noch Geduld mit mir. Auf einmal kommt es mir total kindisch vor, und vor allem ... Fuck, ich glaube, ich stehe auf Stella! Ohne es zu realisieren, habe ich mich viel zu sehr an sie gewöhnt, und auf einmal ist mir ihre Meinung wichtig. Wie konnte das denn passieren?

„Hunter?" Fragend zieht sie die Augenbrauen nach oben. „Alles in Ordnung?"

Tja, eigentlich könnte wirklich alles in Ordnung sein, aber ich finde mich auf einmal in einem Gewissenskonflikt wieder. Sie ist für mich eine Art Lehrerin, eine Respektsperson. Selbst wenn ich glauben würde, dass ich eine Chance bei ihr hätte, würde es sich einfach nicht gehören, sie zu fragen, wie es für sie war, als wir uns nass in den Armen gehalten haben.

Ihr Lächeln wird schwächer, die Miene beginnt zu bröckeln. So leid es mir tut, aber ich muss mich von ihr distanzieren, sonst verrenne ich mich in ihre heiße, intelligente, engelhafte ... Verdammt, Hunter! Stopp!

„Ich sagte doch schon, dass ich das nicht brauche", blaffe ich, und sie erschrickt sichtlich. Es tut mir unendlich leid, aber bevor ich mich zu sehr an diese unerreichbare Frau gewöhne, stoße ich sie lieber von mir. Und überhaupt ... Ich erinnere mich noch zu gut daran, was beim letzten Mal passiert ist, als ich mich zu sehr auf eine Frau eingelassen habe. Ein Abend, und meine ganze Karriere hatte einen Knacks, der mich auch heutzutage einholt. Obwohl ich einen guten Anwalt gefunden habe, der dafür sorgt, dass diese Leute ganz schnell mundtot gemacht werden. Auch wenn ich Stella eine solche Aktion kein bisschen zutraue, steht sie immerhin auf der Gehaltsliste der Torpedos. Wer weiß, was durch die Presse gehen würde, wenn wir uns *zu gut* verstehen würden.

Ruckartig stehe ich auf, mein Stuhl fällt dabei klappernd nach hinten um. „Danke, aber nein danke. Wir sehen uns."

Schon auf meinem Weg nach draußen weiß ich, dass ich es so nur schlimmer mache. Vor allem kann ich in dieser Zwickmühle niemals den Fortschritt zeigen, den sich Stella und Whipley wünschen.

Ach ja, es wäre so unkompliziert, wenn ich einfach nonstop Football spielen könnte.

Kapitel 15 – Stella

„Okay, langsam reicht es mir!" Mit einem Knall lasse ich die Wohnungstür hinter mir zufallen und lege meine Tasche ab. „Dieser Quarterback bringt mich noch um den Verstand."

Erschrocken hebt Ramona den Blick, nickt dann jedoch verständnisvoll. „Kann ich verstehen. Nach allem, was du erzählst, muss er ein echt harter Brocken sein."

Ja, das ist er. Ein harter Brocken, der viel zu viel Raum in meinen Gedanken einnimmt. Wenn er mich nur nicht immer so zur Weißglut treiben würde!

„Ich verstehe es einfach nicht", jammere ich weiter. „Auf dem Feld ist er so souverän, wieso kapiert er nicht endlich, dass er sich selbst im Weg steht?"

„Ist vielleicht so ein Männerding", mutmaßt Ramona schulterzuckend. „Würde mich nicht wundern."

Nach diesem ersten Ausbruch lasse ich mich neben ihr auf das Sofa sinken. „Vielleicht sollten wir doch einfach dieses Makeover machen", spreche ich meine Gedanken laut aus. „Ich bin echt mit meinem Repertoire am Ende, beziehungsweise lohnt es sich wirklich nicht, noch weitere Ideen zu probieren, wenn er ohnehin alles ignoriert. Ein Umstyling könnte ihn vielleicht mal ordentlich durchrütteln, meinst du nicht?"

„Unbedingt." Wie immer, wenn sie eine ihrer Ideen an den Mann, oder die Frau, bringt, strahlt Ramona über das ganze Gesicht. „Eine äußere Veränderung kann viel bewirken und zieht nicht selten eine innere nach sich. Nicht umsonst schneiden sich Frauen, die gerade eine Beziehung hinter sich gebracht haben, so oft die Haare. Da muss definitiv etwas dran sein."

„Dann lass es uns machen", sage ich entschieden und lehne meinen Kopf an ihre Schulter. „Ich bin verzweifelt. Dabei brauche ich meine Nerven doch für Temporiti, wenn er mich wieder nehmen will. Dieser Übergangsjob soll mich nicht zum psychischen Wrack machen, er soll mir neuen Mut geben."

„Das heißt, ich darf alles in die Wege leiten?" In Ramonas Stimme höre ich bereits die aufgeregte Euphorie mitschwingen.

„Ja, ruf an, wen du willst, und kaufe ein, was du brauchst. Wir machen aus diesem zugewucherten Kerl endlich einen Mann, an den man sich gern erinnert!"

***

Als sich das Training am nächsten Tag dem Ende entgegenneigt, werde ich nervös. Auf Ramonas Gesicht schleicht sich ein immer breiter werdendes Grinsen. Kein Wunder, sie wird seine schlechte Laune ja nicht abbekommen. Er wird diese Idee komplett auf mich projizieren und seinen Unmut darüber an mir auslassen.

Coach Whipley ruft das Team zusammen und sagt seine üblichen Abschlussworte, bevor er die Spieler in die Kabine entlässt. Erst als er das Feld fast verlassen hat, nimmt Hunter den Helm ab. Von der Anstrengung ist er ganz verschwitzt. Er bemerkt mich, wie ich am

Rand der untersten Sitzreihe stehe, nickt mir immerhin mit seinem obligatorisch grimmigen Ausdruck zu. Okay, das ist meine Chance.

„Hunter? Können wir uns in einer Viertelstunde in eurem Konferenzsaal treffen?"

Dort, wo wir uns kennengelernt haben. Ich verkneife mir diesen Zusatz. Noch immer kann ich nicht verstehen, warum mich dieses erste Aufeinandertreffen so aus der Bahn geworfen hat. War es einfach das Adrenalin der Herausforderung?

Wenig begeistert hebt er die Augenbrauen. Wenn ich mich nicht irre, verdreht er sogar die Augen, aber er reckt den Daumen nach oben und murmelt etwas, das wie *„ich werde da sein"* klingt.

„Und?" Neugierig sieht mir Ramona entgegen, als ich sie an der Treppe der Tribüne treffe. „Kommt er?"

„Ja. Aber er weiß noch nichts. Ich habe ihn nur gebeten, mich nachher zu treffen."

„Und er hat nicht nachgefragt? Wow, das ist doch ein Fortschritt, oder nicht?" Neckend zwinkert meine Freundin mir zu. „Er vertraut dir so weit, dass er nicht alles vorher erfahren will, sondern es einfach mal auf sich zukommen lassen kann. Nicht schlecht."

Ich bin davon eher weniger begeistert, aus meiner Sicht darf man sich die Dinge nicht unnötig schönreden. Doch ich muss zugeben, meine Aufregung steigt immer weiter an, je näher die ausgemachte Zeit rückt. Viel zu früh begebe ich mich in den großen Theorieraum, während Ramona ihren Mode-Bekannten in Empfang nimmt. Ich hoffe, sie werden rechtzeitig dazukommen. Hunter würde es fertigbringen, einfach davonzustürmen, wenn ich allein vor ihm stehe und ihm die Idee des Makeovers schmackhaft zu machen versuche. Wenn andere dabei sind, ist er seltsamerweise weniger emotional. Manchmal habe ich das Gefühl, dass er seine leidenschaftliche Seite nur bei mir rauslässt. Was nicht immer positiv ist.

Leider sind Ramona und Serge, wie ihr Bekannter heißt, nicht rechtzeitig da, als sich die Tür öffnet und Hunter eintritt. Augenscheinlich ist er immerhin frisch geduscht, die Haare sind noch ein wenig nass.

„Oh, hi", setze ich ausweichend an und schaue auf die Uhr meines Handydisplays. „Du bist früh dran."

Deutlich irritiert hebt Hunter eine Augenbraue. „Das sind höchstens zwei Minuten. Soll ich deswegen noch mal gehen?"

Dieser passiv-aggressive Unterton lässt mich innerlich zusammenzucken, dabei kenne ich ihn doch jetzt schon zur Genüge.

„Nein, nein, schon in Ordnung. Aber es fehlt noch jemand, um starten zu können, zwei Personen, um genau zu sein."

Theatralisch verdreht er die Augen. „O Gott, aber nicht wieder irgendeine Psycho-Scheiße mit Reflexion und Spiegeln von Gefühlen oder so was. Ich habe mich da ein Mal durchgequält, aber jetzt reicht es echt."

„Nein, es geht diesmal um etwas ganz anderes. Um dein Äußeres."

So, jetzt ist es raus. Für einen Moment scheint er wie erstarrt zu sein, dann schnappt er hörbar nach Luft.

„Äh, wie war das? Willst du mir eine neue Frisur verpassen, oder wie? Es ist ganz allein meine Entscheidung, wie ich mich in der Öffentlichkeit zeige, da habt ihr mir nicht reinzupfuschen."

Die Tür öffnet sich erneut, und Ramona kommt herein, gefolgt von Carter und einem schwarzhaarigen Mann, der ein exakt frisiertes Bärtchen am Kinn und beneidenswert lange Wimpern hat.

„Was? Fällst du mir etwa in den Rücken?" Anklagend deutet Hunter mit dem Zeigefinger auf Carter. „Unsere Marketingexpertin will mir offenbar eine neue Frisur verpassen."

„Nicht nur das", erwidert Carter und grinst seinen Teamkollegen dabei breit an. „Und nein, ich falle dir natürlich nicht in den Rücken. Ich habe Ramona und Serge auf dem Gang getroffen und wurde kurzerhand eingeweiht. Ganz ehrlich, das will ich mir nicht entgehen lassen. Wenn ich es richtig verstanden habe, geht es hier nicht nur um deine Haare auf dem Kopf." Vielsagend streicht er sich übers Kinn, und Hunters Hand schnellt alarmiert an seinen Vollbart. Erschrocken fährt er zu mir herum. „Was? Meinen Bart auch? Nur über meine Leiche. Wisst ihr, wie lange es gebraucht hat, bis er diese Länge hatte?"

„Es geht doch gar nicht darum, dich hier anzuketten und dir einen neuen Haarschnitt aufzuzwingen", rechtfertige ich mich schnell. Das ging heftiger nach hinten los, als befürchtet. „Wir wollen dir nur ein paar Anregungen geben. Und wenn du willst, kannst du dich nach deinen Vorlieben umstylen lassen. Es ist komplett freiwillig, aber im Sinne dieser ganzen Aktion mit der Image-Aufpolierung würde ich dir dringend empfehlen, uns ein wenig entgegenzukommen."

„Wenn ich mich hier mal kurz einmischen darf ..." Ramona tritt vor und hebt die Hand, um auf sich aufmerksam zu machen. Dann zieht sie ihren Kumpel

Serge neben sich und hakt sich bei ihm ein. „Das hier ist mein guter Freund Serge. Er hat ein paar Outfits ausgewählt, die sich für dich als Quarterback bei offiziellen Anlässen eignen würden. Du hast nichts zu verlieren, wenn du sie einfach mal ausprobierst und dich im Spiegel betrachtest. Wer weiß? Vielleicht gefällt dir eines davon ja so ungemein, dass du gleich mit einem anderen Gefühl in die Öffentlichkeit trittst." Sie legt ihre rechte Hand auf den Brustkorb. „Und ich bin für Haare und Make-up zuständig. Mit meinem Vorschauprogramm habe ich ein paar Möglichkeiten, wie man dich stylen könnte, ausgedruckt und in die engere Wahl genommen, die werde ich dir vorstellen. Kann doch gut sein, dass etwas dabei ist, das du gern mal ausprobieren würdest. Auf manchen der Bilder siehst du wirklich komplett anders aus."

Mit fast schon panischem Gesichtsausdruck macht Hunter einen Schritt nach hinten und hebt abwehrend die Hände. „Moment, Haare und Make-up? Habe ich das eben richtig gehört? Jetzt wollt ihr mich aber endgültig auf den Arm nehmen, oder?"

In diesem Moment schwingt die Tür ein weiteres Mal auf, und Coach Whipley stampft herein. Er wirft uns allen einen Blick zu, als habe er uns in genau dieser Konstellation und in genau dieser Stimmung hier erwartet, und bleibt in unserer Mitte stehen.

„Es ist unschwer zu erkennen, dass es hier bereits Unstimmigkeiten gibt, bevor das große Umstyling überhaupt begonnen hat. Vermutlich kommt der Impuls für diese Idee sogar aus meiner Richtung, ich will wirklich alle Wege in Betracht ziehen, das Team wieder auf Kurs zu bringen und die Beliebtheit zu steigern. Je mehr Fans uns zujubeln, desto mehr fühlt sich die Mannschaft angespornt."

„Sie wissen schon, dass es ab einer bestimmten Haarlänge Körperverletzung ist, wenn mir ohne meine Zustimmung die Haare geschnitten werden, oder?"

Mit ernster Miene wendet sich Whipley Hunter zu. „Ich würde es auch nie von dir verlangen, wenn ich vermuten würde, dass du sehr an deinem Äußeren hängst. Aber, ohne dir zu nahe treten zu wollen, der Zustand deiner Frisur ist nicht gerade ansehnlich. Von mir aus kannst du dir auch nur ein paar Tipps geben lassen, wie du es hinbekommst, dass es nicht so aussieht, als hätte man dich gerade nach jahrelanger Suche auf einer einsamen Insel gefunden. Das könnt ihr aber unter euch ausmachen, oder nicht?"

Er wedelt zwischen Hunter, Ramona und mir mit der Hand hin und her, bevor er sich wieder zum Gehen wendet. „Ich lasse euch freie Hand, aber vertragt euch, gottverdammt!"

Als die Tür hinter Whipley ins Schloss fällt, herrscht eine geradezu gespenstische Stille. Hunter sieht aus, als würde er gleich vor Wut überschäumen. Ich habe mit dieser Reaktion gerechnet. Nur wie bekomme ich ihn jetzt dazu, dass er sich darauf einlässt?

„Ich kann mir vorstellen, dass du sauer bist", setze ich an und hebe langsam die Hände, als wolle ich ein wildes Tier besänftigen. Ich senke die Stimme, und die anderen scheinen zu verstehen, denn sie wenden sich dezent ab, geben uns etwas Raum. „Aber denk dran, was ich dir zu der verschwendeten Energie gesagt habe. Genau wie Whipley habe ich nicht das Gefühl, dass du sonderlich an deinem Aussehen hängst. Was hast du also zu verlieren? Warum wehrst du dich so dagegen?"

Hunters Blick bohrt sich regelrecht in meinen. „Und was ist aus den Wolken geworden, die ich ziehen lassen soll? Was juckt es die Menschen, wie ich aussehe?"

„Ich …" Mir bleiben die Worte im Hals stecken. Ich habe meine rationalen Argumente hervorgebracht, jetzt bleibt mir nur noch, mein Herz sprechen zu lassen. „Hunter, bitte. Vertrau mir einfach, okay?"

Kapitel 16 – Hunter

Ich hatte direkt ein seltsames Gefühl, als Stella mich in den Theorieraum bestellt hat, ohne zu sagen, worum es geht. Als sie nun alle wie eine eingeschworene Gemeinschaft vor mir stehen, setzt mich das extrem unter Druck. Zwar habe ich dem Coach gesagt, dass ich bei dieser Scheiße mitmache, aber es ist nie die Rede davon gewesen, mir meine Haare abzuschneiden. Fuck, wie sie mich alle anstarren. Am liebsten würde ich unter lautstarken Beschimpfungen den Raum verlassen – sollen sie sich bloß alle verpissen und sich selbst umstylen.

Jetzt, da Stella vor mir steht, gerate ich gehörig ins Wanken. Sie wirkt zugleich stark und doch verletzlich. Was wohl für sie auf dem Spiel steht und was es für sie bedeutet, wenn ich dieses Makeover nicht über mich ergehen lasse?

„Hunter, bitte. Vertrau mir einfach, okay?"

Vertrauen. Das sagt sie so leicht. Vielleicht hätte ich ihr doch von meiner Vorgeschichte erzählen sollen, dann wüsste sie, dass es für mich extrem schwer ist, jemandem die Kontrolle über mich zu überlassen.

Allerdings passiert etwas mit mir, als sie diese Worte an mich richtet. Ich will es versuchen, will ihr den Gefallen tun. Und vor allem will ich wissen, wie sie reagiert, wenn ich anders aussehe. Dahingehend kann ich sie kein bisschen einschätzen.

„Von mir aus sehe ich mir diese Ausdrucke mal an", brumme ich in Ramonas Richtung, die sich langsam wieder zu uns umdreht. „Wenn es sein muss, ziehe ich auch die Klamotten an, aber alle, die keinen aktiven Part bei dem Umstyling haben, verlassen sofort den Raum. Das ist meine Bedingung."

Carter zieht die Augenbrauen zusammen, während Ramona einen Blick mit ihrer Freundin wechselt.

„Ist schon in Ordnung", sagt Stella in beruhigendem Ton. Sie setzt ihr übliches strahlendes Lächeln auf. „Beziehungsweise wäre es ohnehin andersherum, nicht wahr, Ramona?"

Die Stylistin nickt. „Genau. Wir sollten in die Umkleideräume wechseln. Dort kann ich anschließend besser sauber machen, und es gibt Spiegel, in denen du dich ansehen kannst."

„Außerdem können Sie sich dort besser umziehen, Mr. Fields", wirft nun der Mann ein, der uns als Serge vorgestellt wurde. „Das heißt, falls Ihnen eines der mitgebrachten Outfits gefällt."

„Und ich leiste Stella in der Zwischenzeit Gesellschaft", fügt Carter hinzu. Er zwinkert Ramona zu, was ich in der Situation nicht ganz verstehe. Habe ich irgendwas verpasst?

Langsam setzen wir uns in Bewegung, und mir kommen Zweifel, ob ich die richtige Entscheidung getroffen habe. Ich hatte bisher nichts mit Ramona zu tun, aber sie wird schon wissen, was sie tut. Außerdem habe ich ja nur gesagt, dass ich mir ansehe, was sie für mich hat, mehr nicht.

Als ich mich an der Tür noch einmal umdrehe, versetzt mir Stellas dankbares Lächeln einen seltsamen

Stich in die Brust. Die Frau verwirrt mich ungemein, ich habe keine Ahnung, wie ich das abstellen soll.

Die Tür fällt hinter uns zu, und wir sind nur noch zu dritt.

„Danke. Das bedeutet Stella sehr viel, das weiß ich." Ramona grinst mich an und geht voraus in Richtung der Duschräume. „Aber um ehrlich zu sein ist diese Idee auf meinem Mist gewachsen. Als Stylistin kann ich gut erahnen, was da unter den ganzen Zotteln versteckt ist." Sie deutet auf mein Gesicht. „Außerdem habe ich Bilder von dir gesehen, als du noch jünger warst. Du warst nicht immer so zugewuchert."

„Zugewuchert." Langsam wiederhole ich das Wort. „Das ist eben mein Haarwuchs."

„Aber es gibt einen Unterschied zwischen *einfach wild wachsen lassen* und *pflegen*." Serge wirft mir einen flüchtigen Blick zu, schafft es jedoch schnell, keine verräterischen Emotionen zu zeigen. „Wir können hierbei Tipps geben. Es spricht ja nichts gegen einen Vollbart, aber ein wenig Aufwand, und schon sieht die Gesichtsbehaarung um einiges besser aus."

Er schiebt die Tür zu den Umkleiden auf, die mittlerweile leer sind. Durch den Bewegungsmelder springt das Licht flackernd an, und ich bekomme das vertraute Gefühl, das mich immer überkommt, wenn ich mich im Heimstadion umziehe, egal ob vor einem Spiel oder für das Training. Mein Blick huscht zu meinem Regal, auf dem in großen Lettern *Fields* steht.

„Okay ..." Suchend sieht Ramona sich um. „Am besten setzt du dich auf einen der normalen Stühle da am Rand, und ich zeige dir die Vorschläge, die ich ausgedruckt habe."

„Ich kann ja dort hinten schon mal die Outfits vorbereiten und zur Ansicht aufhängen", schlägt Serge vor und deutet auf eine Ecke des Kabinensaals, bevor er auch schon hinübergeht, seinen Trolley hinter sich herziehend. „Dort ist auch die perfekte Möglichkeit zur Anprobe."

Unschlüssig stehe ich inmitten der riesigen Kabine und komme mir total dämlich vor. Ramona kramt bereits geschäftig in ihrer überdimensionalen Umhängetasche, und ich spüre doch tatsächlich Aufregung in mir aufkommen.

„So, da haben wir es auch schon." Vollkommen ohne Berührungsängste stellt sich die Stylistin direkt neben mich und hält mir einen Stapel Papiere hin. „Man kann so viel über KI schimpfen, wie man will, aber solche Sachen funktionieren damit einfach wunderbar."

Um mir einen ersten Eindruck zu verschaffen, blättere ich die Ausdrucke einmal komplett durch. Sie alle zeigen mein Gesicht, allerdings jeweils mit unterschiedlichen Frisuren und Bärten. Als ich alle durchhabe, widme ich jedem davon etwas mehr Zeit.

„Das hier wäre natürlich ein ziemlicher Unterschied", gibt Ramona zu und wedelt unbestimmt über das Bild. Es zeigt mich mit einem schmalen Ziegenbart in Kombination mit einem Schnurrbart. Die Haare sind etwa ohrlang und zu einer leichten Welle geföhnt. Schnell blättere ich weiter. Auch wenn Serge einen Punkt hat, wenn er sagt, dass mein Bart ungepflegt aussieht, will ich ihn keinesfalls so viel abrasieren. Kürzen ja, aber nicht weiter.

Deswegen fällt eine ganze Reihe an Vorschlägen direkt raus. Frustriert tippelt Ramona von einem Fuß auf den anderen. „Natürlich können wir eine der verschiedenen Frisuren mit den Bartvarianten kombinieren", setzt sie in hoffnungsvollem Ton an. „Oder ich kann dir auf dem Handy weitere Varianten zeigen."

Mein Favorit, was den Bartstyle angeht, ist schnell gefunden. Es bleibt bei einem Vollbart, allerdings um einiges kürzer. Sogar ich muss zugeben, dass es auf diese Weise deutlich ansprechender aussieht als bei mir aktuell. Bei der Auswahl der Frisur tue ich mich sehr viel schwerer.

„Bei der Haarlänge … können wir uns da vielleicht langsam vortasten?" Ich kann selbst kaum glauben, dass ich das sage. Wie lang ist es her, dass ich kurze Haare hatte? Okay, lange Haare nerven manchmal, aber ich habe mich an sie gewöhnt.

„Klar, wir haben keinen Zeitdruck." Völlig unbeeindruckt zieht Ramona einen Stuhl zu sich und bedeutet mir, mich zu setzen. „Dann fange ich erst mit den Haaren an, schneide nach und nach ein Stück ab, bis es dir gefällt. Danach kommt der Bart dran."

Mit einem mulmigen Gefühl im Magen setze ich mich, und sie bindet mir einen Friseurumhang um.

„Also, ich fange jetzt an. Dir ist bewusst, was gleich passieren wird, und du bestätigst, dass du mich nicht wegen Körperverletzung verklagen wirst, ja?" Sie beugt sich seitlich zu mir, um mir ins Gesicht sehen zu können. Weiter hinten in der Ecke sieht Serge beiläufig in unsere Richtung. Seine Ohren sind bestimmt gerade auf vollem Empfang.

„Ja, fang schon an."

„Geht klar, Mr. Quarterback. Du wirst dich selbst nicht wiedererkennen."

„Das glaube ich dir sofort."

Zuerst nimmt sie sich, wie besprochen, die Haarlänge vor. Stück für Stück schneidet sie ab und lässt mich schauen, wie es mir gefällt. Ich kann es kaum glauben, aber letztendlich lasse ich ihr sogar freie Hand und bestätige, dass sie die Länge selbst bestimmen darf. Jetzt ist es ohnehin zu spät.

Als sie sich dem Feinschliff der Haare und schließlich dem Bart widmet, lässt sie mich nicht mehr aufstehen. In der Nähe gibt es keinen Spiegel, in dem ich sehen kann, was sie tut, deswegen steigt meine Ungeduld, je länger sie an mir herumrasiert und schnippelt. Irgendwann, ich habe komplett das Zeitgefühl verloren, macht sie einen Schritt von mir weg und umkreist mich mit kritischem Blick.

„Serge? Kannst du bitte mal kurz kommen?"

Ihr Kollege kommt hinter den Schränken hervor und schaut von seinem Handy auf. Erst huscht sein Blick nur über mich hinweg, dann jedoch zuckt sein Kopf erneut zu mir und seine Augen weiten sich.

„Ramona, du bist ein Genie!" Er geht zu ihr und gibt ihr einen Kuss auf die Schläfe. „Soll ich die anderen holen?"

„Warte, er soll sich erst selbst sehen." Fast schon ehrfürchtig nicken die beiden mir zu.

Natürlich habe ich eine vage Vorstellung davon, was mich erwarten wird, die KI-Bilder waren sehr vielversprechend. Trotzdem ist es erst einmal ein Schock, als ich in den Spiegel sehe. Aus der Reflexion schaut mich eine komplett fremd aussehende Person an. Die Haare sind im Nacken und an den Seiten raspelkurz, nur oben hat sie sie länger gelassen, sodass sie mir noch in die

Stirn fallen können. Der Bart lässt sich weiterhin als Vollbart bezeichnen, er ist aber nicht mehr so dicht und deutlich kürzer als vorher.

„Und? Was sagst du?"

„Ungewohnt", grummele ich. Früher konnte ich nie verstehen, warum die Mädchen aus meiner Schule geheult haben, wenn der Friseur ihre Haare zu kurz geschnitten hat. Jetzt, in diesem Moment, kann ich es ein wenig nachvollziehen. Ich muss mich erst aktiv daran erinnern, dass das ständige Kämmen lästig und zudem unangenehm war, dann noch das langatmige Waschen ... Tja, mit einem Mal fallen mir ganz viele Argumente ein, warum es in der Tat gut war, Ramona einen Kurzhaarschnitt zu erlauben.

„Sollen wir dazu ein paar der neuen Outfits anprobieren?", schlägt Serge vor und deutet mit dem Kopf in Richtung der Ecke, in der er die Klamotten vorbereitet hat. „Manchmal wirkt eine Frisur dann sogar noch mal anders."

„Klar, wieso nicht."

Ich fühle mich wie in Trance, als Serge vor sich hin plappert und über die Intentionen der Outfitkombinationen sinniert. Fast komme ich mir wie eine Schaufensterpuppe vor, als er mir die Sachen zurechtlegt, die Hemden auf- und zuknöpft und ins Sakko hilft. Die letzte Kombination ist zugegebenermaßen der Hammer. Ein dunkelblauer Anzug mit einfachem, weißem Hemd darunter. Dazu edel aussehende schwarze Schuhe und für den Ernstfall sogar eine Sonnenbrille, die Serge bei diesem Industrielicht jedoch nur in die Brusttasche steckt.

„Das sieht toll aus, Serge", lobe ich ihn und meine es so. „Manchmal, wenn wir zu besonderen Anlässen Anzüge tragen müssen, komme ich mir immer wie ein Clown vor. Aber das hier ist wirklich nicht schlecht."

Serge grinst breit und verschränkt die Arme hinter dem Rücken. „Danke, Mr. Fields, das nehme ich mal als Kompliment."

Als letzten Test, bevor wir mich Stella, Carter und dem Coach zeigen, trete ich vor Ramona in die Mitte der Umkleide. Mit einem frechen Grinsen stemmt sie eine Hand in die Hüfte.

„Hunter, du siehst mega-heiß aus! Warte nur, bis die Medien dich sehen, die werden sich überschlagen vor Euphorie."

„Aber nur, wenn auch die Endabnahme erfolgt." Wie ich es sage, klingt es irgendwie negativ, dabei bin ich selbst vermutlich am gespanntesten, wie Stella auf mein neues Aussehen reagieren wird. Ihre Meinung ist mir seltsamerweise viel wichtiger als die der verdammten Medien.

„Natürlich." Ramona kichert. „Ich hole sie mal rein."

Als sie die Umkleide verlässt, sehe ich mich erneut im Spiegel an und atme tief durch.

„Dann mal los."

Kapitel 17 – Stella

Es dauert ewig, bis Ramona endlich in den Flur kommt. Während des Wartens habe ich versucht, meine Gedanken irgendwie zu ordnen. Carter wollte mich ständig höflich in ein Gespräch verwickeln, während ich die ganze Zeit nur darüber grübeln konnte, warum sich Hunter so schnell hat überreden lassen. Damit habe ich nach seiner Gegenwehr nicht mehr gerechnet, und dann ist er einfach mit Serge und Ramona in den Umkleiden verschwunden. Als meine beste Freundin endlich auftaucht, deute ich ihr breites Grinsen als Erfolg. Mit einem Mal steigt meine Aufregung ins schier Unendliche.

„Ich hole schnell den Coach", sagt Carter und rennt bereits los. „Wir sind gleich da."

Zögernd bleibe ich stehen. Auf einmal habe ich Bedenken, ob ich wirklich zu Hunter hineingehen soll. Wir hatten keinen guten Start, und obwohl ich das Gefühl habe, dass wir uns während des Trainingslagers deutlich angenähert haben, ist es doch irgendwie ein Eindringen in eine verletzliche Situation. Eine komplette Typveränderung, bei einem Charakter wie ihm. Was haben wir uns nur dabei gedacht?

„Er ist bereit, ich habe ihn extra gefragt." Ramona scheint meine Gedanken zu erraten. Sie nickt mir aufmunternd zu und greift nach dem Knauf zum Öffnen der Tür. In dem Moment, in dem ich einen Schritt nach vorn mache, um ihr zu folgen, höre ich Stimmen hinter mir.

„... gerade noch mal Glück gehabt, ich war schon auf dem Sprung." Die Stimme von Coach Whipley ist grummelig wie immer, aber seine Miene verrät, dass er gespannt auf das Ergebnis ist, wie wir alle.

Ich lasse die anderen drei vorgehen. Bin ich bereit für das, was mich gleich erwarten wird? Ramona kennt den neuen Hunter ja bereits und hält mir mit einem auffordernden Lächeln die Tür auf.

Als ich eintrete, ist die Sicht auf ihn erst verdeckt. Serge steht strahlend am Rand, während Carter und Whipley über den neuen Look fachsimpeln. Ramona schiebt mich im Vorbeigehen näher in die Raummitte und geht dann vor, um sich zu den anderen zu stellen.

„Also wirklich, Miss Jeffreys, ich habe zwar keinen direkten Vergleich, wozu Sie sonst so fähig sind, aber hierbei müssen Sie sich einfach selbst übertroffen haben." So positiv habe ich den Coach noch nie reden gehört, schon gar nicht über Hunter.

„Einfach wow!", bestätigt Carter. „Gefällt es dir denn auch, Hunter?"

„Es ist eine ganz schöne Veränderung." Die tiefe Stimme des Quarterbacks hallt durch meinen ganzen Körper. Vorsichtig trete ich einen Schritt zur Seite ... und endlich kann ich ihn sehen.

Er sieht atemberaubend aus! Keine Ahnung, wie Ramona ihn dazu bekommen hat, aber von den langen Haaren ist keine Spur mehr. Der Bart ist noch da, aber er ist so kurz, dass man endlich die Konturen seines Gesichts erkennen kann. Vorher, mit dem buschigen Gestrüpp, hat es gewirkt, als wäre seine Kopfform rund, fast speckig. Das ist absolut nicht der Fall. Die Wangen sind straff, die Kiefer kantig. Insgesamt sieht er einfach mega-sexy aus.

Whipley und Carter bombardieren Ramona mit Fragen, und Hunter wendet sich langsam mir zu. Präsentierend breitet er die Arme zur Seite aus und er ... lächelt! Freiwillig!

„Na? Was sagst du?" Eine verlegene Röte legt sich auf seine frisch gestylten Wangen, die man nun viel besser sehen kann.

„G-gut! Wirklich, du siehst toll aus!"

Bevor ich mehr sagen kann, reißt der Coach wieder Hunters Aufmerksamkeit an sich.

„Fields, du hast dich mit diesem Umstyling absolut richtig entschieden. Die Presse wird begeistert sein." Dann winkt er in die Runde und geht auf die Tür zu. „Meine Frau wartet schon seit Stunden auf mich, ich muss endlich los. Bis morgen."

Ich spüre Hunters Blick auf mir, aber ich kann ihn nicht ansehen. Wieder muss ich daran denken, wie er mich in Texas in den Armen gehalten hat. Ich habe mich geborgen gefühlt, und trotzdem hat er sich mir so unglaublich verletzlich gezeigt, hat mich zu den Schauplätzen seiner Vergangenheit geführt. Und vorhin, als ich versucht habe, ihn zu überreden, war da diese Spannung zwischen uns. Es kam mir so vor, als hätte er sich von keiner anderen Person zu diesem Makeover bringen lassen. Nur von mir.

Jetzt, da er vor mir steht und wie ein Model aussieht, fühle ich mich hibbelig wie ein Schulmädchen, das seinen Schwarm sieht. Dabei muss ich doch eigentlich professionell bleiben.

„Ramona? Soll ich dir etwas helfen?" Hastig eile ich zu meiner Freundin. „Oder soll ich uns schon mal ein Taxi rufen?"

Ein wenig ertappt sieht sie mich an. „Taxi? Oh, das habe ich vergessen, dir zu sagen. Ich bringe Serge zu seinem Hotel und werde dann etwas mit ihm trinken gehen. Sorry. Aber wenn du willst, kannst du vielleicht ..."

„Ach Quatsch, ich komme schon klar", unterbreche ich sie, bevor sie den Satz beendet. Ich weiß, dass sie Serge seit dem College nicht mehr gesehen hat und bestimmt viel mit ihm zu besprechen hat.

Aus einem mir unerfindlichen Grund steht Carter noch immer neben Ramona. Die Hände in die Hosentaschen gesteckt, betrachtet er Serge, wie er die rausgesuchten Kleidungsstücke feinsäuberlich in Schutzhüllen packt. Wenn ich es vorhin richtig verstanden habe, haben die Torpedos das alles gekauft, und Hunter darf sie mitnehmen.

„Ich gehe dann mal", sagt Carter gedehnt und sieht Ramona lange an. „Wir ... sehen uns."

„Bis dann." Frech grinst sie ihn an, bis er sich tatsächlich umdreht und geht. Dann hakt sie sich bei Serge ein, der seinen vermutlich leeren Trolley hinter sich herzieht, und winkt uns. „Ihr seht aus, als hättet ihr den Schock der Veränderung noch nicht überwunden. Habt noch einen schönen Abend."

Gut gelaunt verschwinden die beiden und lassen uns allein. Die Spannung im Raum ist auf einmal fast greifbar. Mit einem prüfenden Blick wendet sich Hunter zu einem der Spiegel um und fährt sich durch die Haare.

„Gefällt es dir denn auch?", frage ich vorsichtig. Eigentlich gibt es für mich keinen Grund mehr, zu bleiben, aber ich will noch nicht gehen.

„Es ist eine extreme Veränderung, das muss ich erst einmal verdauen."

„Kann ich verstehen. Aber der Coach war begeistert, und die Presse wird es auch sein."

Gerade war er dabei, sich mit der Hand durch die oberen Haare zu fahren, als er in der Bewegung innehält. „Presse, Presse. Für Whipley und dich zählt wirklich nur, was diese Scheiß-Reporter denken, was?"

Blinzelnd starre ich ihn an. „Ich ... keine Ahnung, auf den Coach mag das schon zutreffen. Das war doch immerhin das Ziel. Besseres Image für die Mannschaft mit dir als Flaggschiff."

„Das ist es, was mit der Gesellschaft heutzutage nicht stimmt", fährt er fort, und ich kann mir noch immer nicht erklären, warum er auf einmal so sauer ist. Das Makeover war doch ein voller Erfolg. „Alle bewerten Menschen nur danach, wie sie aussehen. In Zeiten von Filtern und etlichen Make-up-Marken natürlich kein Problem mehr."

Vollkommen perplex stehe ich da. Eben, als er gelächelt hat, kam es mir so vor, als wäre er wirklich glücklich. Aber jetzt?

„Ich weiß nicht, wie so schnell die Stimmung kippen konnte, aber wir sehen uns morgen." Mit diesen Worten mache ich auf dem Absatz kehrt und rausche davon. In meinem Kopf dreht sich alles und meine Knie sind noch weich von der ganzen Situation der Enthüllung, deswegen merke ich nicht, wie er mir folgt. Erst als er mich am Arm packt und zu sich herumreißt, realisiere ich, wie nahe er ist.

„Das ... war nicht so gemeint." Unsere Gesichter sind nur wenige Zentimeter voneinander entfernt.

Keine Ahnung, was Ramona ihm alles in Haare und Bart gesprüht hat, aber er riecht unfassbar gut. Schnell mache ich die Augen zu. Seine Nähe macht mich extrem nervös. „Hat sich sehr nach einem Vorwurf angehört, dass ich oberflächlich sei."

Als ich die Augen wieder öffne, hat Hunter die seinen zusammengekniffen. Er hebt die Hand, als wolle er sich die Haare raufen, dann lässt er den Arm wieder sinken. „Es gibt da etwas, das ich dir schon neulich in Texas sagen wollte. Vielleicht wird dann einiges klarer."

Gespannt beobachte ich ihn. Es scheint ihm unangenehm zu sein, umso höher rechne ich es ihm an, dass er sich der Sache stellen möchte.

„Ich weiß nicht, wie viel du vor diesem Job über mich recherchiert hast, aber als ich noch auf dem College war, gab es einen Vorfall. Nach einem Sieg war ich so euphorisch, dass ich einen über den Durst getrunken habe und mich auf ein Mädchen eingelassen habe." Nervös streicht er sich über das Kinn und scheint das Gefühl des frisch gestutzten Barts zu mögen. Zu gern würde ich ebenfalls darüberstreichen.

„Und sie hat dich ausgenutzt?", frage ich, als er nicht weiterspricht, offenbar vollkommen in Erinnerungen versunken.

„Schlimmer", entgegnet er. „Sie hat meinen Zustand ausgenutzt, mich vor allen Leuten verführt und davon ein Handyvideo gemacht." Frustriert lässt er die Hand sinken und ballt sie zu einer Faust. „Long story short:

Sie hat die Aufnahme munter durch die Gegend geschickt und mir meinen Ruf versaut."

Erschrocken lege ich mir eine Hand an den Mund. „O Gott, Hunter, es tut mir so leid. Davon wusste ich ehrlich nichts. Wie schrecklich!" Fassungslos starre ich ihn an. Wie kann jemand nur so etwas tun?

„Das war nicht einmal das Schlimmste", fährt er fort. „Als meine Teamkameraden davon erfahren haben, haben sie mich zwar informiert, aber keiner von ihnen hat mir geholfen, als es darum ging, gegen das Mädchen und ihr Video vorzugehen. Sie haben mich allesamt im Stich gelassen."

Endlich verstehe ich, warum er sich einen so harten Schutzpanzer zugelegt hat. Nicht nur, dass er in einer verletzlichen Situation ausgenutzt worden ist, obendrein haben die Leute, denen er Tag für Tag vertraut hat, keinen Finger gerührt, um ihm zu helfen. „Und so bist du zu einem Einzelkämpfer geworden", murmle ich leise, mehr zu mir als zu ihm.

„Ganz genau. Vielleicht erklärt das ein wenig den Spruch mit der Oberflächlichkeit. Und das ist auch der Grund, aus dem ich der Presse nicht vertraue. Sie haben sich damals wie die Aasgeier auf das Video gestürzt, die Berichterstattung hat mich wie eine Lawine überrollt. Da konnte ich vorher so beliebt und gutaussehend sein, wie ich wollte. Aber ..." Er lacht leise, und mir fällt auf, dass ich ihn zuvor so gut wie nie habe lachen gehört. „Gib es doch zu, du fühlst dich zu mir hingezogen, jetzt, wo ich so aussehe. Ich kann es in deinen Augen erkennen."

Eine Gänsehaut breitet sich auf meinen Armen aus, als er mit seinen Fingern darüberstreicht. Wie automatisch trete ich einen Schritt näher an ihn heran. „Es macht etwas mit mir", gebe ich zu, „aber die Anziehung war schon vorher da."

„Dann würdest du genauso zittern wie jetzt, wenn der Hunter von heute Morgen das hier machen würde?" In einer fließenden Bewegung beugt er sich nach vorn und küsst mich auf den Hals. Meine Knie drohen wegzuknicken, und ich halte mich hilfesuchend an ihm fest, drücke mich an ihn. Fast kann ich spüren, wie das Blut schneller durch meine Adern gepumpt wird, alle Sinne sind in höchster Alarmbereitschaft.

„Vermutlich, ja", bringe ich heraus, meine Stimme ist ganz schwach. Seinen Körper an meinem zu spüren, das Arbeiten seiner Muskeln bei jeder kleinsten Bewegung zu fühlen, lässt meine Gedanken rasen. Langsam wandere ich mit den Fingern über seine Brust. Vielleicht hat er recht und ich sehe ihn auf einmal in einem anderen Licht und kann mir endlich eingestehen, dass ich auf ihn stehe.

„Dann solltest du dir vielleicht noch mal ein genaueres Bild machen." Bevor ich realisiere, was er tut, wirbelt er mich herum, sodass ich mit dem Rücken gegen seine Brust gelehnt bin. Nun stehen wir direkt vor dem Spiegel und er grinst mich sexy an. „Gefällt dir der neue Look?"

„Ja", hauche ich und genieße seine Umarmung. „Aber gib es zu, da war schon vorher was zwischen uns."

„Willst du damit sagen, dass sich auf dem Rasen meiner Highschool deine Nippel nicht wegen des kalten Wassers, sondern wegen mir aufgestellt haben?"

„Gut möglich."

Ohne meinen Blick über den Spiegel zu unterbrechen, knabbert er an meinem Ohrläppchen. Er hält mich nur an den Händen, dann jedoch wandert er mit seiner rechten Hand über meine Taille, zu meiner Hüfte, und weiter in die Mitte. Flach atmend beobachte ich in der Reflexion, wie er den Knopf meiner Hose öffnet und seine Finger hineinwandern lässt. „Hunter", hauche ich und lege den Kopf in den Nacken, als er auch meinen Slip überwindet und seine Hand an meine empfindsamste Stelle legt. Quälend langsam beginnt er sich in meiner Hose zu bewegen, und ich vergesse alles um mich herum.

Es ist unangebracht, das zu tun, das weiß ich. Genau genommen ist er mein Kunde, das Subjekt, das ich ausformen soll. Aber seine Hände auf meiner Klitoris fühlen sich so gut an, so unglaublich gut, dass ich ihn nicht stoppen will. Noch dazu unser Anblick im Spiegel, ich könnte auf der Stelle kommen, so heiß sehen wir aus.

Vielleicht liegt es auch daran, dass er wie ein Fremder aussieht. Ich habe mich so an sein Aussehen gewöhnt, dass ich ihn kaum wiedererkenne, vor allem nicht, wenn ich die Augen vor Erregung ständig halb schließe. Es wirkt wie ein Traum, ein sehr erotischer Traum.

„Ich habe leider nichts dabei", raunt er und haucht mir dabei seinen warmen Atem an den Hals. Trotzdem hört er nicht auf, mich mit seinem Finger zu stimulieren. Ich kann nicht klar denken und kralle mich an seinem Arm fest. Will er mir damit sagen, dass er aufhören wird?

„Ich auch nicht", erwidere ich stöhnend. Verdammt, ich will nicht, dass er aufhört. Langsam wandere ich an seinem Arm entlang und lege meine Hand auf seine, die sich weiterhin rhythmisch kreisend in meiner Hose befindet. Gerade findet er eine besonders empfindliche Stelle, und ich schreie leise auf. „Pst", bringe ich mich sinnloserweise selbst zum Schweigen. „Wenn uns jemand entdeckt ..."

„Tja, Baby, dann bist im ersten Moment nur du in Schwierigkeiten. Mich erkennt so kein Mensch, aber du musst dich dafür verantworten, warum du einen Unbefugten in die Umkleiden der Miami Torpedos schleust und dich dann auch noch von ihm fingern lässt."

„Dann hör lieber auf, bevor etwas ... passiert."

„Und verpasse somit, dich zu beobachten, wie du durch mich kommst, Miss Benimm-Coach? Keine Chance."

Meine Finger liegen nun genau auf seinen, und wir bringen mich gemeinsam weiter an den Abgrund. Unsere Blicke treffen sich im Spiegel, und er knabbert an meinem Ohrläppchen, während er mit seiner freien Hand an meine Brüste wandert.

„Wer hätte gedacht, dass dieses Makeover völlig neue Wege ebnet." Seine Hand wandert weiter und umfasst mein Kinn. Sanft drückt er seine Wange an meine, sodass unsere Gesichter nebeneinander sind und wir uns beide im Spiegel ansehen können. Wir sehen aus wie aus einem aufwendig gecasteten Erotikfilm, in dem die beiden Protagonisten einfach perfekt aufeinander abgestimmt sind. Er mit den dunklen Augen und dem exakten Styling, ich mit meiner langen blonden Mähne und mittlerweile vor Erregung gerötetem Gesicht.

Ich bin kurz vor dem Höhepunkt, will ihm aber auch etwas Gutes tun. Zitternd taste ich mit meiner linken Hand zwischen uns und streiche über die Wölbung in seiner Hose.

„Nein." Er hört sofort auf und sieht mir in die Augen.

„Warum nicht? Ich will mich revanchieren."

Sein Lächeln ist schwach, als er antwortet. „Dann will ich vielleicht mehr. Ich hätte besser vorbereitet sein sollen."

Mit einem möglichst frechen Ausdruck lege ich den Kopf schief. „Damit hätte ja keiner rechnen können."

„Aber hoffen." Er verschränkt seine Finger mit meinen und setzt dann seine stimulierenden Bewegungen fort. Jetzt lasse ich all meine Bedenken los und ergebe mich dem überwältigenden Gefühl, bis ich laut stöhnend um seine Finger komme.

Als meine Lider aufflattern, kann ich mich einfach nicht an dem Anblick im Spiegel sattsehen.

Er und ich gemeinsam. Wer hätte das gedacht?

Kapitel 18 – Hunter

Wir haben nicht mehr viel geredet, nachdem Stellas Orgasmus abgeebbt war, und ich frage mich, ob das ein schlechtes Zeichen ist. Ich kann selbst nicht erklären, was da in mich gefahren ist. Irgendwie hat mich die Situation überwältigt, und ihr Blick sah so lustvoll aus, dass es mich einfach überkommen hat.

Zu Hause muss ich kalt duschen, um mich unter Kontrolle zu kriegen. Dass Stella zugegeben hat, dass sie sich schon seit Texas zu mir hingezogen fühlt, beflügelt mich ungemein. Noch dazu weiß sie jetzt über die Sache mit Lorna Bescheid. Ich war mir unsicher, ob ich es ihr wirklich anvertrauen kann, doch jetzt, da es raus ist, bin ich mehr als erleichtert. Es ist geradezu eine Last von mir abgefallen. Stella ist anders, das habe ich im Gefühl. Vor allem ist sie trotz dieser Vorgeschichte geblieben. Ob ich das als positives Zeichen sehen darf, dass es nicht bei diesem einen Mal bleiben wird?

Zur Sicherheit gehe ich gleich morgen Kondome kaufen. Der Vorteil wird sein, dass ich vermutlich ungewollt inkognito in den Supermarkt marschieren kann, ich sehe komplett verändert aus.

Ich kann mich gar nicht mehr erinnern, wann ich das letzte Mal Kondome gebraucht habe. Es ist nicht so, dass ich nach dem College keinen Sex mehr gehabt hätte, ich war nur eben sehr vorsichtig. Frauen haben sich immer mal wieder an mich herangeschmissen. Irgendwann habe ich gemerkt, dass sie nur mit mir als dem großen Quarterback Sex haben wollten, genau wie Lorna, und ihnen rein gar nichts an mir als Person lag. Manche wollten sogar nur, dass ich sie von hinten ficke, vermutlich damit sie mich dabei nicht ansehen müssen. Deswegen habe ich irgendwann eine noch größere Mauer um mich herum aufgebaut und alle Annäherungsversuche abgeblockt.

Bei Stella ist es anders. Wir haben uns gestritten, ich habe sie herausgefordert, und trotzdem sind wir uns nähergekommen. Ich kann es kaum erwarten, wieder mit ihr allein zu sein. Gestern bin ich auf den Geschmack gekommen, jetzt will ich mehr.

Im Supermarkt erkennt mich tatsächlich niemand, nur ein kleiner Junge starrt intensiv in meine Richtung. Ob er eine Vermutung hat, wer ich bin? Auf dem Weg zum Training ziehe ich dann doch Sonnenbrille und Basecap auf. Die Reporter lauern teilweise überall, auch wenn auf den ersten Blick nichts zu sehen ist. Bevor ich mich jedoch offiziell der Öffentlichkeit zeige, will ich dem Team die Chance geben, sich an mein neues Aussehen zu gewöhnen.

Carter ist der Erste, der mich eintreten sieht und sofort breit grinst. Erst schenkt mir niemand Beachtung, als ich mich dann aber demonstrativ auf dem Platz mit meinem Namen niederlasse, heben die Jungs verwundert den Kopf.

„Hunter?"
„Boah, der Hammer!"
„Ist das echt?"

Nach der ersten Verwunderung ist das Feedback durchgehend positiv, und ich habe zum ersten Mal das Gefühl, mich nicht unbehaglich zu fühlen, als ich mit ihnen rede. Alle sind freundlich, sogar Trent nickt mir anerkennend zu.

Auf dem Weg zum Feld schweift mein Blick wie automatisch auf die Tribüne, zu dem Bereich, in dem Stella stets sitzt. Sie ist dort und wird von dem ein oder anderen Spieler höflich begrüßt.

„Hey", rufe ich und jogge zu ihr herüber. Sie steht auf und lehnt sich auf das Geländer, um sich besser mit mir unterhalten zu können.

„Hi. Na, hast du dich ein wenig an deinen neuen Look gewöhnt?"

Wer denkt schon an den neuen Look, wenn wir gestern fast Sex gehabt hätten?

„Solange ich nicht in den Spiegel schaue, geht es eigentlich." Ich entlocke ihr damit ein Lachen, das sich himmlisch in meinen Ohren anhört. „Wann haben wir unsere nächste Session? Allein. Diesmal habe ich vorgesorgt."

Augenblicklich färbt sich Stellas Gesicht rosa, und sie sieht sich hastig um, vermutlich um zu prüfen, ob uns jemand hört.

„Hast du das, ja? Aber erst die Arbeit, dann das Vergnügen. Nach dem positiven ersten Feedback würde ich gern heute mit dir raus auf die Straße, um ein paar Fans zu treffen. Dann können wir weiter an deiner Empathie arbeiten."

„Und danach ein Recap?" Hoffnungsvoll hebe ich eine Augenbraue. Verdammt, ich darf nicht so erbärmlich rüberkommen. Ja, ich will sie unbedingt, aber ich darf sie nicht überrumpeln.

„Unbedingt. Wäre doch eine Verschwendung, jetzt, wo du vorgesorgt hast." Mit einem Lächeln stößt sie sich von dem Geländer ab und setzt sich auf ihren gewohnten Stuhl. „Viel Spaß im Training, ich habe das Gefühl, du hast gerade ganz viel Energie zum Rauslassen."

Oh, fuck, und wie viel aufgestaute Energie ich habe.

***

Wie abgesprochen mache ich mich nach dem Training bereit, um nach draußen zu gehen, dieses Mal ohne Sonnenbrille und Kappe. Wir müssen gar nicht weit laufen, schon vor dem Haupteingang hat sich eine zwar kleine, aber doch ausreichend große Gruppe an augenscheinlich zumeist weiblichen Fans versammelt. Ein paar der anderen Spieler werden ebenfalls dabei sein, sodass sich die Aufmerksamkeit möglichst wie sonst auch regelmäßig verteilt.

„Auf in den Kampf", murmele ich mir selbst zu und gehe durch die automatischen Schiebetüren des Bürogebäudes, das für Fans nicht zugänglich ist. Als kleine Gruppe laufen wir auf die Leute zu, und sie beginnen direkt begeistert zu jubeln und zu rufen. Stella bleibt in der Nähe der Tür stehen, während meine Teamkameraden eifrig anfangen, Autogramme auf Poster, Jerseys oder sogar Körper zu geben.

Ich stehe erst unschlüssig herum. Es ist ewig her, dass ich mit Fans richtig auf Tuchfühlung gegangen bin. Anfangs werde ich gar nicht beachtet, erst als die ersten

Fans zufrieden mit den Unterschriften der anderen sind, nehmen sich mich ins Visier. Es ist offensichtlich, dass sie mich nicht sofort erkennen. Zur Sicherheit habe ich ein frisches Jersey mit meiner Nummer angezogen, und allmählich dämmert es ihnen.

„Das ist Hunter Fields", zischt das erste junge Mädchen, und sofort verbreitet sich die Neuigkeit wie ein Lauffeuer. Überall höre ich meinen Namen, Handys werden gezückt und, betont unauffällig, Fotos gemacht. Mein erster Impuls ist, mich umzudrehen und wieder in das Gebäude zu gehen, doch ich habe mir vorgenommen, es durchzuziehen. Zudem spüre ich Stellas Blick auf mir, und ich will ihr zeigen, dass ich mich nicht weiter querstelle.

Den Kopf trotzdem gesenkt, gehe ich auf die Fans zu. Zögerlich halten sie mir ihre Blöcke und Notizbücher hin. Als sie merken, dass ich sie anstandslos unterzeichne, werden sie immer euphorischer.

„O mein Gott, ich habe ein Autogramm von Hunter Fields", kreischt ein Mädchen und lässt sich von ihren Freundinnen umringen. „Das muss eines der ersten dieses Jahres sein!"

Damit hat sie vermutlich recht. Obwohl wir mittlerweile Sommer haben, konnte ich mich erfolgreich vor Gelegenheiten drücken, Fans meine Unterschrift zu geben, sogar als Stella mich dazu bringen sollte. Jetzt merke ich, dass es mir sogar einen gewissen Ego-Push verpasst.

Als mir niemand mehr irgendwelche Dinge zum Unterschreiben entgegenhält, trete ich einen Schritt zurück. Ein Blick zu Stella verrät mir, dass sie bereits zurück in das Gebäude geht. Die anderen Jungs sind zwar noch im Gespräch, aber ich will es für heute nicht übertreiben. Ich habe meine Komfortzone verlassen und es ist keine Katastrophe daraus entstanden, das ist ein voller Erfolg. Also nicke ich den Fans zum Abschied zu, drehe mich um und stapfe wieder in die Zentrale.

Kaum haben sich die Türen hinter mir geschlossen, beschleunige ich meine Schritte. Stella ist noch im Flur, sie steht an der Wall of Fame und betrachtet Bilder vergangener Zeiten. Mit gebührendem Abstand bleibe ich neben ihr stehen und schiebe die Hände in die Hosentaschen, obwohl ich ihr, besonders nach gestern Abend, gern sehr viel näher sein würde.

„Ich finde es immer wieder schön zu sehen, wie die Geschichte eines solchen Vereins verlaufen ist", sagt sie und deutet auf die gerahmten Fotografien, Pokale und Urkunden, die hinter Glas gesichert sind. „Zu sehen, dass die Torpedos seit so vielen Jahren erfolgreich sind, ist wirklich beeindruckend. Da sind ja sogar noch Schwarz-Weiß-Fotografien."

„Ja, nur spielten sie da noch unter einem anderen Namen", korrigiere ich. „Aber du hast recht, ich sehe mir auch gern vergangene Erfolge an. Ich hoffe, dass ich eines Tages auch einmal in der NFL-Geschichte erwähnt werde."

Schmunzelnd dreht sie sich zu mir um. „Als der Spieler, der sich von heute auf morgen komplett gewandelt hat? Hast du realisiert, was du da draußen getan hast? Du bist auf einmal wie ein anderer Mensch. Das war toll!"

Mir schwillt die Brust vor lauter Stolz. Es von ihr zu hören, als mein Benimm-Coach und die Frau, zu der ich mich hingezogen fühle, hat einen besonders heftigen

Effekt. „Also hast du es auch gesehen, ja? Ich habe kurz überlegt, ob ich es nur geträumt habe, weil alles so reibungslos lief. Es ist immer noch ungewohnt, aber immerhin erwarte ich nicht mehr, dass mir jeder nur etwas Böses will."

„Nein, es war kein Traum." Mit bestimmtem Tonfall tritt sie auf mich zu und sieht mir fest in die Augen. „Das warst ganz allein du, und ich bin froh, dass du endlich erkennst, wozu du in der Lage bist. Und ich habe nicht einmal das Gefühl, dass es dir schwergefallen ist. Noch ein paar solcher Erfolgserlebnisse und du wirst kein Problem mehr mit öffentlichen Auftritten haben. Ich könnte mir gut vorstellen, dass es dir eine gehörige Portion Selbstbewusstsein schenkt."

Sie so nahe vor mir stehen zu sehen, bringt mich ganz aus dem Konzept. Ich kann die Flashbacks von gestern einfach nicht abstellen. Hinter uns höre ich, wie der Rest der Jungs zurückkommt, und wir nicken ihnen stumm zu, als sie vorbeilaufen.

„Hast du denn noch irgendwelche Fragen oder möchtest du etwas üben?", fragt Stella, als wir wieder allein sind, und ich muss mich kurz sammeln. Und wie ich was üben will ...

Verlegen räuspere ich mich. „Nun ja, vielleicht könnten wir noch mal kurz ein Einzelgespräch führen", setze ich an. „Ich habe das Gefühl, es hat ein wenig abrupt geendet, als wir das letzte Mal ... zusammen in einem Raum waren."

Stellas Wangen färben sich rosa, und sie sieht sich hastig um. „Das ist mir durchaus auch im Gedächtnis geblieben", entgegnet sie deutlich leiser als zuvor.

Theatralisch greife ich mir ans Herz, als hätte ich Schmerzen. „Gott sei Dank, sie hat mich nach den wenigen Stunden nicht vergessen." Dann lasse ich die Hand wieder sinken und grinse sie an. „Ich hatte auch den Eindruck, dass du es genossen hast." Suchend schaue ich den Flur entlang. Gegenüber von uns ist ein Raum, der früher mal ein Erste-Hilfe-Zimmer war, mittlerweile aber eher ein Abstellraum ist, seit wir einen besser ausgestatteten Sanitätsbereich haben. Sanft greife ich nach Stellas Arm und ziehe sie über den Flur. „Komm, hierher."

Schnell schlüpfen wir in den leeren Raum, und ich schließe die Tür hinter uns ab. Es gibt zwar ein Fenster, aber die Jalousien sind heruntergelassen. Von draußen kann uns niemand sehen, selbst wenn jemand ausgerechnet jetzt hier vorbeilaufen würde.

Schwer atmend steht Stella mit dem Rücken an die Tür gelehnt. Fuck, ich werde sofort hart bei dem Anblick, wie sich ihre perfekten Brüste heben und senken.

„Wie gesagt, heute habe ich vorgesorgt", raune ich und lehne mich mit dem Unterarm neben ihr an die Tür. „Denselben Fehler wie gestern wiederhole ich nicht noch einmal."

„Fehler ... davon kann nicht wirklich die Rede sein. Wer hätte damit rechnen können, dass uns die Situation so überwältigt. Du hattest nicht einmal eine Ahnung, was wir dir vorschlagen wollten, und ich muss ehrlich zugeben, dass ich nicht erwartet habe, dass du dich tatsächlich darauf einlässt."

Tja, da sind wir schon mal zu zweit. Aber ich will das Thema nicht wieder auf meine Typveränderung lenken. Ich kann kaum klar denken, weil ich sie so sehr spüren will. Vorsichtig streiche ich ihr über die Wange. Erst als sie nach meinem Jersey greift und mich an sich zieht, lasse ich innerlich los und stürze mich regelrecht auf sie. Sie hebt den Kopf, und ich streiche über ihr Kinn. Langsam beuge ich mich hinunter, bis meine Lippen die ihren berühren. Gestern habe ich sie zwar geküsst, aber nicht auf den Mund. Das Gefühl ist unbeschreiblich, fast intimer als gestern, als ich meine Finger in ihrem Höschen hatte. Vor allem als sie bereitwillig den Mund öffnet und wir den Kuss mit unseren Zungen intensivieren können, weiß ich, dass ich mich heute von nichts aufhalten lasse.

Um nicht unnötig Geräusche an der Tür zu erzeugen und womöglich die Aufmerksamkeit von jemandem da draußen zu erregen, ziehe ich sie zu ein paar Stühlen, die in einer unregelmäßigen Reihe nebeneinanderstehen. Ein wenig ungelenk setze ich mich auf einen und ziehe Stella seitlich auf meinen Schoß.

„Oh, Mr. Fields, Sie freuen sich wohl in der Tat, mich zu sehen." Lasziv drückt sie sich enger gegen mich, reibt ihren Oberschenkel an meiner Härte.

„Du hast ja keine Ahnung."

Heute trägt sie einen Rock, der ihr bis zu den Knien geht. Einerseits eine willkommene Einladung, allerdings ist der Stoff so eng, dass ich meine Hand nicht weit darunter schieben kann.

„Argh, dieser enge Rock! Warum müssen solche Business-Klamotten bei Frauen immer so eng sein?"

„Warum so ungeduldig?", neckt sie mich. Immerhin steht sie auf, dreht sich um und präsentiert mir ihren Hintern. Ich bin vollkommen abgelenkt von ihrer Rückseite, erst als sie mit der Hand über den dezenten

Reißverschluss fährt, verstehe ich, was sie will. Mit zitternden Fingern öffne ich den Rock und lasse ihn an ihren Beinen runterrutschen, begleitet von kleinen Küssen auf ihre weiche Haut am Rande ihres Slips.

Meine Hose platzt fast, so steif bin ich schon, deswegen stehe ich kurz auf und öffne meinen Reißverschluss ebenfalls, bis ich mich der Hose entledigen kann. In der Zeit zieht sie sich auch noch ihre Unterhose aus. Um es gemütlicher zu haben, lege ich meine Hose auf die Sitzfläche des Stuhls, wer weiß, wie lange diese Dinger hier schon unbenutzt herumstehen.

Kaum sitze ich wieder, klettert Stella rittlings auf mich drauf. Mein Schwanz steht wie eine Eins, und so kann sie sich ohne Probleme an mir reiben und uns beide gleichzeitig stimulieren.

„Ich konnte gestern ewig nicht einschlafen", gesteht sie mir, flüstert es mir ins Ohr. „So gern hätte ich gestern weitergemacht."

„Vielleicht wäre es besser gewesen, wenn ich dich einfach mit zu mir genommen hätte", gebe ich zu überlegen. „Ich musste in der Dusche selbst Hand anlegen, sonst wäre der Ständer vermutlich gar nicht verschwunden."

Für einen Moment lässt sie einfach nur das Becken kreisen und stöhnt dabei genüsslich. „Und was hast du dir dann für jetzt überlegt? Irgendwelche Fantasien?"

„Du meinst, abgesehen davon, in einem staubigen dunklen Raum einen Engel zu vernaschen?"

„Besser: ungestört einen Star-Quarterback zu reiten. Also wenn das nicht eine ansprechende Erotikfantasie ist."

„Fuck, wir müssen aufhören zu reden, sonst komme ich viel zu früh." Auch ohne zu reden, muss ich mich konzentrieren. Mein letztes richtiges Mal ist einfach so lange her, und ich kann es nicht erwarten, diese schöne Frau endlich ausfüllen zu dürfen.

„Wo hast du das Kondom?", fragt sie und küsst mich.

Im ersten Moment will ich sofort an meine Hosentasche greifen, in der ich meinen Geldbeutel mit dem Schutz habe. Dann jedoch mache ich einen Umweg und schiebe meine Hand zwischen uns. „Soll das bedeuten, du bist schon bereit?" Ich muss gar nicht erst ganz mit dem Finger in sie eindringen, sie ist so feucht, dass sie fast schon tropft.

„War das etwa nicht dein Ziel?"

Ihre gestöhnten Worte sind das schönste Geräusch, das ich mir in diesem Moment vorstellen kann, und so ziehe ich endlich mein Portemonnaie heraus, hole das Kondom und werfe die Geldbörse auf den Stuhl neben mir. Um keine unnötige Zeit mehr zu verlieren, reiße ich das Päckchen auf und rolle mir das Gummi über.

Als ich fertig bin, muss ich gar nichts sagen, Stella übernimmt die Kontrolle. Sie steht leicht auf, nur um sich auf meiner Erektion niederzulassen. Wie erwartet rutsche ich einfach in sie, vor lauter Ekstase greife ich nach ihrem Hintern, will sie ganz nahe bei mir behalten. Die herbeiersehnte Enge überfordert mich, im positiven Sinne, und ich muss mich kurz sammeln. Um sie davon abzuhalten, sich viel zu bewegen, knöpfe ich Stellas Bluse auf und befreie ihre Brüste. Sie trägt einen schönen Spitzen-BH, der sehr teuer aussieht. Zu schade, dass ich ihn nicht lange bewundern werde, ich will sie ganz nackt auf mir haben.

„Ich schwanke noch, ob ich dir das Jersey ausziehen oder es dich weiterhin tragen lassen soll." Ihre Stimme ist ein wenig kratzig, und sie streicht mit dem Handrücken über meine Brustmuskulatur. „Natürlich weiß ich auch ohne das Trikot, dass du Sportler bist, aber irgendwie sieht es echt heiß aus, wie sich deine Muskeln durch den Stoff drücken."

„Es hat alles seine Vor- und Nachteile", stimme ich ihr zu. „In dem Stoff kannst du dich besser festkrallen, wenn der Orgasmus dich überkommt."

Endlich habe ich den Verschluss ihres BHs geöffnet, und sie hilft mir, sich Bluse und die Träger abzustreifen. Schon während wir das tun, nehme ich ihre Brüste in die Hand und könnte fast allein von dem Gefühl ihrer zarten Haut kommen. Sie muss es bemerkt haben, denn mit einem leichten Grinsen setzt sie ihre Hüfte in Bewegung, findet einen Rhythmus und reitet mich quälend langsam. Um ein Stöhnen zu unterdrücken, küsse ich ihre rechte Brust, arbeite mich vor, bis ich ihren Nippel erreicht habe.

„Hunter", haucht sie und greift in meine neue Frisur. „Ja, mach weiter."

Sie wird schneller, während ich an ihrem Nippel knabbere. Meine rechte Hand wandert wieder an ihren Po, um das Tempo zu kontrollieren. Die Spannung in mir macht sich bereits deutlich bemerkbar, ich halte vermutlich nicht mehr lange durch, so gut fühlt es sich in ihr an. Als ich fast nicht mehr an mich halten kann, lasse ich von ihrer Brust ab und arbeite mich mit Küssen zu ihrem Hals.

„Das ist übrigens meine Lieblingsstellung", haucht sie. „Vor allem mit deinen Bauchmuskeln kann ich mich perfekt ... o Gott ... perfekt bis an ..." Weiter kommt sie nicht, sondern sie schließt die Augen, hält sich mit einer Hand den Mund zu, mit der anderen krallt sie sich wie angekündigt in mein Oberteil.

Der Anblick, wie sie den Höhepunkt erlebt, ist der Hammer, und so folge ich ihr direkt nach. Heftig und intensiv komme ich, und ich beuge mich wieder nach vorn, in der Hoffnung, mein Stöhnen an ihrem Hals abzudämpfen.

„Sorry, vielleicht hätte ich dich vorher zu einem Abendessen einladen sollen, oder so", murmele ich an ihrem Ohr, als ich mich wieder klar artikulieren kann.

„Keine Sorge", erwidert sie und lehnt sich zurück, bis ich mich von ihr lösen muss und sie mir in die Augen sehen kann. „Ich weiß ja, dass du ein ungehobelter Kerl bist, sonst wäre ich gar nicht hier." Mit einem nachdenklichen Ausdruck streicht sie mir durch die Haare. „Aber es stimmt gar nicht mehr, du bist nicht ungehobelt."

Sie tut so, als wäre das eine große Leistung, aber es kommt mir nicht so vor, als hätte ich viel daran arbeiten müssen. Ich habe mich lediglich ein wenig zusammengerissen.

Lag es wirklich die ganze Zeit nur an solchen Kleinigkeiten? Hätte es viel einfacher sein können, all die Jahre? Gut möglich, aber dann hätte ich Stella vermutlich nie kennengelernt.

Sie macht Anstalten, aufzustehen, deswegen greife ich schnell zwischen uns und fixiere das Kondom. Schweigend ziehen wir uns wieder an.

„Möchtest du dafür jetzt etwas mit mir zu Abend essen gehen?", frage ich, als ich fertig angezogen bin, mein Portemonnaie wieder eingepackt und das Kondom in ein Papiertuch aus dem Spender neben dem Waschbecken gewickelt habe. „Oder etwas anderes machen? Es ist noch früh."

Über Stellas Miene huscht ein Schatten. „Ich ... halte es für keine gute Idee, so gern ich es auch tun würde. Die Torpedos haben mich engagiert, um hier einen Job zu erledigen. Wenn wir gemeinsam in der Öffentlichkeit gesehen werden, könnte mir das vielleicht negativ ausgelegt werden."

Es klingt logisch, und auch ich habe mir deswegen schon den Kopf zerbrochen. Fast habe ich schon Whipleys Stimme im Kopf, wie er außer sich ist vor Wut, dass wir hinter seinem Rücken ganz andere Sachen treiben, als er sich vorgestellt hat. Nicht zuletzt möchte ich natürlich auf keinen Fall, dass Stella Probleme bekommt.

„Auch für die anderen Spieler des Teams wäre es vermutlich sehr befremdlich, wenn sie sehen würden, dass wir etwas miteinander haben. Sie würden uns vorwerfen, dass ich dich bevorzuge oder so."

In mir kocht Wut hoch. Sollen sich die anderen doch um ihren Kram kümmern. Dann jedoch merke ich, dass dies der alte Hunter ist. Stella hat mir gezeigt, dass ich auch anders kann, und das will ich ihr beweisen.

„Wahrscheinlich hast du recht. Wir können auch einfach zu mir fahren und etwas bestellen. Oder ich hole irgendwo was ab."

Mit einem besänftigenden Lächeln kommt sie auf mich zu und legt mir die Arme um den Hals. „Hunter, nimm es mir nicht übel, aber ich will kein Risiko eingehen. Es ist alles ganz neu, und ja, wir müssen schauen, wie es weitergeht, aber heute will ich einfach den Nachhall von eben genießen. Das nächste Mal, okay? Wir haben alle Zeit der Welt. Und morgen sehen wir uns doch schon wieder."

„Ja. Morgen. Kein Problem."

„Sehr gut." Sie gibt mir einen letzten Kuss und rückt ihren Rock zurecht. „Ich gehe zuerst raus, du solltest ein paar Minuten warten. Bis morgen."

Sie verlässt den Raum, und ich starre auf die geschlossene Tür. Es ist verrückt, früher wollten die Frauen explizit mit mir gesehen werden, wollten mich der ganzen Welt zeigen. Mit Stella ist es genau umgekehrt. Meine Enttäuschung lässt sich nicht leugnen, aber ich rede mir ein, dass so alles seine Richtigkeit hat und es sich schon noch geben wird. Wir müssen beide erst herausfinden, was genau wir wollen. Trotzdem, ein nagendes Gefühl des Zweifels bleibt.

Kapitel 19 – Stella

Voller Vorfreude betrete ich am nächsten Tag das Stadion. Den gestrigen Abend über war ich wie in Trance, ich kann gar nicht glauben, dass ich mit Hunter Fields geschlafen habe. Es ging alles unglaublich schnell, aber es ist so intensiv. Und er ist einfach toll. Nur dass wir genau genommen Vertragspartner sind, macht mir ein wenig Sorgen. Könnten wir Probleme bekommen, wenn jemand Wind davon bekommt?

Als ich die Tribüne erreiche, ist die Mannschaft bereits auf dem Platz. Heute trainieren die Cheerleader zeitgleich, das hatte ich nicht mehr auf dem Schirm, aber sie werden nicht viele Berührungspunkte mit den Footballern haben. Denke ich zumindest. Allerdings stehen sie doch recht nahe am Feld, wenn nicht sogar direkt darauf, solange die Männer gerade am Rand stehen und sich von einem der Coaches etwas anhören. Und was mich am meisten stört, sind ihre Blicke. Die Art, wie sie Hunter ansehen, den neuen, heißen Hunter.

In einer Trinkpause schließlich mischen sich Spieler und Cheerleader. Einige scheinen sich bereits gut zu kennen, es bilden sich Grüppchen und es wird viel gelacht. Um Hunter schart sich eine besonders große Gruppe an hübschen Frauen. Sie bombardieren ihn offenbar mit Fragen, kichern, wenn er antwortet, und klimpern mit ihren Wimpern. Als sie auch noch beginnen, ihn anzufassen, koche ich innerlich. Sie streichen über seine Oberarme oder klapsen ihm auf die Schulter, wenn er anscheinend etwas Witziges sagt.

Ich weiß, ich habe kein Recht dazu, eifersüchtig zu sein. Er gehört mir nicht und wir sind nicht zusammen. Okay, da ist etwas zwischen uns, aber es blüht erst auf, und wer weiß, ob Hunter nicht nur aufgekratzt gewesen ist, überwältigt von dem Makeover. Trotzdem: Können die gefälligst ihre Finger bei sich lassen?

Die Pause ist vorbei und das Training geht weiter. Als er an mir vorbeiläuft, zwinkert Hunter mir zu. O Gott, dieses Lächeln ...

Es ist nicht zu leugnen, dass ich Schmetterlinge im Bauch habe. Aber wenn ich darüber nachdenke, gibt es so viele Gründe, warum ich mich emotional distanzieren sollte. Was ich gestern als Vorwand vorgeschoben habe, stimmt. Offen dürften wir nie gemeinsam privat gesehen werden, zumindest nicht, solange ich noch für die Torpedos arbeite. Zusätzlich leben wir einfach in verschiedenen Welten, mein Lebensmittelpunkt befindet sich in New York und in der Welt der Werbung, meist auch der Mode. So schön das Gefühl auch ist, da sitzt ein nagender Zweifel in meinem Hinterkopf, der einfach nicht verstummen will. Und ob ich für eine geheime Beziehung geschaffen bin, weiß ich nicht. Klar, es war aufregend, sich in dem kleinen Raum zu verstecken, aber wie viel schöner wäre es, wenn wir uns offen zeigen könnten?

Um mich auf andere Gedanken zu bringen, hole ich mein Handy hervor und rufe die Nachrichten-App auf, speziell den Promi-Bereich. Es ist faszinierend, nach nicht einmal einem Tag haben es die Bilder von gestern bereits in die Schlagzeilen geschafft. Diese jungen Fans müssen entweder wissen, wo sie die Bilder verkaufen können, oder sie haben sich von gierigen Paparazzi ausbeuten lassen.

Doch ich muss sagen, dass das Feedback insgesamt sehr positiv ist. Was für eine Erleichterung!

Sind Sie das, Mr. Fields?

Wow, der neue Hunter!

Rundum verändert: Neustart bei den Torpedos

Auch beim Überfliegen der Artikel sehe ich kaum kritische Worte, die richtig wehtun. Zwar wird die Intention hinter Hunters neuem Look hinterfragt, aber damit habe ich gerechnet. Sollen sie ruhig denken, was sie wollen.

Mit einem Mal wird mir bewusst, wie weit meine Arbeit hier bereits fortgeschritten ist. Ich bin nun seit mehr als einen Monat hier. In meiner ersten Woche habe ich erwartet, dass sich der Berg an Änderungspotenzial nie verkleinern würde, doch Hunter hat uns alle eines Besseren belehrt. Jetzt ist es nur noch Übungssache. Pressekonferenzen, vielleicht sogar ein Meet and Greet mit Fans ... da werden sich genügend Gelegenheiten finden.

„Miss Cunningham?"

Bei der tiefen Stimme von Coach Whipley zucke ich heftig zusammen. Meine Güte, ich war so in Gedanken, dass ich ihn gar nicht bemerkt habe. Abwehrend hebt er die Hände.

„Oh, sorry, ich wollte Sie nicht erschrecken."

„Kein Problem, ich habe nur gerade nachgedacht."

„Ach, das trifft sich gut, ich nämlich auch. Erst einmal wollte ich fragen, ob Sie das Team heute noch für eine Session brauchen?"

Kurz krame ich in meinem Gedächtnis, was ich mit den Männern noch machen könnte, und ob es ausgerechnet heute passen würde. Sie haben übermorgen ein Spiel und bestimmt genug mental zu verarbeiten.

„Heute würde ich mal eine Pause einlegen", entgegne ich deswegen. „Die letzten Tage war die Motivation wirklich gut, da muss ich heute nicht mit aller Gewalt noch nachlegen."

„In Ordnung, dann gebe ich das den Jungs so weiter." Er nickt und dreht sich mit dem Rücken zum Spielfeld. „Ich gebe Ihnen übrigens recht, auch ich habe den Eindruck, dass es bergauf geht. Das ist ebenfalls ein Grund, aus dem ich hier bin. Sollen wir vielleicht mal eine Bestandsaufnahme machen? Gern auch mit Hunter. Der arme Kerl wurde sonst immer getriezt, es wird ihm bestimmt guttun, auch mal positives Feedback zu erhalten."

„Gern, Coach. Morgen ist die Pressekonferenz, danach könnte es vielleicht stressig werden. Wie wäre es nach dem Wochenende? Dann haben Sie den Kopf zumindest kurzzeitig frei, wenn das anstehende Spiel vorbei ist."

„Gut, dann Montag." Er nickt bestätigend und hat doch tatsächlich ein Lächeln auf den Lippen. „Dann machen Sie ruhig schon Feierabend. Sie haben tolle Arbeit geleistet!"

***

Ramona hebt überrascht den Kopf, als ich ungewohnt früh in die Wohnung zurückkehre.

„Alles in Ordnung?", fragt sie alarmiert und mustert mich von Kopf bis Fuß. „Ist etwas passiert?"

„Nein, nein, ganz im Gegenteil." Seufzend lege ich meine Umhängetasche ab und lasse mich neben sie auf das Sofa fallen. „Der Coach scheint zufrieden zu sein, deswegen machen wir heute eine Coaching-Pause."

„Uh, herzlichen Glückwunsch."

„Danke. Wer hätte das gedacht." Es ist ungewohnt, Hunter heute nicht mehr allein für mich zu haben, ihn nur von Weitem gesehen zu haben. Für einen kurzen Moment überlege ich, wie viel ich Ramona von der Sache zwischen ihm und mir erzählen soll. Normalerweise erzählen wir uns solche Vorkommnisse immer sofort, aber dieses Mal ist es etwas Besonderes. „Es könnte sein, dass meine Dienste gar nicht mehr lange benötigt werden. Bis dahin muss ich entweder einen Folgejob haben, oder ich muss einen hieb- und stichfesten Plan kreieren, wie ich in New York in die Fashion-Welt zurückkehren kann. Bei Letzterem könnte ich deine Hilfe gebrauchen."

„Klar, auf jeden Fall." Hochmotiviert stellt Ramona ihren Laptop auf dem Couchtisch ab. „Was soll ich als Erstes tun?"

„Ich möchte all meine Backstage-Kontakte anschreiben und fragen, ob Temporiti in der Zwischenzeit irgendwo einen Runway hat organisieren lassen. Vielleicht plaudert ja jemand etwas von seinen Launen oder potenziellen neuen Aufträgen aus. Umgekehrt könnte ich mir vorstellen, dass es bestimmt auch Leute gibt, die in der Zwischenzeit bei anderen Designern gearbeitet haben. Dort könnte man recherchieren, ob etwas an den Vorwürfen Temporitis dran ist. Wenn du willst, könntest du dabei in der Presse schauen, ob es dort hilfreiche Hinweise gibt, das Anschreiben unserer früheren Teams wird genug Zeit in Anspruch nehmen."

„Meine Aufgabe ist es, im Internet zu suchen?" Ramonas Augen leuchten begeistert auf. „Na dann mal los!"

Es ist süß, wie motiviert sie sich ans Werk macht. Auch ich versuche, meine To-dos zu erledigen, doch irgendwie habe ich ein seltsames Gefühl bei der Temporiti-Sache. Soll ich einfach zu meiner alten Agentur zurück, mich aber nur von bestimmten Designern buchen lassen? Ich müsste mich auf die Eigenheiten der jeweiligen Personen erst einstellen, aber so ist nun mal mein Job.

Doch insgeheim will ich wieder ganz zurück, will Temporitis Beraterin sein. Nur so kann ich alles wieder gutmachen und dieses nagende Gefühl, bei ihm versagt zu haben, loswerden.

Kapitel 20 – Hunter

Heute ist die Pressekonferenz vor dem Spiel gegen Chicago, und ich stehe vor meinem Schrank und überlege, was ich anziehen soll. Es ist verwirrend, aber ich fühle mich wirklich wie ein neuer Mensch. Zwar möchte ich es kaum zugeben, aber dieses neue Aussehen macht etwas mit mir. Erst die Fans, dann die Cheerleader ... Alle reagieren anders auf mich, im positiven Sinne. Es gibt mir ein völlig neues Selbstbewusstsein.

Außerdem möchte ich nicht leugnen, dass ich aus einem beträchtlichen Teil auch wegen Stella gut vor der Presse abschneiden will. Die Aufregung, die ich anfangs gespürt habe, wenn sie beim Training zugeschaut hat, hat sich in heftige Euphorie gewandelt. Es ist nicht nur mein Äußeres, sie hat eine Persönlichkeit in mir hervorgehoben, die tief in mir geschlummert hat. Ich habe mir nur nicht erlaubt, sie zu zeigen, nach allem, was ich in den vergangenen Jahren erlebt habe.

Gestern nach dem Training ist sie einfach verschwunden gewesen, dabei habe ich damit gerechnet, dass wir noch separat *reden* können. Ja, ich war länger nicht im Spiel, was Sex mit Frauen betrifft, aber war es mit anderen auch so intensiv? Ich könnte schwören, dass ich nach fünf Minuten wieder bereit gewesen wäre, weil Stella mich so extrem anspricht.

Es hat meinem neu gestärkten Ego einen ganz schönen Knacks versetzt, dass Stella nicht zumindest unter einem Vorwand gewartet hat, bis ich mit dem Trainieren fertig bin. Der Coach sagte, sie müsse etwas vorbereiten, für irgendwelche Analysen, aber kann das so wichtig sein, dass man sich direkt aus dem Staub macht? Vielleicht mache ich mir nur etwas vor, trotzdem ermahne ich mich innerlich, unvoreingenommen zu bleiben. Stella ist nicht Lorna.

Zudem ist mir aufgefallen, dass ich ihre Handynummer gar nicht habe. Vorher war ich froh darüber, ich hätte wirklich keine Lust gehabt, mich zu jeder Tages- und Nachtzeit von ihr kontaktieren zu lassen, um irgendwelche Öffentlichkeitsübungen zu machen. Gestern hätte ich ihr zu gern geschrieben, was ich am liebsten mit ihr anstellen würde. Das nächste Mal frage ich sie einfach nach ihrer Nummer und kann hoffentlich an ihrer Reaktion ableiten, wie sie die Verbindung zwischen uns sieht.

Doch jetzt muss ich mich erst einmal um die anstehende Pressekonferenz kümmern. Wenn ich der ganzen Welt zeige, was in mir steckt, wird Whipley schnell zufrieden sein und Stella ist nicht mehr offiziell bei uns unter Vertrag.

Bei den Klamotten, die Serge mir überlassen hat, ist noch ein zweiter Anzug dabei, der ein wenig legerer ist als der, den ich nach dem Makeover getragen habe. Ansonsten schlurfe ich immer in Jogginghose und Hoodie zu solchen Terminen, deswegen wird dieses Outfit perfekt sein.

Als ich die Sachen trage, sieht man schon einen deutlichen Unterschied zu sonst. Jetzt muss ich nur noch ein wenig Gel in die Haare geben und rebellische Barthaare trimmen, dann fühle ich mich bereit.

Auf dem Weg in die Tiefgarage zu meinem Auto kommt mir meine Nachbarin mit ihrem Dackel entgegen. Begeistert reißt sie die Augen auf, als sie mich sieht.

„Oh, Mr. Fields, guten Tag."

„Hallo, Mrs. Green. Geht es Ihnen gut?"

„Ach, die üblichen Zipperlein." Verlegen winkt sie ab. Dann deutet sie auf mich. „Aber ich habe Sie in der Zeitung gesehen. Endlich mal nicht diese bösen Berichte über Sie, ich habe meinen Augen kaum getraut. Es freut mich sehr, Mr. Fields, wirklich."

Ich merke, wie ich ein wenig rot werde. „Danke, das weiß ich zu schätzen."

„Auch dieser neue Haarschnitt, sehr ordentlich, wirklich. Prompt stehen vor dem Haus junge Mädchen mit Plakaten." Sie schmunzelt. „Ich bin froh, dass Sie endlich zeigen, was in Ihnen steckt. Vielleicht bekomme ich ja bald eine zusätzliche Nachbarin, was?"

Ohne einen weiteren Kommentar geht sie weiter und verschwindet in ihrer Wohnung. Ich mag sie, weil sie die ganze Zeit freundlich zu mir war, auch als mich die Öffentlichkeit als rauen Wilden bezeichnet hat.

Nur ihr Hinweis auf die Fans vor der Tür macht mir ein wenig Sorgen. All die Jahre wurde ich in Ruhe gelassen, weil alle wussten, wie ich auf Fragen und Signierwünsche reagiere. Wenn jetzt durchsickert, dass sich das geändert hat, wird es bald nicht mehr leicht für meine Nachbarn werden, aus dem Haus zu kommen. Dann ... muss ich vermutlich woanders hinziehen.

Auf meinem Weg aus der Tiefgarage heraus kann ich sie dann sehen. Eine zwar kleine, aber sichtlich begeisterte Gruppe an jungen Frauen, die meinen Namen auf

Pappkartons geschrieben haben und versuchen, durch die verglaste Fassade des Foyers zu erkennen, wann ich rauskomme. Glücklicherweise nimmt keine von mir Notiz. Vielleicht liegt es aber auch nur daran, dass genau in dem Moment, als ich mich in den Verkehr einfädeln will, unser Portier herauskommt und die Mädchen zu verscheuchen versucht.

Als ich auf den Parkplatz fahre, sind schon einige Autos meiner Teamkameraden vor Ort. Wie immer gibt es einen abgesperrten Bereich für Fans, damit uns Spielern ein freier Weg bis zur Tür gewährt werden kann. Rufe werden laut, als ich aussteige und auf sie zukomme. Ich rücke meine Sonnenbrille zurecht und will mich gerade darauf einstellen, einfach an ihnen vorbeizurauschen, als ich einen Jungen sehe. Er kommt mir bekannt vor, und als ich suchend seine Umgebung prüfe, erkenne ich seine Mutter, die Frau mit dem freundlichen Lächeln, die mich vor ein paar Wochen um ein Foto gebeten hat. Auch dieses Mal lächelt sie, aber sie sieht dabei etwas traurig aus, schaut weg und legt ihrem Sohn tröstend eine Hand auf die Schulter. Ich werde langsamer, bleibe schließlich stehen.

„Hey, hi", rufe ich an den Jungen gewandt. „Schön, dass du wieder da bist." Als müsse ich wirklich die Uhrzeit prüfen, hebe ich mein linkes Handgelenk. „Letztes Mal war ich etwas knapp dran, aber heute habe ich genügend Zeit. Wollen wir vielleicht dieses Mal ein gemeinsames Foto machen?"

Augenblicklich erhellt sich das Gesicht des Jungen. Seine Augen weiten sich begeistert, und er schaut zu seiner Mom auf, die aufmunternd nickt. Sie macht Anstalten, ein wenig Platz zu machen, um genügend Abstand zum Fotografieren zu finden, aber um sie herum stehen zu viele Leute.

„Moment, ich regle das. Darf ich?" Ich halte die Hände nach vorne und verdeutliche dem Kind, dass ich es über die Absperrung heben werde. Einer der Security-Männer hebt alarmiert den Kopf, aber ich gebe ihm ein Zeichen, dass ich alles im Griff habe. Dann hole ich den jungen Fan aus der abgesperrten Zone heraus und stelle ihn direkt neben mich.

„Schönes Jersey", lobe ich, was ihn ein wenig erröten lässt. Ich gehe in die Knie, sodass unsere Köpfe ungefähr auf einer Höhe sind, dann warte ich, bis seine Mutter zufrieden nickt und den Blick vom Handy nimmt.

„Hast du einen Stift dabei?", frage ich den kleinen Fan. „Dann könnte ich noch schnell auf deinem Jersey unterschreiben."

Er nickt begeistert, präsentiert mir einen schwarzen Marker und verfolgt begeistert, wie ich den Stoff glattziehe und meine Signatur daraufsetze. Anschließend hebe ich den Jungen wieder über den provisorischen Zaun.

„Danke", sagt er artig und strahlt mich an. „Viel Erfolg bei dem Spiel morgen."

„Gern, und ebenfalls danke." Mein Blick wandert zu seiner Mom. Mit glasigen Augen sieht sie mich an.

„Vielen Dank, Mr. Fields. Sie wissen gar nicht, was Sie gerade für meinen Sohn getan haben."

Ein dicker Kloß macht sich in meinem Hals bemerkbar, und ich denke zurück an meine Jugend und frage mich, wie es wohl für mich gewesen wäre, wenn eines meiner Idole sich Zeit für mich genommen hätte, und wäre es auch nur eine kurze Minute gewesen.

„Gern geschehen. Und sorry für das letzte Mal."

Die beiden winken zum Abschied, und ich will gerade weitergehen, als ich eine Hand auf meiner Schulter spüre.

„Hey, Mann." Es ist Carter, der auch gerade erst gekommen sein muss. „Das war toll, was du gemacht hast. Das weißt du, oder? War richtig rührend, sogar für mich."

Nebeneinander gehen wir weiter in Richtung Eingang. „Das eben? Ach, das war doch nur eine Kleinigkeit."

„Für dich, ja. Aber für den Jungen war es eine ganz große Sache. Vor allem ist es gut, dass du erkennst, dass es wirklich nicht viel Aufwand ist. Einmal kurz in die Kamera lächeln, und die Leute jubeln dir scharenweise zu." Grinsend knufft er mich mit dem Ellenbogen in die Seite. „Stella Cunningham scheint dir genau die richtigen Dinge zu sagen. Es geht echt bergauf, nicht wahr?"

Bei dem Gedanken an Stella wird mir ganz heiß. „Sie ist ein toller Coach, ja", gebe ich zu. „Jetzt muss ich nur noch diese Pressekonferenz hinkriegen, um auch Whipley zufriedenzustellen."

„Ach, das kriegst du locker hin. Du darfst nur nicht wieder irgendwelche Reporter zur Sau machen, dann merkt man schon genügend Unterschied zu sonst."

Gespielt empört schlage ich nach ihm, aber er huscht schnell nach vorn, und schon sind wir beide im Gebäude verschwunden.

Kapitel 21 – Stella

Mit zitternden Knien stehe ich am Rande der wartenden Fans, weit hinten, sodass mich keiner der Spieler sieht. Erst wollte ich ganz normal zum Gebäude gehen, immerhin habe ich einen Ausweis der Torpedos. Doch dann habe ich Hunter bemerkt, wie er langsamer geworden ist und mit jemandem gesprochen hat. Ich habe meinen Augen kaum getraut, als er einen Jungen aus der Menge der ausharrenden Fans gehoben und ein Foto mit ihm gemacht hat. Unendlich gerührt habe ich die Szene an den vielen Köpfen vorbei betrachtet und musste fast weinen. Dieser Mann weiß gar nicht, welches Potenzial noch in ihm steckt. Er reißt sich ein wenig zusammen, und schon liegt ihm die ganze Welt zu Füßen.

Nachdem er im Gebäude verschwunden ist, warte ich noch ein wenig, bevor ich folge. Ich bin so hin- und hergerissen zwischen dem Drang, in seiner Nähe zu sein, und mich von ihm zu distanzieren, weil es mit uns nicht lange gutgehen kann. Bereits jetzt ist es schwer zu verstehen, warum er ausgerechnet mit mir Zeit verbringen möchte, immerhin bin ich diejenige, die ihn die ganze Zeit mit für ihn dämlichen Übungen gequält hat.

Nach dem, was ich gestern im Training bei den Cheerleadern gesehen habe, wird es nicht lange dauern, bis er bemerkt, dass er die freie Wahl zwischen vielen hübschen Frauen hat. Gut aussehend, erfolgreicher Sportler und jetzt auch noch höflich, wer würde da nicht schwach werden?

Außerdem muss ich professionell bleiben. War es ein Fehler, mit ihm geschlafen zu haben? Es fühlt sich nicht so an. Wir beide wollten es, und vielleicht war es sogar nötig, die Spannung zwischen uns aufzulösen. Aber wir haben beide unsere Ziele und müssen uns darauf konzentrieren. Diese Tatsache muss ich mir immer wieder vor Augen halten, nicht dass ich mich in eine Sache verrenne, aus der ich nicht mehr herauskomme.

Kurz bevor die Pressekonferenz beginnt, setze ich mich in eine der hinteren Reihen. Head Coach Whipley kommt zuerst auf die Bühne, gefolgt von Trent, Carter und Hunter.

Hunters Outfit ist der Hammer. Vorhin habe ich nur seinen Oberkörper gesehen, doch als er aus dem Off tritt, kann ich ihn komplett betrachten und mir stockt der Atem. Es ist ein Anzug, ähnlich dem, den er getragen hat, nachdem Ramona sein Aussehen verändert hat. Der Anzug, in dem ich ihm verfallen bin. Dieses Mal ist er legerer geschnitten, der Stoff ist ganz anders. Noch dazu hat er eine unglaubliche Ausstrahlung, wahrscheinlich ist ihm das gar nicht bewusst.

Auf den ersten Blick wirkt er vollkommen souverän. An der Art, wie er sofort nach einer der Wasserflaschen greift, die für die Spieler bereitstehen, und an dem Verschluss spielt, ohne sich etwas einzuschenken, erkenne ich jedoch, dass er ziemlich nervös ist. Vor der ersten Frage huscht sein Blick über die beachtliche Anzahl an Journalisten. Als er mich entdeckt, breitet sich ein Grinsen auf seinen Lippen aus, und seine Augen beginnen zu strahlen. Verdammt, wie kann ein einzelner Mensch bloß so heiß sein?

Der offizielle Pressesprecher eröffnet die Konferenz, und Coach Whipley ist der Erste, der spricht. Ohne dass Fragen gestellt werden, erzählt er etwas über die Trainingsvorbereitung und das eventuelle Ausfallen einiger Spieler, die sich wegen vergangener oder auch neuer Verletzungen schonen sollen. Als er geendet hat, steht der Pressesprecher erneut auf und wählt verschiedene, sich meldende Reporter aus.

Als Erste erhebt sich eine blonde Frau, etwa Mitte fünfzig, mit adrettem Aussehen.

„Mr. Fields, Ihr neuer Style ist in aller Munde. Gibt es einen bestimmten Grund für die Rundumerneuerung?"

Hunter scheint nicht überrascht, dass er direkt zu Beginn der Fragerunde angesprochen wird. Speziell mit dieser Frage hat er ganz offenbar gerechnet, denn er räuspert sich und lehnt sich, ohne zu zögern, näher an das Mikrofon heran. „Nun ja, mein Aussehen war immer wieder in der Kritik. Ich will nicht behaupten, dass ich viel Wert auf Oberflächlichkeiten lege, aber ich habe mit Beratern ein paar Dinge ausprobiert, und was soll ich sagen? Es hat mir gefallen."

Höfliches Gelächter folgt, und der nächste Journalist wird aufgerufen. „Auch sind Fotos von Ihnen aufgetaucht, auf denen Sie von Fans umringt sind. Das war vorher nicht unbedingt Ihre Art, hat auch das mit Beratern zu tun?"

Hunter schaut kurz zu Whipley, doch der Trainer macht eine Handbewegung als Zeichen, dass er ruhig antworten darf. „Es ist wohl nicht zu viel verraten, dass mein Auftreten in der Öffentlichkeit nicht allen bei den

Torpedos gefallen hat. Wir haben etwas zur Selbst- und Fremdwahrnehmung gelernt. Irgendwann habe ich gemerkt, dass es durchaus Bereiche gibt, in denen ich an mir arbeiten kann, wenn nicht sogar muss."

Zustimmendes Gemurmel unter den Journalisten. Mir schwillt vor Stolz die Brust. Er ist ehrlich und offen, trotzdem findet er die richtigen Worte, um niemanden zu diffamieren. Noch dazu schafft er es, einen freundlichen Ausdruck zu bewahren und vor allem seine Stimme ruhig zu halten. Also hat er doch zugehört, wenn ich ihm etwas gesagt habe.

Trent sieht ein wenig genervt von den Fragen aus, Carter hingegen scheint es nicht zu stören, dass Hunter im Mittelpunkt steht. Schließlich meldet sich ein blonder Mann, der recht jung für einen Journalisten aussieht, jedoch hält er ein altmodisches Diktiergerät in Richtung Bühne. Whipley versteift sich deutlich, Trent und Carter sehen unisono zu Hunter herüber, der es jedoch im Gegensatz zu den anderen schafft, unbeeindruckt zu bleiben.

„So beeindruckend die offensichtlichen Neuigkeiten auch sind, ich würde gern zum Sportlichen zurückkehren", setzt der Reporter an und schaut auf einen kleinen Notizblock. „Am Sonntag wird es gegen Chicago nicht einfach für das Team. Mr. Fields, wie haben Sie vor, der enorm starken Defense zu trotzen?"

Für einen Moment herrscht absolute Stille, und ich habe das Gefühl, dass mir etwas entgeht oder ich etwas verpasst habe. Hunter rutscht unruhig auf seinem Sitz herum, da er jedoch direkt angesprochen wurde, kann er die Frage nicht an einen der anderen abgeben.

„Unsere Offense ist stark", beginnt er schließlich zögernd und greift wieder nach der Wasserflasche, um etwas in der Hand zu haben. „Das Trainingslager war sehr erfolgreich, soweit ich das beurteilen kann. Im Training verfeinern wir unseren neuen Spielplan kontinuierlich, und ich bin optimistisch, dass wir uns gegen die Defense von Chicago durchsetzen können."

Kaum hat er mit seiner Antwort geendet, fällt sein Blick auf mich. Ich spüre ein Kribbeln im Bauch, als sich seine Mundwinkel heben, so als würde ihm mein Anblick Kraft geben. Aufmunternd nicke ich ihm zu und lächele.

Whipley und die anderen beiden entspannen sich sichtlich. Allerdings ist der Blonde noch nicht fertig.

„Was glauben Sie also, wie es am Wochenende ausgeht? Irgendeine Prognose?"

Hunters Blick huscht zurück zu dem Mann, der ihm die Frage gestellt hat. „Es ist unmöglich für mich, unparteiisch zu sein, deswegen sage ich natürlich, dass wir gewinnen werden. Bei der Höhe unseres Siegs werde ich mich jedoch nicht festlegen, ich bin da ein wenig abergläubisch."

Der ganze Raum atmet kollektiv auf. Von meinen Recherchen weiß ich, dass er eine ähnliche Frage einmal ziemlich grob beantwortet hat, allerdings konnte ich den dazugehörigen Journalisten damals nicht im Bild sehen. Nun ist es jedoch eindeutig, dass es sich um dieselbe Person handelt. Umso mehr bin ich stolz, wie sich Hunter aus dieser Situation herausmanövriert hat.

Es werden noch ein paar Fragen an die anderen gestellt, und Hunter lehnt sich erleichtert zurück. Wieder finden sich unsere Blicke, und mir wird klar, dass ich wirklich aufpassen muss, um diesem Mann nicht total zu verfallen.

Kapitel 22 – Hunter

Als ich auf die Bühne getreten bin, bin ich unglaublich nervös gewesen, vor allem, als ich die vielen Menschen vor uns gesehen habe. Erst als ich Stella in der hinteren Reihe bemerkt habe, ging es mir schlagartig besser.

Ich finde, ich habe mich gut geschlagen, sogar bei den Fragen dieses schnöseligen Kerls von neulich. Coach Whipley klopft mir anerkennend auf die Schulter, als er an mir vorbeiläuft.

„Na also, Fields, geht doch. Am Montag treffen wir uns mit Miss Cunningham und sprechen über die letzten Wochen."

„Aha", murmele ich. „Und ich soll dabei sein?"

„Natürlich", poltert der Coach. „Es geht ja hauptsächlich um dich. Also, bis dann."

Ich winke und warte, bis sich die Aufbruchstimmung ein wenig gelegt hat. Stella kommt als eine der Letzten aus dem Konferenzsaal. Als sie mich sieht, lächelt sie schwach.

„Hi." Bevor sie auf den Flur treten kann, mache ich einen Schritt auf sie zu, sodass ich ihr im Weg stehe und sie im Raum bleibt. „Schön, dass du gekommen bist."

„Natürlich bin ich da. Das lasse ich mir doch nicht entgehen."

„Bist du denn zufrieden?" Fragend lege ich den Kopf schief. „Ich habe mir sehr große Mühe gegeben und versucht, all deine Tipps anzunehmen."

„Habe ich gemerkt." Noch immer ist ihr Lächeln nur schwach, und sie sieht mir kaum in die Augen. „Ich bin wirklich sehr stolz auf dich."

„Danke." Nachdenklich sehe ich sie an. Sie wirkt nicht gerade offen für ein Date, aber ich will wirklich gern ein wenig Zeit mit ihr verbringen. „Whipley hat mich darauf hingewiesen, dass ich Montag bei eurer Trainingsanalyse dabei sein soll."

Ein wenig perplex blinzelt sie mich an. „Oh ... ja, klar. Es wird bestimmt häufig um dich gehen, da kann es nicht schaden, wenn der Coach dir direkt die Meinung sagt."

„Apropos Meinung, wie fändest du es, wenn wir uns in das Stadiongebäude schleichen und Pizza bestellen? Vor meiner Wohnung werde ich mittlerweile ziemlich belagert, deswegen weiß ich nicht –"

„An sich gerne, aber ich ...", frustriert streicht sie sich über die Haare. „Sorry, Hunter, ich muss für New York etwas organisieren. Es gibt da eine Sache, die noch offen war, als ich hierhergekommen bin. Ramona hilft mir dabei, deswegen fahre ich gleich nach Hause."

„Okay, verstehe ich, kein Problem." Es ist verständlich, dass sie noch andere Dinge zu tun hat. Mit einem Mal fällt mir auf, wie wenig ich über sie weiß, während sie so tief in mein Leben eingetaucht ist. „Kann ich dir vielleicht irgendwie helfen? Manchmal ist ein Blick von außen nicht verkehrt."

Sie scheint einen ganzen Augenblick ernsthaft zu überlegen, dann jedoch verfinstert sich ihr Gesicht. „Das ist nett, aber ich muss mir erst einen Überblick verschaffen. Wenn mir etwas einfällt, bei dem ich eine unabhängige Meinung brauche, sage ich dir Bescheid."

Am liebsten würde ich sie an mich ziehen und küssen, vor all diesen Leuten. Aber wir haben darüber gesprochen, es wäre unvernünftig, zu zeigen, dass wir uns mögen.

„In Ordnung. Dann ... sehen wir uns morgen?"

„Genau. Morgen." Sie wendet sich zum Gehen, bleibt jedoch noch einmal stehen, bevor sie den Saal verlässt. „Und Hunter? Das vorhin war wirklich beeindruckend." Mit einem letzten Zwinkern lässt sie mich stehen, und ich kann nicht anders, als ihr ungeniert auf den Hintern zu starren.

***

Der Termin am Montag bei Whipley ist erst im Anschluss an das Training. Wenn ich nichts davon wüsste, würde ich mich vermutlich wundern, dass Stella nicht auf der Tribüne sitzt. Meine Stimmung wird ein wenig gedämpft, als sie auch gegen Ende nicht auftaucht, um wenigstens für ein paar Minuten zuzuschauen.

Ich dusche besonders schnell und lungere vor Whipleys Büro herum. Nach ein paar Minuten höre ich Lachen hinter der Tür, ein weibliches Lachen. Sie ist also bereits drin? Ohne weiteres Zögern klopfe ich an und öffne die Tür einen Spalt. Whipley und Stella sitzen sich an dem gewaltigen Schreibtisch gegenüber und sehen aus, als hätte ich sie bei etwas Wichtigem unterbrochen.

„Sorry, komme ich zu spät?"

„Ah, Fields", donnert Whipley, scheint jedoch bester Laune zu sein. „Komm rein, setz dich. Und nein, wir haben mit dem offiziellen Teil gewartet, bis du auch da bist."

„Hi, Hunter." Stella strahlt mich an. „Du kommst gerade richtig."

Unsicher, ob ich nicht doch etwas verpasst habe, rücke ich den Stuhl neben Stella zurecht und lasse mich darauf nieder.

„Also, Hunter", setzt der Coach an, und es ist seltsam, ihn ausnahmsweise meinen Vornamen sagen zu hören. „Ich muss schon sagen, die Pressekonferenz gestern schwirrt mir noch immer in Gedanken herum. Natürlich habe ich schon vorher gesehen, dass du dich verändert hast, aber du hast wirklich alle Erwartungen übertroffen." Er wendet sich an Stella. „Miss Cunningham? Haben Sie die Statistiken, um die ich Sie gebeten habe?"

„Ja, selbstverständlich, Sir." Hastig holt sie ein paar Papiere aus der Tasche. „Ich habe die Reichweite der Social-Media-Accounts von vor der Saison mit den Werten von heute verglichen. Den Verlauf habe ich in diesem Diagramm dargestellt."

Auf den ersten Blick sieht es aus wie eine normale Kurve, wie man es auch von Aktienkursen kennt. Bei näherer Betrachtung kann man jedoch genau sehen, wann der rapide Anstieg beginnt, der sich bei etwa zwei Dritteln des Zeitraums ereignet. Mit roten Wangen erklärt Stella weiter.

„Etwa zwei Tage nach dem Makeover kamen die Bilder von Hunter raus, wie er sich das erste Mal vor den Fans gezeigt hat. Von da an ging es steil bergauf." Sie reicht das Papier Whipley, der es nachdenklich nickend ansieht und dann an mich weitergibt. Währenddessen erklärt Stella weiter. „Die Anzahl der über die Torpedos veröffentlichten Artikel ist seit Trainingsbeginn ähnlich wie in anderen Saisons, da lässt sich kaum ein Unterschied erkennen. Wenn man sich jedoch die Inhalte ansieht, so kann man sagen, dass sie sehr viel positiver ausfallen als in vergangenen Jahren. Bei genauerer Recherche lassen sich später auch die Verkaufszahlen vergleichen. Ich könnte mir gut vorstellen, dass sehr viel mehr Menschen Artikel über Hunters neuen Style gekauft haben als über neue Rüpelattacken in vergangenen Jahren. Alternativ lassen sich auch Seitenaufrufe im Internet auswerten." Sie seufzt und gibt ein weiteres Blatt an Whipley. „Es gibt wirklich viele Möglichkeiten, die Entwicklungen zu bewerten. Ich habe beispielsweise alle Kommentare durchgeschaut, wenn auf dem Account der Torpedos etwas über Hunter gepostet worden ist. Mehr als siebzig Prozent davon waren positiv, das ist recht selten, die Hater in den sozialen Medien sind überall zu finden. Mit Hunter waren sie sehr gnädig."

Die Diagramme, die ich mir fertig angesehen habe, lege ich auf den Schreibtisch. Als Stella endet, schiebt Whipley sie ein wenig hin und her.

„Miss Cunningham, ich muss sagen, der Verlauf gefällt mir sehr. Obwohl es ja fast nicht schlechter ging und der Start mir ein wenig holprig vorkam, war die Lernkurve enorm." Er wendet sich an mich. „Und bei dir muss ich mich fast schon entschuldigen. Ich war so sauer und wollte, dass du bei dieser Aufgabe an deine Grenzen kommst. Anfangs sah es auch so aus, aber du hast mich positiv überrascht, wahrscheinlich uns alle, vielleicht sogar dich selbst."

Ich nicke vage. Um ehrlich zu sein, kann ich gar nicht richtig einschätzen, ob der Positivtrend durch mich ausgelöst wurde. Wenn der Coach das denkt, dann ist das natürlich klasse, ich kann es echt nicht gebrauchen, wenn ich neben dem anstrengenden Training auch noch angemeckert werde, dass ich mich zusammenreißen muss.

Was ich aber weiß, ist, dass ich all das ohne Stella nie geschafft hätte. Sie war so geduldig mit mir, hat mich nicht aufgegeben, obwohl ich teilweise echt fies zu ihr war. Letztendlich ist es sogar so, dass ich mich vor ihr anständig verhalten wollte, dass ich für sie das angewendet habe, was sie mir beigebracht hat.

„Was sind dann die nächsten Schritte?", will ich wissen. Irgendwie bin ich in einem Gewissenskonflikt. Einerseits wäre es hilfreich, wenn Stella unabhängig von den Torpedos wäre, *frei* sozusagen. Andererseits müsste sie dann vielleicht wieder nach New York, sie hat ja gestern bereits angedeutet, dass sie dort noch etwas zu erledigen habe.

„Ich kann gern noch ein paar abschließende Seminare mit der Mannschaft planen." Stella klappt ihre Tasche zu und setzt sich wieder. Sie trägt enge Jeans, und ich muss mich sehr konzentrieren, um sie nicht ständig anzustarren. „Vielleicht könnte ich auch die Spieler fragen, ob sie sich bestimmte Inhalte wünschen, dann kann ich entsprechend etwas vorbereiten."

Whipley wirkt tief in Gedanken versunken, starrt stumm ins Leere. Als ich beginne zu überlegen, ob ich auch etwas sagen soll, bis er wieder aus seiner Trance erwacht, verlagert er beinahe ruckartig die Position in seinem Stuhl.

„Wäre es vielleicht möglich, dass wir diese Coaching-Phase mit einem ganz großen Knall beenden? Irgendein großes Event, was weiß ich ... Sportevent für Kinder, Sammelaktion für Senioren oder Müllaufräumen in Parks. Wissen Sie, was ich meine?"

„Ja, keine schlechte Idee." Nun ist Stella diejenige, die nachdenklich vor sich hin starrt. „Etwas Wohltätiges wäre gut, das bringt gute Publicity und erfüllt einen guten Zweck."

„Gut, sehr gut!" Begeistert beugt sich Whipley weiter vor. „Mir schwebt gerade etwas Glamouröses vor, mit ganz vielen Prominenten. Eine Auktion oder so."

„Vielleicht ein Ball?", schlägt Stella vor, und ich komme mir vor, als wäre ich gar nicht wirklich anwesend.

„Klasse, genau so was!" Der Coach springt regelrecht auf und klatscht in die Hände. „Man müsste genau auswählen, wen man einlädt und für was gespendet wird, aber das lässt sich doch bestimmt machen."

„Aber das wäre dann etwas für die Off-Season, oder nicht?" Wenn Stella so lange noch einen Vertrag mit der Mannschaft hat, wird es noch fast ein halbes Jahr dauern, bis genug Gras über alles gewachsen ist und ich mich endlich mit ihr zeigen kann.

„Oder die Bye Week", erwidert Whipley. „Keine Ahnung, wie es da mit der Verfügbarkeit von Sponsoren aussieht, aber wenn wir kreativ werden, kann man das bestimmt hinkriegen, oder nicht?" Fragend sieht er Stella an.

„Ja, ich denke auch. Allerdings wäre das ja schon bald, ich bräuchte vermutlich Unterstützung von dem Orga-Team der Torpedos, die kennen sich besser aus mit lokalen Veranstaltungsorten und Berühmtheiten."

„Ach, das wäre kein Problem, das kann ich direkt in die Wege leiten." Zufrieden läuft Whipley auf und ab und reibt sich die Hände. „Und die Jungs binden wir auch ein. Die sollen das Tanzbein schwingen und den Sponsoren ein wenig Geld abschwatzen. Super, so gehen wir die Sache an. Ich sage Ihnen Bescheid, wenn ich Kontakt zum Orga-Team hatte."

Stella wirkt ein wenig überfordert ob der schnellen Zusage. „Gut, das klingt nach einer guten Sache." Unschlüssig sieht sie mich an, bevor sie sich mit einer weiteren Frage an den Coach wendet. „Dann verbleiben wir erst einmal so und schauen, ob wir so spontan etwas auf die Beine stellen."

Whipley reckt zustimmend den Daumen nach oben, woraufhin sich Stella und ich erheben. Mental anscheinend tief in Gedanken an die Veranstaltungsidee versunken, winkt er uns lediglich hinterher, als wir sein Büro verlassen.

Auf dem Flur ist es ruhig, und als ich die Tür hinter mir schließe, hebt Stella scheu den Blick. „Na, siehst du? Jetzt sieht er, zu was du alles in der Lage bist. Ich hätte nie gedacht, dass er selbst zugibt, wie wenig er dir einen Erfolg zugetraut hat. Umso höher ist es dir anzurechnen, dass du es geschafft hast, und das auch noch in dieser kurzen Zeit."

„Danke." Unsicher bleibe ich vor ihr stehen und schiebe die Hände in die Hosentaschen. Am liebsten würde ich sie an mich ziehen, aber das dürfen wir hier natürlich nicht. „Aber es ist nicht allein mein Verdienst."

„Das stimmt."

Ich weiß nicht, ob sie versteht, dass ich damit sie meine, doch sie wendet sich zum Gehen, und so lasse ich das Thema fallen.

„Wie läuft es mit deinen Planungen für New York?", frage ich stattdessen.

„Puh, es ist kompliziert." Prustend wirft sie ihre Haare über die Schulter. „Mein letzter Auftrag war in Zusammenarbeit mit einem bekannten Designer. Bei der Fashion Show gab es Unstimmigkeiten, deswegen muss ich das Chaos aufräumen, das wir damit verursacht haben."

„Okay?", entgegne ich gedehnt. „Ich kann mir darunter gar nichts vorstellen."

„Es ist auf Anhieb vermutlich auch gar nicht zu durchschauen", fährt sie fort. „Designer sind sehr penibel, was ihre Werke betrifft, und es gab ein Kleid, das dem eines Konkurrenten sehr ähnlich sah. Jetzt muss ich vorab genau prüfen, dass so etwas nicht noch einmal vorkommt."

„Klingt tatsächlich nach viel Arbeit", gebe ich zu. „Ist dir denn eingefallen, wie ich dabei helfen kann?"

„Ich glaube, das meiste muss ich selbst erledigen. Selbst wenn du mir bei meiner Recherche helfen würdest, müsste ich alles nachprüfen, weil ich ganz sichergehen will, dass ich nicht noch einmal etwas übersehe."

„Verstehe." Wir sind fast am Aufzug angekommen, der uns in das Erdgeschoss bringen wird. „Also jetzt, wo ich so aussehe, kannst du zumindest Bescheid geben, falls du ein Model brauchst." Mit der Hand mache ich eine kreisende Bewegung um mein Gesicht und lache auf.

Stella jedoch starrt mich auf einmal mit leicht geöffnetem Mund an. „Hunter, das ist gar keine schlechte Idee", setzt sie schließlich an. „Würdest du das denn tun?"

Schulterzuckend drücke ich auf den Knopf mit dem Pfeil nach unten. „Klar, wieso nicht? Solange ich nicht in irgendwelche komplizierten Dinge gekleidet werde, in denen ich nichts richtig sehen oder kaum laufen kann, würde ich das schon hinkriegen."

„Das wäre es", murmelt sie mehr zu sich. „Wow, vor allem nach deiner ganzen Vorgeschichte. Als Highlight den Superstar-Quarterback der Miami Torpedos, den *neuen* Hunter Fields. Das wäre der Hammer!"

„Wirklich?" Überrascht davon, dass das tatsächlich eine Option wäre, hebe ich die Augenbrauen. „Na, dann plane mich gern ein. Ich würde dir gern helfen."

Ich freue mich vor allem deshalb über ihren Vorschlag, weil ich sie dann öfter sehen kann. Es ist verrückt, dass ich so vernarrt in die Frau bin, die sich doch so rar macht. Das ist vermutlich der Effekt der einen Frau, die mich nie aufgegeben hat, die mehr in mir gesehen hat, während gefühlt alle anderen Menschen um mich herum von mir angepisst waren.

Der Aufzug öffnet mit einem einladenden *Pling* seine Türen und wir treten ein. Sobald sich die Kabine wieder geschlossen hat, ist die sexuelle Spannung zwischen Stella und mir regelrecht zu spüren. Wie auf Kommando fallen wir übereinander her. Hastig drücke ich sie gegen die verspiegelte Wand und schlinge meine Arme um ihre Taille, während wir uns leidenschaftlich küssen. Ich will sie nicht schon wieder fragen, ob wir etwas zusammen essen. Einerseits möchte ich mir nicht noch einen Korb einfangen, andererseits will ich sie nicht unter Druck setzen. Sie hat eben bereits deutlich gemacht, dass sie im Stress wegen dieser Designeraufgabe ist. Trotzdem würde ich ihr gern sagen, wie viel sie mir bedeutet.

Widerwillig lasse ich von ihr ab und lege meine Stirn an ihre. „Es würde mich sehr freuen, wenn ich auch nach deinem Coaching-Job regelmäßig die Gelegenheit hätte, mit dir zusammenzuarbeiten." Viel zu schnell bewegt sich der Fahrstuhl nach unten. Gleich werden sich die Türen erneut öffnen und ich muss sie loslassen, bevor wir noch gesehen werden. „Du ... hast eine ganz neue Seite in mir hervorgeholt."

Endlich sieht sie mir tief in die Augen. Ihr Strahlen lässt meinen Bauch kitzeln, als hätte ich einen Salto gemacht.

„Ich habe vielleicht einen Auslöser aufgezeigt, aber insgeheim warst du das ganz allein, glaub mir."

Okay, das war wohl nicht deutlich genug.

„Ich meine so rein emotional. Die Menschen haben mich lange wie Scheiße behandelt. Du warst die einzige Person, die mir unvoreingenommen eine Chance gegeben hat, obwohl du mit Sicherheit auch deine Recherchen angesetzt hast."

Stellas Augen weiten sich leicht. „Es tut mir leid, was du erleben musstest. Die Gesellschaft ist in den meisten Fällen echt arschig, die Medien können gnadenlos sein, und ein NFL-Team sollte eigentlich professionell genug sein, um über persönliche Differenzen zu stehen. Ich wünschte, du hättest so etwas nie ertragen müssen, und hoffe wirklich sehr, dass es nie wieder so weit kommt."

Verdammt, sie bezieht das Kompliment einfach nicht auf sich. Aber wenn ich noch deutlicher werde, muss ich den Stopp-Knopf drücken und mich ihr sehr viel intensiver widmen. Das wäre viel zu auffällig, dahingehend war sie jedoch deutlich. Wir dürfen uns nicht sehen lassen. Aber wie lange soll das so gehen? Und hätten wir danach als Paar eine Zukunft?

Nun öffnet sich die Tür des Aufzugs, und ich löse mich widerwillig von ihr, der Moment ist vorbei.

„Also ... wie gesagt, plane mich ruhig ein für eure Show. Ich werde es mir einrichten."

Dankbar sieht sie mich an. Wir stehen nur wenige Zentimeter voneinander entfernt, und die Art, wie sie den Kopf in den Nacken legt, verursacht ein flatterndes Gefühl in meiner Brust. Vor allem ihre geröteten Wangen und die Art, wie sie verlegen ihre Kleidung glattstreicht.

„Vielen Dank, ich glaube wirklich, dass ich auf dich zurückkommen werde."

Kapitel 23 – Stella

Es ist kaum zu glauben, aber das Orga-Team der Miami Torpedos hat es tatsächlich geschafft, in nur zwei Wochen eine Location und genügend wohlhabende Gäste zu finden, um den Benefizball, wie Whipley ihn sich vorstellt, durchzuführen. Die Vorbereitungen sind in vollem Gange, ich kann jedoch von meiner Seite nicht wirklich viel beisteuern, außer dass ich die Social-Media-Meldungen dazu prüfe und absegne. Ansonsten habe ich viel Zeit, um mich um Temporiti und die angedachte Fashion Show zu kümmern.

„So, ich habe mich ein wenig umgehört. Es gab angeblich keine weiteren Kooperationen von Temporiti mit anderen Marketing-Personen oder Agenturen."

Mit gekreuzten Beinen sitzt Ramona neben mir auf dem Sofa und nickt verständnisvoll. „Okay, dann dürfte er über deine gewohnte Agentur anbeißen, oder? Es sind jetzt fast zwei Monate vergangen, er muss aufpassen, dass man sich bald überhaupt noch an ihn erinnert. Wenn es stimmt, was du sagst, und er so ein enormes Gewohnheitstier ist, wird er dich wieder anfragen."

„Damit hast du vermutlich recht", gebe ich zu. „Ich werde der Agentur einfach den bisherigen Plan mitschicken. Wenn sie ihm den anbieten können, sagt er bestimmt zu."

„Bisheriger Plan?", hakt Ramona nach. „Habe ich was verpasst? Ich dachte, es wäre noch alles ganz lose, beziehungsweise dass wir noch Vorschläge erarbeiten müssen, die wir vorzeigen können."

„Das stimmt auch. Allerdings hat sich Hunter mir neulich als Model angeboten."

„Was?" Ungläubig reißt Ramona die Augen auf. „Und das erwähnst du erst jetzt? Das wäre ja der Hammer!"

„Allerdings." Ich sehe ihn schon vor mir, wie er in einem unkonventionellen Anzug ohne etwas darunter über den Catwalk stolziert und alle Blicke auf sich zieht. Die positive Presse, die wir damit machen würden, würde Temporiti sofort wieder nach oben auf der Beliebtheitsskala katapultieren. Auch mir persönlich bedeutet sein Angebot sehr viel. Mir so einen großen Gefallen zu tun, wäre noch vor wenigen Wochen undenkbar gewesen. Noch dazu zeigt es mir, dass Hunter mir vertraut, und nach allem, was er mir erzählt hat, war auch das lange ein Ding der Unmöglichkeit.

Für einen Moment schweigen wir beide. Dann bemerke ich, dass Ramona mich mit einem verschmitzten Lächeln ansieht.

„Was?"

„Och, ich frage mich nur, ob da was zwischen euch läuft."

Verdammt, sie kennt mich einfach zu gut. Erst will ich es leugnen, doch dann seufze ich resigniert und lasse es lieber. „Ich weiß nicht, ob man es wirklich so nennen kann, aber es gab Situationen, die darauf schließen lassen, dass wir uns zueinander hingezogen fühlen."

Ramona lacht schallend auf. „Wow, das war die seit langem komplizierteste Formulierung dafür, dass ihr gevögelt habt."

Verlegen halte ich mir die Hände vor das Gesicht. „O Gott, ist das wirklich so offensichtlich?"

Sie klappt ihren Laptop zu und beugt sich neugierig zu mir. „War es erst nach seinem Makeover? Oder schon davor?"

„Genau genommen war es direkt im Anschluss an das Makeover."

„Haha, ehrlich? Meine Güte, dann konntet ihr es wohl kaum erwarten, bis wir endlich die Umkleide verlassen haben, was? Du hättest mir ruhig ein Zeichen geben können, dass du ihn vernaschen willst."

„Mir war es vorher nicht bewusst", stelle ich klar, muss dabei aber lächeln. „Seit er mir in Texas seine Heimatstadt gezeigt hat, sehe ich ihn mit anderen Augen, aber ich hätte von mir aus nie etwas angefangen. Ich glaube, es war einfach die Emotionalität der Situation, die uns übermannt hat."

„Hauptsache ihr hattet euren Spaß." Das Grinsen auf Ramonas Gesicht wird sogar noch breiter, und ich will lieber gar nicht wissen, was sie sich gerade vorstellt. Hunter gegenüber wäre es fair, zuzugeben, dass es mir wirklich etwas bedeutet hat. Das mit ihm ging über meine körperlichen Bedürfnisse hinaus, war schon gar nicht so wie mit den Frauen in seiner Vergangenheit, die ihn nur als *den Quarterback* angesehen haben. Aber ich will keine schlafenden Hunde bei Ramona wecken, wenn ich selbst nicht einmal weiß, wie es für mich beruflich weitergeht.

Vor und nach Hunters Training haben wir uns immer mal wieder gesehen, wenn auch bloß sehr kurz. Diese Geheimniskrämerei ist sehr aufregend, ich habe ständig das Gefühl, dass uns jeden Augenblick jemand erwischen könnte, wenn wir einen unbeobachteten Moment nutzen, um wild rumzuknutschen.

Ich rechne damit, dass sie weiter nachbohren wird, doch während ich fast schon gedankenverloren auf meinem Laptop herumscrolle, fällt mir ein Bild ins Auge.

„Moment mal, das habe ich doch irgendwo schon mal gesehen." Hektisch klicke ich durch die Browsertabs.

„Was meinst du?" Interessiert rutscht meine beste Freundin näher, um ebenfalls auf meinen Monitor schauen zu können.

„Das hier." Mit dem Mauszeiger deute ich auf das Bild eines Kleides. „Ich bin hier auf einer Seite, auf der junge, aufstrebende Designerinnen und Designer ihre Unikate verkaufen. Speziell dieses Kleid kommt mir extrem bekannt vor."

Endlich habe ich die Seite gefunden, die ich gesucht habe. Es sind Bilder einer vergangenen Fashion Show, bei der viele Modelle von Temporiti gezeigt wurden.

„Tatsächlich", ruft Ramona, bevor ich überhaupt etwas erklären muss. „Ein Plagiat."

„Ja. Doch ich bin mir nicht sicher, welcher Designer es zuerst erarbeitet hat."

In New York war es Ramona, die beiläufig den Gedanken geäußert hat, dass ja auch Temporiti derjenige gewesen sein könnte, der ein fremdes Design geklaut hat. Damals kam es mir absurd vor, aber mittlerweile bin ich mir nicht mehr so sicher.

Es ist schwer, anhand der Bilder herauszufinden, wann die jeweiligen Kleider wirklich fertiggestellt worden sind. „Diese Show scheint im September letzten Jahres gewesen zu sein", lese ich vor und klicke auf einzelne Bilder. „Hey, hier stehen sogar mehr Details zu den speziellen Stücken. Diesen Angaben nach zu schließen, war das Kleid von Temporiti brandneu, gerade erst zum Verkauf angezeigt."

„Wenn das gleiche Kleid auf der anderen Plattform verkauft wird, hat es bestimmt schon einen langen Weg hinter sich", spricht Ramona meine Gedanken aus.

„Genau, das vermute ich auch. Jungdesigner nähen erst im stillen Kämmerlein, um es dann an Investoren oder Bekleidungsfirmen zu schicken. Sie erhoffen sich, dass ihr Werk als etwas Besonderes entdeckt wird und vervielfältigt werden kann. Oder sie wollen es ebenfalls bei einer Fashion Show zeigen und reiche Käufer finden, die dazu bereit sind, ein halbes Vermögen dafür auszugeben."

„Kannst du den Namen von der Person herausfinden, die das verkauft?", will Ramona wissen und zückt ihr Handy. „Vielleicht kann ich dir helfen. Ich stelle mich einfach auf dumm, das klappt bei den meisten ganz gut."

„Das würde mir sehr helfen." Mein Kopf dröhnt, und ich reibe mir sanft die Schläfe. „Dann kann ich mich nämlich um den Ball und somit um den Abschluss des aktuellen Jobs kümmern."

„Mach das. Wobei ... eine Frage habe ich noch." Sie lässt ihr Handy sinken und grinst schon wieder. „Wie geht es mit Hunter und dir weiter? Redet ihr auch mal über die Sache zwischen euch? Oder wartet ihr wie zwei Schüler so lange ab, bis es sich entweder von selbst ergibt oder es zu spät ist und ihr wieder Hunderte Kilometer zwischen euch habt?"

Tja, das ist eine gute Frage, die ich mir auch schon oft gestellt habe. Aktuell habe ich keine Antwort darauf, ich hoffe jedoch, dass ich mir erst einmal selbst darüber klar werde, was ich genau fühle, dann wird es einfacher werden, in die Zukunft zu schauen.

Kapitel 24 – Hunter

Das heutige Training war hart, ich fühle mich wie zerschlagen. Trotzdem spüre ich regelrecht das Adrenalin durch meine Adern pumpen, als ich mir das Schulterpad ausziehe und mich zum Duschen bereitmache.

Aus dem Augenwinkel kann ich sehen, wie jemand durch den Raum schlurft, der ähnlich fertig wirkt, wie ich mich fühle. Es ist unser Offensive-Line Center.

„Trent?" Ich achte sehr auf meinen Tonfall, als ich ihn anspreche. Wir hatten länger keinen Zwist mehr, doch es kommt mir bei ihm so vor, als würde er teilweise explizit nach solchen Vorlagen suchen, um in einem guten Licht dazustehen.

„Fields?" Fragend zieht er eine Augenbraue nach oben. „Was gibt's?"

Ich hole tief Luft und wappne mich innerlich auf das, was mich womöglich erwarten könnte. Trent ist nach wie vor unberechenbar für mich. Entweder bleibt er gleich ganz normal, oder er zerlegt mich verbal, so wie er es sonst immer tut.

„Deine Snaps vorhin waren klasse. Ein paar habe ich jedoch nicht optimal getroffen, deswegen wollte ich dich fragen, ob wir vielleicht morgen nach dem Training noch ein paar davon üben können? Im Spiel hätten wir natürlich einen bedeutenden Vorteil, wenn wir als Team perfekt eingespielt sind."

Mit offenem Mund starrt mich Trent an, auch die Spieler, die ihre Schränke neben ihm haben, werfen uns flüchtige Blicke zu. „Äh ... klar, warum nicht?"

„Wirklich? Super!" Ich muss meine Erleichterung nicht einmal spielen. „Ich habe neulich in einem Collegespiel gesehen, wie der Center viel zu hoch geworfen hat. So was kann immer mal passieren, versteh mich nicht falsch, aber mir wäre es ganz recht, wenn wir verschiedene Szenarien ausprobieren könnten, damit ich weiß, wie ich reagieren soll, wenn etwas Ungewöhnliches passiert."

„Klingt schlüssig." Nickend starrt Trent mich an. „Dann also morgen nach dem Training? Heute bin ich zu fertig, und du siehst auch so aus, als würdest du gleich unter die Dusche springen wollen."

„Genau, morgen reicht. Klasse." Ich schenke ihm noch ein Lächeln, dann ziehe ich mich aus und verschwinde im Duschbereich.

Jetzt bin ich voll in Fahrt. Es ergibt sich, dass ich an einem Gespräch der Jungs teilhaben kann, da es um Urlaube in den Rocky Mountains geht. Dort bin ich früher immer mit meinen Eltern gewesen, deswegen kann ich gute Tipps geben, wo es mit Familien etwas zu erleben gibt. Anschließend fragt mich einer der Neuzugänge etwas, und wir philosophieren über Spielzüge, bis ich einer der Letzten in der Umkleide bin. Und das Beste ist: Ich muss mich nicht einmal verstellen. Von Tag zu Tag werde ich offener und kann die Menschen besser an mich heranlassen. Es macht Spaß, sich mit den Jungs auszutauschen, und ich freue mich jetzt umso mehr auf das Training morgen. Kaum zu glauben, dass ich das die letzten Jahre vermieden habe, nur weil ich niemandem mein Vertrauen schenken und dann enttäuscht werden wollte.

Für heute habe ich mir jedoch noch etwas anderes vorgenommen. Stella war heute mal wieder beim Training dabei, und ich habe gesehen, wie sie anschließend in den Theorieraum gegangen ist. Zwar habe ich jetzt sehr lange beim Fertigmachen gebraucht, aber vielleicht ist sie ja noch da. Da wir uns immer heimlich treffen und kaum abstimmen können, wo und wann, bin ich für jede Gelegenheit dankbar.

Ich klopfe an, bevor ich die Tür aufschiebe und hineinsehe. Tatsächlich sitzt sie in der vorderen Reihe und hebt den Kopf, als ich eintrete.

„Hunter? Hi!" Sie strahlt, und ich straffe erleichtert die Schultern.

„Ich hoffe, ich störe nicht." Langsam bahne ich mir einen Weg zu ihr nach vorne.

„Nein, nein, ich hätte dich auch gleich gesucht. Whipley wollte nur ein paar weitere Zahlen, damit er sie den Geldgebern zeigen kann. Bin so gut wie fertig." Sie hebt eine Augenbraue und deutet mit dem Stift, den sie in der Hand hat, auf mich. „Sag bloß, du willst mich davon abhalten." Bei dem lasziven Blick, den sie mir bei diesen Worten zuwirft, würde ich ihr am liebsten an Ort und Stelle beweisen, wie recht sie hat. Nur mit Mühe halte ich mich zurück.

„Tja, nicht nur. Bei den Analysen neulich, die mit den Reichweitenveränderungen, da habe ich mich gefragt, ob es für mich nicht doch an der Zeit wäre, mir einen Social-Media-Account zuzulegen. Erst einmal nur auf einer Plattform, vielleicht diesem Ding, wo man hauptsächlich Bilder hochlädt. Was meinst du dazu?"

Begeistert weiten sich ihre Augen. „Das wäre super, ja. Daran könnte man zusätzlich zeigen, wie viele Menschen du mittlerweile ansprichst. Und du wärst als Aushängeschild noch präsenter. Sehr gute Idee, Hunter."

„Gut, dann mache ich das." Zögernd wippe ich auf meinen Ballen. „Beziehungsweise, ich bin hier, um dich zu fragen, ob du mich dabei unterstützen kannst. Es hat sich bei deinen Vorträgen immer so angehört, als könne man dabei unglaublich viel falsch machen. Auch die anderen Spieler haben mit ihren Fragen bei mir den Eindruck erweckt, als würde es manchmal auf Kleinigkeiten ankommen, ob ein Bild von vielen Leuten gesehen wird, oder eben nicht."

„Absolut." Sie legt ihre Unterlagen weg und steht auf. „Ich kann dir gern helfen, dafür bin ich ja hier. Vor allem, wenn dabei vielleicht ein paar sexy Bilder nur für mich rausspringen."

„Immer doch, Baby."

Stella rückt einen Tisch zurecht, und wir setzen uns nebeneinander hin. Ich gebe ihr mein Smartphone, und sie lädt, begleitet von mehreren Rückfragen, ob ich mir wirklich sicher bin, die entsprechende App herunter. Es folgen grundlegende Infos wie Benutzername, Kurzbeschreibung und die Kennzeichnung, dass ich Sportler bin.

„Okay, das sieht so weit ganz gut aus", befindet Stella nach einer Weile. „Manchmal verlinken Sportler auch ihre Sponsoren, aber du hast bisher keinen."

„Autsch."

„Was denn? Es ist doch wahr." Mit einem Lächeln lehnt sie sich näher an mich heran. „Aber glaub mir, es wird nicht lange dauern, bis die Vertragsangebote bei dir eintrudeln. Spätestens wenn das mit der Fashion Show klappt, werden sie sich um dich reißen."

„Wie läuft es denn damit?", nehme ich den Faden des New-York-Themas auf. „Irgendwelche Updates?"

„Es gibt ein paar Ungereimtheiten, die Ramona und mich stutzig machen. Lässt sich vielleicht nicht vermeiden, wenn man mit dem Enfant terrible der Modewelt zusammenarbeitet, aber ich muss noch ein wenig recherchieren, bevor ich mich zurücklehnen kann." Mit einem Zwinkern, bei dem sich mir die Brust zusammenzieht, fährt sie fort. „Dein Angebot würde ich aber sehr gern annehmen. Als großes Finale wärst du der Hammer!"

„Gut. Dann geht das klar." Wir widmen uns wieder meinem Account und entscheiden, die ersten Bilder direkt hier aufzunehmen.

Stella schaut schnell etwas auf ihrem Handy nach und zieht mich dann unter einen Deckenspot. Leise vor sich hin murmelnd stellt sie etwas auf meiner Handykamera ein und macht dann ein paar Bilder. Die Ergebnisse sehen super aus, wir können uns kaum entscheiden, welches wir nehmen sollen.

„Okay, das ist es", verkündet sie, als wir uns einig sind. „Ich schreibe dir einen Text dazu, das kann ruhig kurz und knapp sein." Mit nachdenklichem Blick hebt sie den Kopf. „Was schwebt dir als Profilbild vor?"

Aha, das ist bestimmt ein Test. Sie will sehen, ob ich auch selbst in der Lage bin, sinnvolle Bilder für meinen Account zu finden.

„Am besten wäre eins, auf dem man mich direkt erkennt. Vielleicht sogar mit Football, oder zumindest mit meiner Nummer."

„Ein Close-up mit Ball", fasst Stella strahlend zusammen. „Genau daran habe ich auch gedacht. Dazu gehen wir am besten runter auf den Rasen, okay?"

„Gut. Dann hole ich aus meinem Spind noch schnell ein frisches Jersey, schnappe mir einen Ball und bin gleich da."

Mit einem schwer zu deutenden Blick schaut sie mich an. „Alles klar. Wir sehen uns gleich."

Kapitel 25 – Stella

Auf dem Weg nach unten auf das Spielfeld rast mein Herz wie verrückt. Ich bin positiv überrascht, dass Hunter freiwillig einen Social-Media-Account erstellen will. Allerdings muss ich zugeben, dass mich die enge Arbeit mit ihm viel zu sehr aufwühlt. Dann auch noch die unglaublich schönen Fotos von ihm zu machen, das war viel intensiver, als ich erwartet hatte.

Nervös stehe ich am Spielfeldrand und warte, bis er, wie abgemacht, mit Ball und Trikot auftaucht. Als ich schließlich Schritte höre, trägt er sein Jersey bereits und strahlt mich an.

„So, kann losgehen."

„Sehr gut. Wie wäre es, wenn wir zuerst ein paar Bilder machen, wie du zum Werfen ausholst", schlage ich vor. „Die speichern wir in einem separaten Ordner, dann hast du immer ein paar Notfallbilder, falls du deinen Posting-Zeitplan nicht einhalten kannst."

„Zeitplan?" Er lacht auf, ein extrem sexy Lachen. „Das klingt ja richtig nach Stress."

„Sorry, aber ja. Social Media muss regelmäßig bespielt werden, sonst wird man vom Algorithmus aussortiert. Aber ich kann dir zeigen, wie man alles vorplant. Oder ich übernehme das für die erste Zeit, das wäre kein Problem."

Nachdenklich sieht er mich an, dann nickt er. „Gut. Kann es losgehen?"

Ich hebe sein Handy an und nicke. „Beweg dich einfach ein bisschen, ich sage Bescheid, wenn ich genügend gutes Material zusammenhabe."

Mit geschäftigem Ausdruck rennt er hin und her, setzt zu Würfen an, krümmt sich dann wieder zusammen, damit es aussieht, als würde er den Ball gerade erst fangen. Nur selten gebe ich ihm neue Anregungen, den Rest macht er ganz allein. Noch dazu seine souveräne Körperhaltung, es ist echt beeindruckend. Vor ein paar Wochen wäre an so etwas kaum zu denken gewesen.

„Danke, ich glaube, das reicht", rufe ich nach einer Weile, und er kommt mit neugierigem Ausdruck angerannt.

„Ist was Gutes dabei?", fragt er, und ich muss aufpassen, dass ich nicht loslache.

„Das ein oder andere gute Foto wird sich finden lassen, ja. Aber ich will noch ein paar ohne Bewegung schießen. Die Portraitfotos, wie vorhin besprochen."

„Okay." Hunter strafft die Schultern, hält den Ball mit beiden Händen vor seine Brust und schließt die Lider ein wenig. Vermutlich wirkt das auf andere bedrohlich, stark oder sogar einschüchternd. Auf mich hat es eine extrem erregende Wirkung. Beim Drücken des Auslösers fällt mir auf, dass meine Finger zittern.

„Das sieht gut aus", verkünde ich. Die Untertreibung schlechthin. „Frontal ist echt unschlagbar. Vielleicht trotzdem noch eins, auf dem du im Profil bist?"

Wir probieren ein paar Posen aus, bis wir auch hier eine tolle Auswahl haben.

„Okay, wow. Die Entscheidung wird echt nicht leicht."

„Die Kamera meines Handys ist also gut, ja?" Im ersten Moment bin ich mir nicht sicher, ob Hunter die Frage absichtlich so unschuldig gestellt hat oder ob er mich necken will.

„Das auch, aber die Ergebnisse liegen wohl eher an dem Motiv."

Jetzt verändert sich sein Gesichtsausdruck. Er fixiert mich mit seinem Blick. „Oder an der Fotografin."

„Oh ... das glaube ich weniger", plappere ich verlegen los. Verdammt, warum wird mir nur so heiß? „Sollen wir wieder zurückgehen und den Account fertigstellen?"

Ohne seine Antwort abzuwarten, laufe ich in Richtung der Katakomben los. Nach ein paar Schritten spüre ich seinen Griff an meinem Arm und lasse mich von ihm stoppen.

„Stella", haucht er und zieht mich an sich.

Mein erster Impuls ist, ihn von mir zu schieben, aber hier unten ist außer uns niemand. Und das Gefühl seiner starken Arme um meinen Körper ist einfach viel zu schön.

„Hunter", flüstere ich zurück.

„Du weißt schon, dass ich all das positive Feedback nur dir zu verdanken habe, oder?"

„Mir?" Ich lege den Kopf in den Nacken, um ihn ansehen zu können. „Ich habe dir garantiert kein Drehbuch dafür geschrieben, wie du diese Reporter um den Finger wickeln sollst. Und erst recht nicht, wie du einem kleinen Jungen einen Lebenstraum erfüllst."

Überrascht hebt er die Augenbrauen. „Das hast du gesehen?"

Ich nicke stumm. Meine Stimme würde mit Sicherheit zittern, wenn ich jetzt etwas sagen würde.

„Dabei kennst du nicht einmal die Vorgeschichte." *Seine* Stimme zittert ganz und gar nicht. Fest und tief spüre ich sie, wie sie mein Innerstes zum Vibrieren bringt. „Bevor du zu uns gekommen bist, hat mich die Mutter schon einmal nach einem Foto gefragt, und ich habe abgeblockt. Es war mehr Zufall, dass ich die beiden wiedererkannt habe, dann hat es mich einfach so überkommen."

Dieser Mann ist unglaublich. Keine Ahnung, wo all diese Empathie und Sympathie die ganze Zeit versteckt waren, und warum er sie so tief in sich vergraben hatte. Jetzt ist er unschlagbar. Und ich will ihn, ich kann es nicht mehr leugnen.

„Einfach überkommen, so, so." Mit einem möglichst lasziven Augenaufschlag sehe ich zu ihm auf und lasse meine Hand über seine Brust wandern. „Das kenne ich."

Er holt stoßartig Luft und schließt für eine Sekunde die Augen. „Du bist ein absolutes Mysterium für mich. Erst lässt du mich am ausgestreckten Arm verhungern, dann sagst du solche Dinge und lässt mich allein mit Worten hart werden."

„Am ausgestreckten Arm?" Ich lache auf. „Deine Arme sind viel länger als meine, das würde nie funktionieren."

„Du weißt, was ich meine." Er beugt sich nach vorn und küsst meinen Hals. Wenn er mich nicht ohnehin schon an die Wand drücken würde, würden meine Beine versagen.

„Wo können wir hin?", bekomme ich zwischen gepressten Atemzügen hervor.

Widerwillig hebt Hunter den Blick. „Wohin du willst. Dort hinten ist ein kleines Büro."

„Okay. Das reicht aus."

Hunters Mundwinkel zucken, als er nach meiner Hand greift und mich den Gang entlangzieht. „Du bist echt der Knaller, Babe."

Babe. Ihn mich so nennen zu hören, lässt mich gleich wieder wanken. Meint er es ernst? Ich habe ihn mit den Cheerleadern gesehen, mit weiblichen Fans. Er hat nun dieses Charisma, das es mir unmöglich macht, zu unterscheiden, ob das einfach seine Art ist, mit Frauen umzugehen, oder ob ich besonders bin.

Je näher wir unserem Ziel kommen, desto schneller zieht mich Hunter hinter sich her. Die Tür reißt er förmlich auf, und wir stolpern herein.

„Du weißt gar nicht, was du mit mir machst." Deutlich leiser schließt Hunter die Tür und zieht mich an sich. Sein Knie schiebt er zwischen meine Schenkel, und ich spüre an meiner Hüfte, dass er bereits hart ist.

Wie eine Ertrinkende klammere ich mich an seinen Schultern fest und hauche seinen Namen. Ich wollte mich von ihm fernhalten, weil eine Beziehung zwischen uns alles einfach viel zu sehr verkomplizieren würde. Aber in diesem Moment spüre ich, wie kräfteraubend es war, ihn zu meiden.

Hunter macht sich an meiner Gürtelschnalle zu schaffen, kann es scheinbar genauso wenig wie ich erwarten, bis wir endlich wieder richtig vereint sind. Er atmet schwer und haucht mir leichte Küsse auf die Schläfe, während er meine Hose aus dem Weg schafft.

Gerade will ich auch nach seinem Reißverschluss tasten, da geht er in die Knie und küsst meine Leiste. Ein scharfes Zischen entfährt mir, und ich kralle mich sofort in seinen Haaren fest. Doch es bleibt nicht bei den Küssen. Begleitet von vielen sanften Streicheleinheiten wandert sein Mund immer mehr in die Mitte. Dann tiefer, bis er mich schmecken kann.

Es ist fast so, als würde mich ein Blitz durchzucken, als er das erste Mal mit seiner Zunge gegen meine Klitoris schnippt. Wenn ich nicht schon gegen die Wand gelehnt wäre, ich würde nun rücklings dagegen kippen. „O Gott, Hunter." Schnell beiße ich mir auf die Lippe. Wir sind zwar nicht mehr wie auf dem Präsentierteller, allerdings haben wir es nicht mal drei Schritte von der Tür weggeschafft. Falls jemand zufällig an dem Raum vorbeiläuft, hört man uns sofort.

Mein Lieblings-Quarterback lässt sich davon jedoch nicht beirren. Mit einem genüsslichen Brummen leckt er mich weiter, weiß gar nicht, wie rasant er mich in Richtung Höhepunkt bringt.

„Warte", flehe ich und versuche, ihn mit einem schwachen Ziehen zum Aufstehen zu bringen. Das scheint er bloß als Ansporn zu sehen, denn er schiebt nun seine Zunge in mich und führt stattdessen die Liebkosungen an meiner Knospe mit einem Finger weiter. Mit einem leisen Wimmern greife ich den Stoff meines Oberteils und presse die Lippen fest aufeinander, um leise zu bleiben. Wie heiß wäre es wohl, wenn wir ganz laut sein dürften. Wenn unser Stöhnen durch eine komplette Wohnung hallen könnte. Zu gern wüsste ich, ob ich das eines Tages mit ihm erleben werde.

Die Spannung in mir baut sich immer weiter auf. Als ich kurz vor dem Orgasmus bin, fahre ich mit der Hand wieder durch seine Haare. Mit einem unterdrückten Stöhnen komme ich, jetzt versagen meine Beine endgültig ihren Dienst. Vollkommen entkräftet von den Empfindungen lehne ich an der Wand, erst als Hunter sich mit einem zufriedenen Ausdruck aufrichtet, nehme ich den Raum um uns herum richtig wahr. Bevor ich wieder klar denken kann, dreht mich Hunter in seinen Armen um und drückt meinen Rücken gegen seine breite Brust.

„Ich würde mir ja zu gerne mehr Zeit mit dir lassen, aber ich schaffe es in deiner Gegenwart kaum, mich unter Kontrolle zu bringen."

Hilfe, die Worte, die er sagt, sind genau die Dinge, die ich von einem Mann hören will. Er sagt mir, was ich in ihm auslöse, wie sehr er mich will.

Ich nehme ein Knistern wahr, dann den charakteristischen Geruch von Latex. Mit einem wohligen Brummen reibt er sich an mir, um sich für einen Augenblick von mir zu lösen. Seine Hände an meiner Taille können mich nur ansatzweise auf das vorbereiten, was ich im nächsten Moment fühle. Er beugt mich leicht nach vorn, dann schiebt er sich in mich, bis ich seine Hüfte an meinem Hintern spüre. Ich will mich bereits bewegen, als er mich jedoch zurückhält.

„Moment, sonst ist es gleich schon vorbei, bevor es überhaupt richtig angefangen hat."

Trotzdem spanne ich meine Beckenbodenmuskeln an, teils um ihn zu ärgern, teils um ihn besser zu spüren.

„Stella", knurrt er und richtet meinen Oberkörper auf. „Du willst mich wirklich quälen, oder?" Stöhnend wandert er mit einer Hand an meiner Brust vorbei und streicht darüber. Anschließend landen seiner Finger an meinem Hals, sein Atem ist auf einmal an meinem Ohr. Langsam und zärtlich stößt er in mich. Seine Berührungen an meiner Halsbeuge, die starken Hände an meiner Kehle, das ist fast noch erregender als unser Akt an sich. Schon lange nicht mehr habe ich mich einem Mann so hingegeben. Ich fühle mich ihm ausgeliefert, zeitgleich komplett sicher.

Wenige Stöße später ist er anscheinend kurz vor dem Orgasmus. Ich helfe ein wenig bei mir nach, und so kommen wir mit leisem Keuchen gemeinsam.

„Ich werde vermutlich nie aufhören, dich zu vergöttern." Seine Stimme ist sehr leise, er wirkt noch immer wie weggetreten. „Du bist einfach perfekt."

Es ist, als, würde sich eine Hand fest um mein Herz krampfen. Seine Worte verdeutlichen mir, dass er tatsächlich etwas Besonderes in mir sieht. Und mir macht es bewusst, dass ich ihm vollkommen verfallen bin. Aber kann ich seinen Erwartungen gerecht werden? Wenn, dann werden wir voraussichtlich eine Fernbeziehung führen. Hunter hat gerade erst wieder gelernt, Menschen zu vertrauen. Können wir aus der Distanz heraus überhaupt darauf aufbauen?

Ich entgegne nichts, sondern schmiege mich fest an ihn. Erst nach ein paar Minuten lösen wir uns voneinander und machen uns hastig wieder gesellschaftsfähig.

„Sehen wir uns am Wochenende bei dem Benefizball?", fragt er und küsst mich auf die Stirn. „Ich würde dir gern den ein oder anderen Tanz stehlen."

„Klar, das darf ich mir nicht entgehen lassen."

Sein Strahlen ist wie eine Droge, die mich süchtig machen könnte. „Sehr schön. Ich freue mich schon."

Sanft zieht er mich erneut in seine Arme und erzählt mir von den letzten Tagen im Training, berichtet mir, was seine Teamkameraden in der Umkleide erzählen, und ich bin stolz darauf, dass er sich so gut macht. Nicht zuletzt ist einer der größten Erfolge, dass er selbst merkt, wie gut ihm der private Austausch mit dem Team tut.

Nach einer Weile küssen wir uns ein letztes Mal lange und ausgiebig, dann korrigiert er seine leicht verstrubbelte Frisur, zwinkert mir noch einmal zu und verlässt den Raum als Erstes.

Keine Ahnung, wie lange ich ihm hinterherstarre, aber das Gefühlschaos in meinem Kopf will sich einfach nicht legen. Was wäre besser? Schnell den Job über die Bühne bringen, mir hier einen neuen Auftrag suchen und offiziell mit ihm zusammen zu sein? Oder nach New York zurückkehren, bevor wir uns zu sehr in eine Sache verrennen, die vermutlich ohnehin zu nichts führt? Ich weiß einfach nicht, wo mir der Kopf steht.

Vielleicht brauche ich ein wenig Abstand, um mir über alles klar zu werden. Meine Arbeit ist sowieso so gut wie beendet, also wird die Sache mit dem Vertrag bald geklärt sein.

Am besten wäre es, wenn ich so schnell wie möglich mit Coach Whipley spreche, um das baldige Ende meiner Coachingaktivitäten zu bestätigen. Wenn ich mich beeile, erwische ich ihn sogar noch heute.

Kapitel 26 – Hunter

Noch vor wenigen Wochen wäre ich sofort in Deckung gegangen, sobald auch nur jemand das Wort „*Wohltätigkeitsball*" in den Mund genommen hätte. Heute jedoch streiche ich über den hochwertigen Stoff des Smokings, den ich mir über Serge extra habe bestellen lassen, und schaue mich voller Aufregung im Spiegel an. Wenn der heutige Abend ein Erfolg ist, wird Stella vermutlich nicht mehr lange im Dienste der Torpedos sein. Es ist eine Abschlussveranstaltung, so oder so ähnlich hat es Whipley genannt. Sobald sich absehen lässt, ob ich zu seiner Zufriedenheit performt habe, werde ich Stella fragen, ob sie mit mir nach Hause gehen will. Dann gibt es nicht länger einen Grund, uns zu verstecken.

Bei der Location angekommen fühle ich mich trotzdem unwohl, obwohl ich mich so auf diesen Abend gefreut habe. Alle starren mich an, zumindest kommt es mir so vor. Bevor ich es mir anders überlege und doch wieder umkehre, bestelle ich mir einen Drink an der Bar. Einen starken Drink.

„Mr. Fields?" Eine weibliche Stimme lässt mich herumfahren. Sie gehört zu einer Frau mittleren Alters, die ein langes grünes Kleid trägt und mich anlächelt.

„Hi, mein Name ist Carah Sheffield. Ich bin Mitinhaberin der größten Werbeagentur hier in Miami."

„Schön, Sie kennenzulernen." Hastig strecke ich ihr meine Hand entgegen. „Darf ich etwas für Sie bestellen, M'am?"

„Vorerst nicht, danke. Aber tun Sie mir einen Gefallen und nennen Sie mich Carah, okay?"

„Natürlich, Carah. Ganz wie Sie wollen."

Für einen Moment starrt sie mich forschend an. „Ich weiß natürlich, dass Sie das hier nicht oft machen, aber ich rechne es Ihnen hoch an, dass Sie sich blicken lassen."

„Tja, ich gebe mir Mühe. Und das heißt natürlich nicht, dass ich mich unwohl fühle. Es ist nur, wie Sie sagen, ungewohnt."

Der Barmann stellt mir meinen Drink auf die Theke, und ich fange an, mich mit Carah Sheffield zu unterhalten. Zwar komme ich mir nach wie vor wie in einem Käfig vor, beobachtet von etlichen Menschen und fotografiert von zahlreichen Fotografen, doch es ist gar nicht so schwer, das Gespräch am Laufen zu halten. Über Carah lerne ich weitere, offenbar einflussreiche Personen kennen, und so rast die Zeit nur so dahin.

Erst nach etwa einer Stunde sehe ich sie zum ersten Mal. Stella steht am Rande der Tanzfläche und nippt an einem Glas Champagner. Sie scheint in Gedanken zu sein, und so habe ich die Gelegenheit, sie ganz in Ruhe anzuschauen.

Sie trägt ein beigefarbenes Kleid, das bis zum Boden geht, nur von zwei dünnen Trägern gehalten. Die Haare hat sie hochgesteckt, und an ihren Ohren hängen edle Ohrringe.

„Wissen Sie was, mein Guter?" Carah Sheffield hakt sich bei mir unter und sieht mir tief in die Augen. „Sie haben uns jetzt schon so lange gut unterhalten, dabei haben wir die wichtigste Sache vergessen."

„Die wichtigste Sache?" Da ich in Gedanken bei Stella war, muss ich mich kurz sammeln. Habe ich etwas verpasst?

„Na, das hier ist doch ein Ball. Wollen Sie mich vielleicht zum Tanzen auffordern, damit es nicht so aussieht, als wären wir nur wegen des Alkohols und der schönen Menschen hier?"

„Oh, natürlich, M'am." Ich räuspere mich und trete einen Schritt beiseite, bis ihr Arm nicht mehr den meinen berührt, und halte ihr meine Hand entgegen. „Carah? Darf ich um diesen Tanz bitten?"

Sie nickt anerkennend und legt bereitwillig ihre Finger auf die meinen. Gemeinsam stolzieren wir zu einer freien Stelle auf der Tanzfläche und beginnen, leicht hin und her zu schwofen. Klassisch tanzen habe ich nie gelernt, aber auch viele andere Torpedos-Spieler und deren Tanzpartnerinnen scheinen sich mit dem Anfängergewackel abzugeben, deswegen mache ich mir keine Sorgen darüber, ob es mir negativ ausgelegt werden könnte.

„Also ich muss schon sagen, Hunter, Sie sind eine ganz tolle Persönlichkeit. Natürlich habe ich, wie vermutlich ganz Amerika, Ihre Verwandlung in den Medien mitverfolgt, aber ich wusste ja nicht, dass Sie auch so charmant sein können."

„Danke, Carah. Ich gebe mir alle Mühe."

„Sehr schön." Mit einem Mal wirkt sie ganz ernst und kein bisschen mehr beschwipst, wie eben noch. „Dann würde ich gern mit Ihnen über etwas reden. Das hier ist ja schließlich zur Wohltätigkeit gedacht. Was würden

Sie sagen, wenn ich an das von Ihnen auserkorene Kinderhospiz eine großzügige Summe spenden würde und Sie im Gegenzug für die nächste Kampagne des lokalen Autohauses posieren würden?"

Ihr Angebot kommt für mich völlig überraschend. Nie zuvor wurde ich für Werbung angefragt, noch nicht einmal für kleine Produkte. Und das habe ich nur durch einfachen Small Talk geschafft? Natürlich, solche Arrangements sind Ziel der heutigen Veranstaltung, aber dass es mir so leicht gelingt, habe ich nicht erwartet.

„Alles in Ordnung?", hakt meine Tanzpartnerin mit leicht besorgter Miene nach. „Wir können uns auch direkt auf eine Summe einigen, wenn Ihnen das ein besseres Gefühl gibt. Ich habe da an einen niedrigen sechsstelligen Betrag gedacht. Oder sind Sie andere Summen gewohnt?"

„Nein, alles wunderbar", platzt es aus mir heraus. Sechsstelliger Betrag? Als Football-Spieler verdiene ich auch sehr gut, aber für ein einfaches Werbeshooting? „Carah, vielen Dank. Ihr Angebot nehme ich sehr gern an. Es tut mir leid, ich bin einfach nicht darauf vorbereitet gewesen."

„Das ist vermutlich auch genau der Grund, aus dem ich ausgerechnet Sie ausgewählt habe", entgegnet sie. „Bei solchen Veranstaltungen hat man immer das Gefühl, die Menschen reden nur mit einem, um einem das Geld aus der Tasche zu ziehen. Bei Ihnen war das jedoch nicht der Fall. Sie sind aufrichtig und bemüht, und das ist sehr selten in der heutigen Welt."

Wie automatisch suche ich Stellas Blick. Sie zuckt sichtlich zusammen, als sie bemerkt, dass ich sie ansehe. Vor lauter Euphorie kann ich nicht verhindern, ihr begeistert zu winken und eine Siegerpose zu machen. Verhalten lächelnd reckt sie einen ausgestreckten Daumen nach oben.

„Ihre Freundin?", fragt Carah, die meinem Blick gefolgt ist.

„Nein, leider nicht. Ich meine ... tut mir leid. Sie ist meine Beraterin. Ihr habe ich es zu verdanken, dass ich so einen Wandel vollführt habe. Vermutlich habe ich nur aufgrund ihrer Tipps diesen guten Eindruck bei Ihnen machen können."

„Dann halten Sie sie gut fest." Schmunzelnd streicht mir Carah über den Arm und macht Anstalten, das Tanzen zu beenden. „Viel Erfolg noch, Hunter. Sie hören von meiner Agentur."

Freudetaumelnd verlasse auch ich die Tanzfläche und suche die Gesichter nach Stella ab. Schließlich bemerke ich eine Frau an der Bar. Die Frisur passt, die Farbe des Kleides ebenfalls. Aber war es am Rücken so tief ausgeschnitten? Ich kann mich nicht erinnern. Erst als ich näher an sie herantrete, bin ich mir sicher.

„Hey." Mein breites Grinsen werde ich vermutlich eine ganze Woche nicht mehr aus dem Gesicht bekommen. „Wie läuft der Abend so für dich?"

Wieder zuckt sie zusammen. Seltsam, sie ist heute anscheinend echt schreckhaft. „Oh, hallo, Hunter." Ihr Blick huscht an mir vorbei, rastlos. „Ganz gut. Und bei dir?"

„Super", schwärme ich regelrecht. „Das wollte ich dir mit meinen Gesten eben sagen. Ich habe einen Deal an

Land gezogen. Sechsstelliger Betrag. Ist das nicht wunderbar?"

Endlich breitet sich ein aufrichtiges Strahlen auf ihrem Gesicht aus. „Wirklich? Das ist klasse, Hunter! Herzlichen Glückwunsch."

„Danke."

Für mich ist das Erfolg genug für heute Abend. Auch wenn ich noch nicht mit Whipley gesprochen und auch noch nichts unterschrieben habe, so scheint doch alles in trockenen Tüchern zu sein.

„Wollen wir tanzen?", frage ich und nicke zu den anderen Paaren. „Ich fürchte, ich habe jetzt schon meinen ganzen geschäftlichen Charme aufgebraucht und würde tausendmal lieber den Rest des Abends mit dir verbringen."

„Klar, warum nicht?" Sie blinzelt nervös, was mich kurz stutzig macht, doch bevor ich mir Gedanken darüber machen kann, lege ich meine Hand auf ihren unteren Rücken und führe sie auf die Tanzfläche. Als wir einen Bereich gefunden haben, wo wir genug Platz haben, wirbele ich sie herum und schließe sie in meine Arme.

„Hunter, Vorsicht", zischt sie, lässt jedoch ihre Hände auf meinen Oberarmen. Langsam schwingen wir zu der Musik hin und her.

„Tut mir leid, ich kann nur noch nicht glauben, dass ich das tatsächlich geschafft habe. Und das, obwohl ich mich gar nicht großartig verstellen musste."

„Das ist wirklich ein toller Erfolg", bestätigt sie. „Ich freue mich für dich."

„Du weißt schon, dass das alles dein Verdienst ist, oder? Ich habe es dir zu verdanken. All das."

Zu meiner Verwunderung weicht sie meinem Blick aus. Glänzt es etwa in ihren Augen?

„Hey", sage ich sanft. „Das ist doch etwas Gutes. Oder sind das Freudentränen?"

„Vermutlich, ja", entgegnet sie mit belegter Stimme.

„Das bedeutet auch, dass dein Job beendet werden kann", fahre ich fort. „Du kannst morgen mit Whipley sprechen und ausmachen, wann der Vertrag aufgelöst wird."

„Das habe ich bereits."

„Oh." Unsicher, ob ich sie richtig verstanden habe, zögere ich. Sie hat schon mit dem Coach gesprochen?

„Hunter, heute ist mein letzter Tag. Ab morgen bin ich raus aus dem Vertrag."

Im ersten Moment sprudelt Freude in mir hoch. Sie ist so gut wie fertig mit dem Arrangement? Dann kann ich sie wirklich heute mit nach Hause nehmen. Aber eine Sache irritiert mich.

„Das ist schön, sehr schön. Aber ... warum hast du nichts erzählt?"

Nun laufen ihr tatsächlich Tränen aus den Augenwinkeln. „Weil es anders ist, als du jetzt vermutlich denkst. Gleich morgen gehe ich zurück nach New York. Mein Leben ist dort."

Kapitel 27 – Stella

Sein Gesichtsausdruck, der von purer Euphorie zu blankem Entsetzen wechselt, ist das Schlimmste, das ich seit langem gesehen habe. Plötzlich gerät meine voreilige Entscheidung, mich aus Selbstschutz nach New York zu flüchten, ins Wanken. Ich komme mir ohnehin schon wie eine Verräterin vor. Ihm erzähle ich groß von Herzensentscheidungen, und selbst folge ich meinem Verstand. Auch wenn ich von Anfang an vorhatte, wieder in der Mode zu arbeiten, fühle ich mich bei ihm wohl. Und nun reiße ich hier alles ab und renne davon.

„Wie bitte?" Er blinzelt perplex und lässt seine Hände von meiner Taille rutschen. „Du gehst zurück nach New York?"

„Genau. Morgen schon." Ich straffe die Schultern und bin bemüht um eine zitterfreie Stimme. „Aber falls etwas ist, kann ich den Torpedos natürlich auch weiterhin mit Rat und Tat zur Seite stehen, ich bin ja nicht ganz aus der Welt." O Gott, was rede ich denn da? Aber ich muss es auf die professionelle Schiene runterziehen, um genügend Distanz zwischen uns zu schaffen und damit ich meine Entscheidung durchziehen kann.

Hunter starrt mich fassungslos an. Verdammt, ich habe ihm gerade den gesamten Abend versaut. Aber ich musste es ihm selbst sagen. Ohne eine Verabschiedung zu verschwinden, wäre grausam gewesen. Noch viel grausamer, als den Mann, in den ich mich ganz offenbar verliebt habe, zu verlassen, bevor es überhaupt mit uns angefangen hat.

Panik überkommt mich. Panik, dass ich vielleicht doch die falsche Entscheidung getroffen haben könnte. Aber ich muss es durchziehen. Wir passen nicht zusammen. Sein Leben ist hier, meins in New York. Und er sollte sich nicht an die erstbeste Frau ketten, die er nach dieser einzigartigen Veränderung vor sich hatte. Es gibt noch so viel mehr für ihn zu entdecken.

Mit einem Mal kann ich es nicht mehr ertragen, ihn so zu sehen. Ohne Umschweife mache ich kehrt und stürme von der Tanzfläche. Während des gesamten Weges drehe ich mich nicht um, bekomme auch sonst nichts um mich herum mit. Am Rand des Tanzbereichs angekommen eile ich einfach weiter. Wenn mich jemand auf meine Tränen ansprechen würde, könnte ich nicht einmal erklären, was mein Problem ist. Außerdem gibt es hier für mich nichts mehr zu tun, ich kann genauso gut direkt in die Wohnung zu Ramona.

Im Foyer werde ich jedoch jäh gestoppt. Eine starke Hand fasst mich am Oberarm und wirbelt mich herum.

Hunter. Natürlich.

„Kannst du mir mal verraten, was das soll?" Wütend starrt er mich an, seine Brust hebt und senkt sich heftig. „Du haust einfach ab? Von heute auf morgen?"

„Hunter", zische ich durch meine Zähne und sehe mich um. Wenn er jetzt eine Szene macht, zieht die Sponsorin vielleicht ihr Angebot zurück, das wäre ein Skandal. „Nicht hier."

Er schüttelt kaum merklich den Kopf, als müsse er sich stark beherrschen, dann scannt er den Raum, bis er eine unscheinbare Tür mit einem *Personal*-Schild entdeckt. Ohne mich erst zu fragen, schleift er mich regelrecht in diese Ecke, stößt die Tür auf und wirft sie hinter uns wieder zu.

„Also, noch einmal", blafft er und lässt mich los. „Wieso hast du bei Whipley deinen Vertrag beendet, ohne mir etwas davon zu sagen?"

„Ich dachte, es wäre besser für dich", setze ich zu einer kläglichen Erklärung an. „Es war schön und so, aber du warst einfach nur emotional, und ich war zufällig die erste Frau, die du gesehen hast."

„Zufällig?" Ungläubig reißt er die Augen auf. „Ach, und das behauptest du einfach, ja? Wir haben kein einziges Mal über alles geredet, über uns. Hast du eine Ahnung, was für eine widerliche Unterstellung das ist? Ich bekomme die Haare geschnitten, fühle mich auf einmal wie ein neuer Mensch und muss deswegen das erstbeste weibliche Wesen besteigen, oder wie?"

„So war das nicht gemeint."

„So hast du es aber gesagt. Ich frage mich ernsthaft, ob es das ist, was du von mir denkst. Für dich bin ich noch immer ein Wilder, oder nicht?"

Seine Worte schmerzen schlimmer, als ich es mir in meinen Befürchtungen ausgemalt habe. Aber ich habe es verdient.

„Nein, du bist kein Wilder. Aber wir sind einfach zu unterschiedlich. Es würde niemals mit uns funktionieren."

„Und deswegen probierst du es nicht einmal?" Völlig außer sich wendet er sich ab und läuft in der kleinen Kaffeeküche auf und ab. Dann bleibt er unvermittelt stehen und beugt sich zu mir, bis ich ihm in die Augen sehen muss. „Ich wollte dir heute vorschlagen, mit mir nach Hause zu kommen. Für mich bist du nicht irgendeine Frau, die eben zu einer bestimmten Zeit am richtigen Ort stand. Weißt du, für wen ich mich so zusammenreißen konnte? Für wen ich mir den Arsch aufgerissen habe, um alle Erwartungen zu übertreffen?"

Ich weiß, was jetzt kommt, deswegen schließe ich die Augen. Weitere Tränen laufen mir über die Wangen, mittlerweile sind sie zu einem richtigen Strom angewachsen.

„Für dich", schreit er. Plötzlich zeigt sich wieder der alte Hunter, der aufbrausende, unkontrollierte Hunter. Doch ich muss ihm standhalten. Ich schaffe das.

„Das ehrt mich, ernsthaft. Aber es war eben bloß ein Job. Mehr nicht."

Es zerreißt mir fast das Herz, das zu sagen. Wenn ich ihn mir aber so ansehe, in dieser Stimmung, bekräftigt das mein Vorhaben. In den letzten Wochen habe ich den neuen Hunter erlebt, aber hat er sich auch dauerhaft verändert? Hat er etwas aus all den Sessions gelernt, oder wollte er nur, dass Whipley ihm nicht mehr auf die Nerven geht und ich mich besser auf ihn einlassen kann? Wenn er so wie jetzt ist, kann man regelrecht Angst vor ihm bekommen, und ich will nicht in einer Beziehung leben, in der ich vor jedem falschen Wort Angst haben muss, weil er ausrasten könnte.

All diese Dinge rede ich mir ein, während er rastlos durch den Raum tigert und sich die Haare zerzaust.

„Es tut mir leid, Hunter", flüstere ich und wende mich zum Gehen. Er lässt es zu, hält mich nicht auf. Erst als ich an der Tür angekommen bin und nach dem Knauf greife, höre ich seine Stimme noch einmal und halte inmitten meiner Bewegung inne.

„Und wieder einmal ist für mich bestätigt, warum es besser ist, ein Einzelkämpfer zu sein, keinem in meinem Umfeld zu vertrauen. Weil sie mich jedes Mal aufs Neue bitter enttäuschen. Menschen, denen ich vertraut habe, zu denen ich aufgesehen habe oder die ich sogar geliebt habe, haben mich fallen gelassen wie eine heiße Kartoffel, sobald sie keinen Gebrauch mehr für mich hatten."

Jetzt wäre die Chance, ihm zu gestehen, was für einen wunderbaren Menschen ich in ihm sehe, aber ich schaffe es nicht. Denn er schließt mich bei seinen Worten mit ein. Er hat mir vertraut, doch ich habe ihn enttäuscht. Und er hat recht. Wenn wir ein ehrliches Gespräch geführt hätten, darüber, dass wir in verschiedenen Welten leben, wäre es ähnlich schlimm gewesen, aber wir hätten einander zumindest verstanden. Ihn einfach vor vollendete Tatsachen zu setzen, ist mies, das weiß ich.

„Ich dachte, du wärst anders." Seine Stimme zittern zu hören, lässt meine Welt in sich zusammenbrechen. „Aber da habe ich mich wohl getäuscht."

***

Obwohl Ramona und ich wohlbehalten zurück in unserer geliebten New Yorker Wohnung angekommen sind, bin ich bloß ein Schatten meiner selbst. Nach dem Streit mit Hunter habe ich mich von den anderen Torpedos nicht verabschiedet, nicht einmal von Coach Whipley.

Den halben Rückflug über habe ich vor mich hin geweint, dabei könnte man glauben, ich hätte allmählich keine Tränen mehr in mir. Vor allem als Ramona gefragt hat, wer denn nun den finalen Walk bei der Fashion Show laufen werde, bin ich zusammengebrochen. Hunter wird es wohl kaum tun, so viel Professionalität könnte ich nicht einmal selbst aufbringen.

„Wie wäre es mit Carter?", fragt Ramona, als wir uns Take-away-Essen vom Asiaten gönnen. „Ich weiß, du willst über das Thema nicht mehr sprechen, aber wir brauchen einen Ersatz. Die Show ist schon in drei Wochen und wir haben so gut wie gar nichts. Und Carter und ich, wir ... haben noch Kontakt."

Mühsam bekomme ich ein gezwungenes Lächeln hin. „Kontakt, ja? Du meinst all die Stunden, in denen du abends dein Handydisplay angrinst? Wann gebt ihr endlich zu, dass ihr zusammen seid?"

Schnaubend legt sie den Kopf in den Nacken. „Ach, was soll ich sagen? Es ist kompliziert."

Traurig blinzele ich neue Tränen weg. „Kenn ich. Dann ... frag ihn gern wegen der Show. Danke."

Carter wird mich an Hunter erinnern, und vielleicht wird er mit Fragen oder Anschuldigungen meine Wunden neu aufreißen. Aber ich habe es verdient, da muss ich durch.

Um mich von meinem Liebeskummer abzulenken, hänge ich mich wie eine Verrückte in die Organisation der Fashion Show rein. Obwohl unsere neusten Erkenntnisse Zweifel bezüglich Temporiti bei mir haben aufkommen lassen, habe ich mich bei meiner alten Agentur gemeldet. Sie haben mich mit Kusshand zurückgenommen. Offenbar gibt es kaum jemanden, der sich ähnlich wie ich in die Sache reinhängt. Keine drei Tage später hatte ich Temporiti wieder am Haken. Immerhin ein kleiner Ego-Booster.

Nun müssen Kleider organisiert, Models gecastet und Deko gekauft werden. Ramona ist mir eine große Hilfe, und selbst die Zusage von Carter lässt mich ein wenig aufatmen.

Eine Woche vor der Show eilt Ramona jedoch mit einer Miene, als wäre jemand gestorben, in der Location auf mich zu und hält ein paar Papiere in der Hand.

„Ich hatte einen befreundeten PC-Spezialisten gefragt, ob er für mich herausfinden kann, wann genau die Bilder der Jungdesigner jeweils hochgeladen wurden. Hier sind die Daten, doch sie werden dir nicht gefallen."

Sie setzt sich neben mich auf die Bühne und breitet die Blätter vor uns aus. Man sieht Fotos der Kleider von der Homepage mit den Handmade-Unikaten, darunter taggenaue Daten. Jemand hat die Jahre umkreist.

„Okay ... aber das sagt noch nicht viel aus", setze ich an, doch da schiebt Ramona auch schon die vorletzte Seite weg und deckt den untersten Zettel auf. Dort sieht man die Versionen von Temporiti, all die Kleider, die den unbekannten Unikaten so ähnlich sehen.

„Er war derjenige, der die Ideen geklaut hat", bestätigt Ramona meine Befürchtung und deutet auf die Zahlen. „Das hier sind die Upload-Daten von Bildern, die zu damals brandaktuellen Zeitungsartikeln gehören. Und sieh dir mal die Unterschiede an, das sind Jahre."

„Dann war er es tatsächlich", murmele ich vor mich hin. „Wie kann man nur so skrupellos sein. Oder meinst du, er hat die Künstler irgendwie entschädigt?"

Mir läuft ein eiskalter Schauder über den Rücken. Ich habe doch immer recherchiert, wie konnte er damit durchkommen? Hat einfach nur seine Masche ausgereicht, sich auf ganz unbekannte Designer zu konzentrieren?

„Bezweifle ich stark, sonst würden die Kleider nicht mehr als Unikat auf der Plattform angeboten werden. Auf jeden Fall würde ich dir dringend davon abraten, weiter mit ihm zusammenzuarbeiten. Diese ganze Show, er hat sie einfach nicht verdient."

Nachdenklich starre ich auf die Ausdrucke. In meinem Kopf dreht sich alles. Wie konnte ich nur so ungenau arbeiten? Ich muss das unbedingt wiedergutmachen. Den Jungdesignern Respekt zollen und Temporiti auflaufen lassen. Selbst wenn die betroffenen Designer es wussten, hatten sie vielleicht nicht die Mittel, um sich einen Anwalt gegen eine so bekannte Person zu nehmen.

„Meinst du, wir finden die Kontaktdaten von diesen jungen Designern heraus?", frage ich schließlich. „Keine Ahnung, ob sie alle noch aktiv sind, vor allem wenn man selbst erfolglos Kleider zum Verkauf stellt und sie irgendwann als Star-Exemplare auf dem Catwalk in New York sieht. Aber ich würde sie gern unterstützen."

„Einen Versuch ist es wert." Ramona sammelt die Papiere wieder ein und zückt ihr Handy. „Ich setze mich sofort dran und kann auch noch mal meinen Bekannten fragen. Auf der Verkaufsseite muss es irgendwo Kontaktmöglichkeiten geben."

„O Gott, weißt du was?", frage ich entsetzt. „Das bedeutet, dass vor ein paar Monaten auch Georgios hinters Licht geführt wurde. Er ist derjenige, der das Original entworfen hat, nicht Temporiti." Doch die Tatsache, dass er sich diesmal an jemand Bekannten herangewagt hat, war der Anfang vom Ende.

„Dieser Mistkerl." Kopfschüttelnd steht meine beste Freundin auf. „Wir müssen die ganze Show umgestalten, dürfen diesem Betrüger keine Bühne geben."

„Es wird anstrengend, aber wir müssen es schaffen", murmele ich, gedanklich schon drei Schritte weiter. „Wir werden New York eine Show bieten, die sie noch nie erlebt haben."

Kapitel 28 – Hunter

Ich bin spät dran fürs Training und lasse die Tür der Umkleide laut hinter mir ins Schloss fallen.

„Hey, Hunter", schallt es mir entgegen, doch ich eile direkt auf meinen Schrank zu und werfe meine Tasche auf die Bank davor. „Hey, Jungs. Ich bin spät dran." Vielleicht reicht das, um ihnen zu verdeutlichen, dass ich keine große Lust auf Gespräche habe.

Carter kommt aus dem Nassbereich und trocknet sich mit einem Handtuch die Haare ab. „Ach, sieh an, wer sich doch noch ins Training bequemt", säuselt er, als er mich entdeckt. „Nur, weil wir bisher so viele Punkte gesammelt haben, heißt das noch lange nicht, dass wir es locker angehen lassen. Eigentlich müssen wir jetzt umso mehr ranklotzen."

„Wir schaffen es bis zum Superbowl, Jungs, das habe ich im Gefühl." Meine Worte klingen wie die eines Roboters. Bisher hat es ausgereicht, um meine miese Stimmung zu überspielen und mich ins Training zu stürzen.

„Und dann holen wir uns den Ring!" Andrew wedelt mit seinem Jersey und springt auf und ab. Der Großteil der Mannschaft stimmt mit ein, johlt und ruft. Ich hingegen kann nur müde lächeln. Es ist ohnehin schwer genug, den Fokus zu behalten.

Zwei Wochen sind vergangen, seit Stella weg ist. Viel zu oft habe ich mir darüber den Kopf zerbrochen, warum alles so schiefgelaufen ist, aber ich habe keine sinnvolle Antwort darauf gefunden. Zwar dauert die Saison noch eine ganze Weile, aber allein der Gedanke daran, während der Off-Season unendlich viel Zeit zum Grübeln zu haben, lässt bei mir Panik ausbrechen. Ich will mich nicht in Selbstmitleid suhlen, habe keine Lust auf Vorwürfe, dass ich doch wieder jemandem vertraut habe, obwohl ich mir geschworen habe, es nie wieder zu tun.

Der Rest des Teams stimmt sich noch auf eine potenzielle Superbowl-Teilnahme ein, während ich schon aufs Feld rausgehe. Als Letzter in der Umkleide, aber als Erster auf dem Platz. Das nenne ich Effizienz.

Coach Whipley ist gerade im Gespräch mit seinen Assistant Coaches, als er mich sieht. Er hebt den Kopf und schmunzelt, macht Anstalten, auf mich zuzukommen. Ich winke bloß hastig, schlage dann einen Haken und renne die Gerade entlang, damit er glaubt, ich wolle mich bereits aufwärmen.

Vermutlich will er nachhorchen, wie es mit dem Vertrag mit der Werbeagentur von Carah Sheffield aussieht. Obwohl ich an dem Abend des Wohltätigkeitsballs nach Stellas Offenbarung nicht mehr in den Tanzbereich zurückgekehrt bin, hat sie mir tatsächlich das Angebot schicken lassen. Unterschrieben habe ich jedoch nicht. Aktuell weiß ich nicht, ob ich den Hunter, den sie erlebt hat, spielen kann. Es ist nur ein Fotoshooting, und es geht um viel Geld für todkranke Kinder. Aber kann ich die Souveränität, die Carah auf dem Ball gesehen hat, jetzt noch zeigen? Oder brauche ich noch mehr Zeit, mich wieder einzukriegen?

Das Training bringe ich wie ein Irrer hinter mich. Obwohl ich das Gefühl habe, so effektiv wie noch nie gespielt zu haben, zieht Whipley die Augenbrauen zusammen.

„Was ist mit dir los, Fields? Für Sonntag musst du in den Tunnel kommen, sonst lasse ich einen der anderen Quarterbacks spielen."

Seine Worte führen dazu, dass ich mich versteife. Und da ist sie wieder, die aufbrodelnde Wut. Schnell denke ich an die gelernten Tipps – und damit auch an Stella. Shit!

Das Training endet, aber ich will noch nicht aufhören. Ich habe nicht zu Whipleys Zufriedenheit gespielt, also muss ich mich weiter pushen. Es ist essenziell, dass ich so fit wie möglich bin. Entspannung wird ohnehin überbewertet.

Erst deutlich später als alle anderen schlurfe ich in die Kabine. Nur noch Carter und Grayson sind da, wobei der junge Kicker den Eindruck macht, als wäre er gerade auf dem Sprung.

„Ah, Hunter", sagt er und reißt begeistert die Augen auf. „Du bist ja doch noch da. Ich wollte dich noch etwas fragen."

„Geht das auch morgen?", frage ich und keuche demonstrativ. Es ist besser, Erschöpfung vorzutäuschen, als unfreundlich zu sein, oder? „Ich muss duschen."

„Klar, kein Ding." In seiner Stimme schwingt Unsicherheit mit. „Bis morgen."

Damit ist er auch schon aus dem Raum, und ich habe meine Ruhe. Na ja, fast. Carter sitzt noch immer in der

Umkleide, dabei ist er schon komplett fertig umgezogen. Aber er ist still, also lasse ich mich nicht von ihm beirren.

Als ich aus der Dusche komme, ist er nach wie vor auf seiner Bank.

„Wartest du auf etwas?", frage ich schroffer als nötig, während ich mich abtrockne. „Oder hast du etwas auf dem Herzen?"

„Nett, dass du fragst." Sein Tonfall ist sarkastisch, und ich halte inne, um seinen Ausdruck zu studieren. „Tatsächlich ist mir etwas aufgefallen, über das ich gern mit dir sprechen würde."

Ich verdrehe die Augen und stöhne auf. „Dann schieß los."

Carter schüttelt den Kopf, lacht dabei jedoch leise. „Mich wirst du nicht einschüchtern mit deiner ungehobelten Art. Ich bin kein so zartes Pflänzchen wie Stella."

Bei der Erwähnung ihres Namens rast mein Puls in die Höhe.

„Lass sie da aus dem Spiel", fordere ich. „Ich will nicht über sie reden."

„Ja, schon klar. Aber jetzt kommt die Sache, die mir aufgefallen ist."

Innerlich brodelnd ziehe ich mir ein T-Shirt über. „Na, da bin ich aber gespannt."

„Seit sie weg ist, rutschst du allmählich wieder in alte Muster ab, ist dir das bewusst? Gerade erst eben, als du den Jungen abgewiesen hast, obwohl er dir nur eine einfache Frage stellen wollte."

„Woher weißt du, dass sie einfach gewesen wäre?" Carter schüttelt nur den Kopf.

„Die Stimmung im Team war so gut wie lange nicht mehr, und auch wenn du dich von direkten Auseinandersetzungen fernhältst, ziehst du dich wieder immer mehr zurück. Du hast so hart an dir gearbeitet, warum wirfst du das einfach weg? Keine Ahnung, was vorgefallen ist, aber wenn du sauer auf sie bist, dann solltest du die neuen Verhaltensweisen doch erst recht beibehalten, um dir selbst zu beweisen, dass du sie nicht brauchst."

In gewisser Weise hat er recht, das weiß ich. Bloß will ich das vor Carter nicht zugeben. Innerlich ringen zwei Seiten in mir gegeneinander. Ich habe sehr wohl realisiert, wie viel es mir bringt, wenn ich meinen Mitmenschen offener begegne. Eine Weile habe ich mir eingeredet, dass ich Stella dafür brauche, doch das ist nur eine Ausrede gewesen, um mich gehen zu lassen. Ich brauche sie aus anderen Gründen. Auf der anderen Seite habe ich wieder einen Arschtritt von jemandem bekommen, dem ich mein Leben anvertraut hätte – und damit muss ich erst einmal klarkommen.

Sie ist mir in den Rücken gefallen, aber ich vermisse sie wie verrückt. Wenn es eine Möglichkeit gäbe, noch einmal mit ihr zu reden, ich würde sie sofort ergreifen. An dem Abend des Balls war ich so wütend, dass ich nicht klar denken konnte. Wir hätten einfach in Ruhe darüber reden müssen, und ich bin mir sicher, dass wir zu einer Lösung gekommen wären. Jetzt habe ich das Gefühl, dass es zu spät dafür ist.

Wortlos setze ich mich, um mir Socken und Schuhe anzuziehen.

„Auch äußerlich lässt du dich gehen, so wie es aussieht."

Empört zische ich auf. „Das klingt gerade so, als würde ich einen Bierbauch ansetzen. Dabei habe ich mich nur ein paar Tage nicht rasiert. Und für das Training brauche ich ja wohl kaum Haargel, falls du darauf hinauswillst. Ich trage ohnehin den Helm, der macht aufwendige Frisuren direkt wieder kaputt."

„Was wäre, wenn ich dir sagen würde, dass ich weiß, wo die Fashion Show stattfindet, bei der du ursprünglich laufen solltest."

Meine Brust zieht sich schmerzhaft zusammen. Das war eine der ersten Dinge, die mir aufgefallen sind, dass ich jetzt nicht mehr vor ihr laufen werde, für sie. Obwohl ich so etwas noch nie zuvor getan habe, habe ich mich darauf gefreut.

„Hat sie dich etwa als Ersatz angefragt? Herzlichen Glückwunsch."

„Ich will ja gar nicht für sie laufen", stellt er klar. „Das erzähle ich dir gerade nur, damit du dir überlegen kannst, ob du nicht die Info, wo ebenjene Show stattfindet, irgendwie nutzen möchtest."

Er steht auf und geht auf die Tür zu, ohne sich noch einmal umzudrehen. „Mein Flug geht übermorgen um drei Uhr nachmittags. Was du draus machst, ist deine Sache."

Kapitel 29 – Stella

Das altbekannte Kribbeln, das ich immer vor Fashion Shows spüre, ist zurück. Ich gehe vollkommen in meiner Arbeit mit den Models auf, während Ramona für das Styling zuständig ist. Glücklicherweise haben wir genügend passende Models gefunden, sodass wir keine sonderlich kritischen Engpässe beim Umziehen der Kleider haben. Alles wird glattgehen, daran muss ich ganz fest glauben.

„Ähm ... Stella?" Ramonas Stimme hallt durch den Backstagebereich. „Kannst du mal bitte an den Hinterausgang kommen? Wir haben hier ein Problem."

Sehr schön. Mit diesem *Problem* haben wir nämlich gerechnet, wir haben regelrecht darauf gewartet.

In aller Seelenruhe stolziere ich zu besagtem Eingang. Damit wirklich nur die berechtigten Personen eintreten, haben wir Security vor Ort. Und genau vor diesen Herrschaften steht ein uns wohlbekannter Designer mit vor Wut rot angelaufenem Kopf.

„Ah, Miss Cunningham, da sind Sie ja endlich. Diese Gorillas wollen mich hier nicht reinlassen, dabei sind meine Kleider doch der Hauptact. Können Sie das bitte klarstellen? Für solche Fehlkommunikation habe ich absolut kein Verständnis."

„Mr. Temporiti?" Gespielt verwundert trete ich näher und mustere ihn. „Was machen Sie denn hier?"

„Was soll das?", blafft er mich an. „Ich bin der Star für heute Abend. Und jetzt lassen Sie mich endlich rein, sonst wird es ernsthafte Konsequenzen geben."

„Was genau wollen Sie denn tun?", frage ich herausfordernd. „Zuerst im Internet nach Rechtsprechungen suchen, die Ihnen gefallen, und sie dann für Ihre Zwecke nutzen? Das können Sie ja recht gut, nicht wahr?"

„Wie bitte?" Temporiti wirkt sogar noch wütender als zuvor. „Was haben Sie da gerade gesagt?"

Ich bin mir nicht sicher, ob er mich tatsächlich nicht gehört hat, oder ob es in seinen Ohren schon so rauscht, dass er mich einfach nicht verstehen will. Zumindest komme ich um eine Antwort herum, denn nur wenige Meter von uns entfernt hält eine Stretchlimousine, und unsere Aufmerksamkeit richtet sich auf das Gefährt, um herauszufinden, wer darinsitzt. Die Spannung ist förmlich greifbar, als der Chauffeur an die hintere Autotür eilt. Er öffnet sie, und eine klein gewachsene Person in weißem Anzug und Federboa steigt aus.

„Georgios?" Ungläubig kreischt Temporiti den Namen seines Konkurrenten. Dann deutet er auf mich. „Was will der hier? Haben Sie denn gar nichts aus dem letzten Mal gelernt?"

„Oh, ich habe sehr wohl etwas daraus gelernt", erwidere ich. „Sie jedoch kein bisschen."

In der Zwischenzeit ist Georgios zu uns herübergekommen. Er beugt sich an den Securities vorbei und gibt mir jeweils ein Küsschen auf die Wange.

„Stella, mein Darling, du siehst fabelhaft aus."

„Vielen Dank, das kann ich nur zurückgeben."

Unschlüssig huscht Temporitis Blick zwischen Georgios und mir hin und her. Schließlich räuspert er sich und formuliert eine Frage, sogar ganz, ohne zu kreischen. „Was geht hier vor? Kann mir das mal endlich jemand erklären?"

Nun wendet sich Georgios ihm zu, und es wirkt so, als hätte er seinen Gegenspieler zuvor gar nicht bemerkt. „Ah, Antonio? Was machst du denn hier bei meiner Fashion Show?"

„Deine Fashion Show?" Temporiti sieht so aus, als würde er gleich platzen. „Das hier ist meine Show, damit das mal klar ist."

„Oh, ich glaube das war sie mal." Ohne Probleme wird Georgios von den von mir engagierten Security-Mitarbeitenden vorbeigelassen, woraufhin Temporiti fast die Kinnlade auf den Gehweg klappt.

„Wir wissen, was Sie getan haben", platze ich endlich mit der Wahrheit heraus. „Die lokale Presse weiß schon Bescheid, morgen wird es überall zu lesen sein."

„Die fiese Art und Weise, wie Sie jungen Designern ihre Ideen geklaut haben, ist nun aufgedeckt", erklärt Ramona weiter. „Wir haben die richtigen Eigentümer ausfindig gemacht und geben ihnen als Entschädigung heute die Chance, mit ihren aktuellen Werken die Fashion-Welt zu erschüttern."

„Statt dir, mein Lieber." Mit vor Schadenfreude triefender Stimme spricht Georgios das aus, was Temporiti vermutlich auch selbst endlich herausgefunden hat. Dieser beginnt auf einer fremden Sprache zu schimpfen, begleitet von irrem Lachen. Einer der Security-Mitarbeiter folgt ihm, bis wir den Designdieb nicht mehr sehen können.

„So, jetzt steht der Show nichts mehr im Weg", sagt Ramona erleichtert.

„Ist Carter endlich angekommen?", hake ich ungeduldig nach. „Ohne ihn haben wir echt ein gehöriges Problem."

„Ja, er ist da", bestätigt meine beste Freundin mit einem vorfreudigen Glitzern in den Augen. „Serge hilft ihm beim Umziehen, also keine Sorge, Süße."

„Du bist ein Schatz, ich danke dir vielmals." Mit einem Winken verabschiede ich mich in den Zuschauerbereich. „Dann gehe ich jetzt mal auf meinen Platz. Drücken wir die Daumen, dass alles reibungslos klappt und es neben den vielen eingesprungenen Designern nicht noch andere Überraschungen gibt."

Kapitel 30 – Hunter

Nie hätte ich gedacht, dass ich vor einer kleinen Runde auf einer Bühne so aufgeregt sein könnte. Mit pochendem Herzen stehe ich im Backstagebereich der Halle, die für die lange geplante Fashion Show dekoriert wurde. Serge zupft etwas an meinem Outfit herum, einem Blazer mit ungewöhnlich gemustertem Stoff, passend zu einer Hose mit genau konträrem Muster.

Nach Carters Ansage in der Kabine habe ich die ganze Nacht wach gelegen. Ich musste entscheiden, was schwerer wog. Die Enttäuschung darüber, dass Stella nach New York zurückgekehrt ist, oder mein Gefühl, dass sie für mich *die Eine* sein könnte. Mittlerweile glaube ich, dass unsere Situation – sie mein Coach, ich im Prinzip ihr Schüler – absolut keine gute Ausgangslage für uns war. Vermutlich hat das sogar in ihre Entscheidung mit reingespielt. Ich will endlich mit ihr reden und alles erklären, obwohl ich dafür gehörig über meinen Schatten springen muss. Aber sie ist es wert, das habe ich im Gefühl.

„Und sie weiß wirklich nichts davon, dass doch ich das Finale laufe?", hake ich nach.

„Absolut nicht", bestätigt Ramona, die ein Klemmbrett in der Hand hält und prüfend an der bereitstehenden Reihe an Models vorbeischreitet. „Ich bin schon mega-gespannt, wie sie reagieren wird. Das kann von einem Schreikrampf bis zu einer Heulattacke alles sein."

Nachdenklich starre ich zu dem Vorhang, durch den ich in wenigen Augenblicken laufen werde. „Oder sie lässt mich umgehend rauswerfen." Bei unserem letzten Gespräch habe ich ihr fiese Unterstellungen an den Kopf geworfen. Mich würde es nicht wundern, wenn ich es ein für alle Mal verbockt habe.

„Also das ist definitiv das unwahrscheinlichste Szenario." Ein breites Grinsen ist auf Ramonas Gesicht zu sehen. „Du warst nicht dabei, wie sie sich eine halbe Woche lang nur mit Taschentüchern bewaffnet aus dem Haus trauen konnte, weil sie ständig wieder angefangen hat zu heulen."

Hat sie das? Ein verräterisches Kribbeln macht sich in meinem Bauch breit. Ich hasse es, dass sie so gelitten hat, aber eventuell hat sie mich genauso vermisst wie ich sie.

Im Zuschauerbereich beginnt Musik aus den Boxen zu dröhnen, Lichtreflexionen huschen durch die Lücken im Vorhang.

„Es geht los!", verkündet Ramona. „Alle auf Position!"

Bevor ich mich versehe, laufen die ersten Models auch schon los. Zu der Melodie des Songs mischt sich nun auch höflicher Applaus, die Models kommen nach und nach wieder zurück. Mit jeder Person vor mir, die auf den Laufsteg hinausgeht, steigt meine Aufregung noch weiter. Als ich schließlich ganz vorne stehe, kann ich kaum mehr atmen vor lauter Anspannung.

Ramona gibt mir das Zeichen, und ich laufe los, so, wie sie es mir gezeigt hat. Zum Glück habe ich nicht solche abartig hohen Schuhe an, wie meine weiblichen

Mitläuferinnen. In flachen Schuhen ist der Walk, wie ihn Ramona nennt, kein Problem.

Das Publikum wird unruhig, als ich die Bühne betrete. Die Leute erkennen mich sofort, es folgen Blitzlichter, Klatschen und sogar Begeisterungsrufe. Nur Stella kann ich aus den Rufen nicht heraushören. Ich will nichts falsch machen, deswegen suche ich explizit nicht ihren Blick, um mich nicht zu verhaspeln. Als ich jedoch kurz ins Publikum schaue, bemerke ich, dass sie kreidebleich ist und mich mit offenem Mund anstarrt.

Verdammt, hat Ramona sich vielleicht doch geirrt bezüglich der Reaktion?

Da ich das Finale bin, soll ich noch eine weitere Runde laufen, bei der mir nach und nach alle zuvor gelaufenen Models folgen werden, bis wir alle gemeinsam auf der Bühne stehen. Wir klatschen zu der Musik, bis der DJ sie leiser stellt und Ramona ein Mikrofon zur Hand nimmt.

„Das war sie auch schon, eine ganz besondere Freestyle-Show mit vielen Stücken junger, aufstrebender Künstler. Vielen Dank an unsere Agentur und die Hauptorganisatorin Stella Cunningham."

Stella steht auf und winkt verlegen in die Runde.

„Haltet auch in Zukunft die Augen nach unseren besonderen Shows auf." Mit einem Grinsen deutet Ramona auf einen schrill aussehenden Mann. „Und jetzt noch ein paar Worte von Mr. Georgios, der für diese Aktion besonders viel Geduld aufbringen musste. Warum genau, kann er ihnen gern selbst erklären."

Der Kerl steigt auf die Bühne, aber ich halte es nicht länger aus. Ich löse mich von der Gruppe an Models und springe das Podest zu Stella hinunter.

„Hi", hauche ich, als ich vor ihr stehe.

„Hey." In ihren Augen glitzert es schon wieder.

„Wirst du schon wieder weinen?", frage ich und bin mir wohl darüber bewusst, dass das ziemlich provokant rüberkommen könnte.

„Was machst du hier?", will sie wissen und ignoriert meine Frage komplett. „Ich dachte schon, ich würde dich von nun an nur noch im Fernsehen bei NFL-Spielen sehen."

„Tja, das hast du deinen Freunden zu verdanken. Aber ... wäre es möglich, dass wir vielleicht an einen ruhigeren Ort gehen? Ich glaube, hier nehme ich auch nur die Aufmerksamkeit von eurem Sprecher weg, kann das sein?"

Sie nickt, nimmt mich bei der Hand und zieht mich in Richtung des Haupteingangs. In einer separaten Nische befindet sich offenbar die Garderobe, in die schiebt Stella mich nun hinein. Ihr nach der gefühlt ewigen Zeit wieder direkt gegenüberzustehen, ist ein unbeschreiblich schönes Gefühl.

„Carter und Ramona hatten die Idee, dass ich doch das Finale übernehme", setze ich schließlich an, damit wir uns nicht nur anschweigen. „Erst war ich mir nicht sicher, wie du reagieren würdest, aber ich wollte dich noch einmal sehen. Ich habe das dringende Gefühl, dass wir uns noch etwas zu sagen haben. Und zwar dieses Mal, ohne dass ich so aufbrausend werde. Immerhin hatte ich jetzt eine Weile Zeit zum Nachdenken."

„Ich ... weiß gar nicht, was ich sagen soll." Und da ist sie schon, eine erste Träne auf Stellas Wange. Am liebsten würde ich sie mit meinem Daumen aufhalten, aber noch will ich ihr Raum für sich selbst geben. „Es tut mir so unendlich leid, was ich dir angetan habe. Vermutlich war es eine Mischung aus Unglauben, dass du dir ausgerechnet mich ausgesucht haben könntest, und aus Angst."

„Angst vor mir?" Allein die Vorstellung zerreißt mich innerlich.

„Nein. Angst davor, dass unsere grundverschiedenen Lebensstile unsere Beziehung kaputtmachen könnten. Wenn sie gar nicht erst angefangen hat, kann sie auch nicht zerstört werden. Also habe ich mich verkrochen."

„Wie ich sonst immer." Sanft ziehe ich sie an mich. Endlich kann ich sie wieder in meinen Armen halten. „Das, was ich auf dem Ball gesagt habe, stimmt nach wie vor. Du bist etwas Besonderes für mich, und ich glaube sogar, dass ich mich in dich verliebt habe."

Jetzt schluchzt Stella richtig laut, doch es wirkt befreiend. Das hier, der ganze Umstand, dass ich mich aus meiner Komfortzone herausgewagt habe, hat sich voll und ganz gelohnt. „Du kannst dir gar nicht vorstellen, wie schwer es für mich gewesen ist, deine Vorwürfe unkommentiert zu lassen. Die Arbeit mit dir hat mich verändert, gemeinsam mit dir selbst."

„Dann lass es uns versuchen", schlage ich vor. „Nun bin ich schon mal aus meiner Höhle, allein will ich nicht wieder in sie zurückkehren."

Schniefend schmiegt sich Stella an mich, und ich fühle mich unendlich erleichtert. „Aber eine Sache muss dir klar sein."

„Welche?"

Grinsend legt sie den Kopf in den Nacken. „Nach deinem phänomenalen Auftritt eben musst du vermutlich ab jetzt öfter für mich modeln."

Mit vor Stolz geschwellter Brust gebe ich ihr einen Kuss auf die Stirn. „Nichts lieber als das."

Ende